KB114518

FANTASTIC ORIENTAL HEROES

장씨세가 호위무사 3

조형근 新무협 판타지 소설

초판 1쇄 찍은 날 § 2020년 7월 28일
초판 3쇄 펴낸 날 § 2023년 12월 20일

지은이 § 조형근
펴낸이 § 서경석

편집책임 § 황창선
편집 § 박현성

펴낸곳 § 도서출판 청어람
등록번호 § 제387-1999-000006호
등록일자 § 1999. 5. 31
어람번호 § 제2-2838호

주소 § 경기도 부천시 부일로 483번길 40 서경B/D 3F (우) 14640
전화 § 032-656-4452 팩스 § 032-656-4453
E-mail § chungeorambook@daum.net

ISBN 979-11-04-92223-7 04810
ISBN 979-11-04-92220-6 (세트)

장씨세가 호위무사

第一幕

3

조형근 新무협 판타지 소설

도서출판 청어람

목차

第一章 역습

끼리릭!

문이 반쯤 열리는 순간 묵객의 검이 마치 섬광처럼 뻗어 나갔다.

큭! 컥! 헉!

석가장의 무사 세 명이 일시에 바닥을 나뒹굴었다.

처억.

바닥에 착지한 묵객은 입구 주변을 살피고는 손짓을 했다.

스스스슥.

풀잎들이 스치는 소리와 함께 대열을 갖춘 무인들이 움직였다.

그리고 곧 석가장의 정문 앞으로 다가왔다.

"사람은 가려서 손을 써야 하오!"
묵객은 약속된 사항을 다시 한번 언급했다.
자칫 흥분할 수 있는 무사들을 주의시키기 위해서였다.
석가장의 사람들 중 하인들을 비롯하여 힘없는 여인과 아이들.
그들은 이번 싸움과 아무런 관련 없는 자들이니까.
방각은 문 앞까지 당도한 무사들을 확인하고 묵객을 바라보았다.
이에 묵객은 반쯤 열린 문을 힘차게 열며 말했다.
"가십시다."
끼이이익.
그가 문을 열고는 한쪽으로 비켜서던 순간.
어둠 속에 몸을 낮추고 있던 장씨세가 무사들이 기다렸다는 듯 뛰어 들어갔다.
"누구냐!"
"적이 침입해 들어왔다!"
석가장의 곳곳에서 경고 섞인 소리가 들렸다.
뒤늦게 성곽에서 경계를 하던 무사가 장씨세가 무사들을 발견한 것이다.
퍽! 퍼퍽!
하지만 외침은 곧 잦아들었다.
누구보다 빨리 석가장으로 들어온 사내 셋이 기민하게 대처했던 것이다.

가장 선두는 능자진이었다.

그는 전쟁 중 최우선시되는 임무를 맡았다.

바로 문밖 좌우를 살피는 성루, 그곳의 무사를 제거하는 일이었다.

성루는 소식을 알린다.

적군은 물론, 밖의 아군에게까지 내부의 상태를 알릴 수 있다.

그렇기에 적진에 침투할 시 가장 먼저 제거해야 할 대상 중 하나로 지목되는 것이다.

"누구냐! 장씨세가냐!"

매섭게 노려보는 젊은 무사를 향해 능자진은 별다른 표정 없이 달려들었다.

캉! 캉! 캉! 캉!

능자진과 사내는 몇 번의 날카로운 공격을 주고받았다.

카랑카랑하게 퍼지는 쇳소리가 어두운 분위기와 맞물리며 긴장감을 더욱 끌어올렸다.

'두 수 아래군.'

능자진은 긴장한 눈으로 자신을 바라보는 그를 보며 생각했다.

어깨가 저릿할 정도로 받아치는 힘이 좋았지만 움직임이 느렸다. 거기다 빽빽할 정도로 동작이 지나치게 절제되어 있다.

그것이 말하는 것은 하나였다.

바로 실전 경험이 적다는 것.

"도망칠 기회를 주겠다."

"무슨 소리냐!"

능자진이 검을 조금 내리며 말하자 젊은 무사가 발끈했다.

"상황을 직시해라. 나와 싸워 이길 수 없다는 건 너도 이미 알지 않느냐."

"……."

"지금 본 가의 병력은 석가장을 압도하고도 남는다. 괜히 이런 상황에서 객기로 명을 단축할 필요가 있느냐? 장로들이나 장주라면 몰라도 너 같은 자들은 명을 받고 움직이는 자들이 아니냐."

능자진의 설득이 통한 것일까.

젊은 무사는 고민하듯 자리에서 서성였다.

까아앙.

그러다 이내 검을 바닥에 떨어뜨리며 고개를 숙였다.

"고맙소."

능자진이 고개를 끄덕였다. 그러고는 미련 없이 몸을 돌렸다.

'기회를 줬는데도…….'

능자진은 보았다.

혹시나 하고 대각선으로 내리고 있던 검신에서 뭔가 획 움직이는 장면을.

휘릭.

능자진이 빠르게 옆으로 몸을 돌렸다.

그 순간 젊은 무사가 능자진 옆에서 허우적댔다.

오른손에는 단검 한 자루가 쥐어져 있었다.

푹.

능자진이 그의 등을 향해 미련 없이 검을 찔러 넣었다.

그는 그대로 바닥에 고꾸라졌다.

"예상대로 석가장은 지독한 놈들이군. 밑에 있는 녀석들까지 이런 식으로 나오는 걸 보면……."

능자진은 다른 쪽 성루로 시선을 돌렸다.

챙! 채챙!

그곳에서는 병장기가 부딪치는 소리가 들려왔다.

곡전풍과 황진수가 적을 상대하고 있었던 것이다.

"고수 대부분이 빠져나간 석가장이라."

성루에 세우는 무사가 이 정도라면 굳이 얘기할 필요가 없었다.

"압승이로군."

능자진은 죽립을 푹 눌러쓰며 성루를 내려갔다.

압승이 예상되는 가운데서도, 이왕이면 한 명의 희생자도 만들지 않기 위해서였다.

*　　*　　*

이숙공. 묵객과 비무를 했던, 삼절 중의 하나는 구룡표국 보표 셋을 이끌고 곧장 북동쪽 전각으로 향했다.

지령대로라면 그가 제거해야 할 자는 석궁훈(石宮薰).

이곳 무사들을 가르치는 교관으로 실질적으로 석가장 내 다섯 손가락 안에 드는 고수였다.

하앗! 핫!

석궁훈이 머무를 곳으로 짐작되는 전각 건물로 들어서려 하자 무사 두 명이 검을 들고 다급히 달려 나왔다.

그 모습에 이숙공 옆에 있던 두 명의 보표들 역시 달려 나갔다.

쇄액! 쇄액!

보표들은 무사들의 목을 너무나 손쉽게 날려 버렸다.

그도 그럴 것이 이숙공과 함께 온 보표들 역시 구룡표국을 대표하는 자들.

본 전력이 빠져나간 석가장의 무인들을 상대하는 것은 너무나 쉬운 일이었다.

삐이꺽삐이꺽.

"까악!"

"헉!"

전각 안으로 들어서자 이름 모를 여인들과 하인들이 급히 뛰쳐나왔다.

철컥철컥.

"죽이지 마라!"

보표들이 검 자루를 잡자 이숙공이 외쳤다.

그러자 그들은 걸음을 멈추며 잠시 침묵했다.

"가시오."

이숙공은 한쪽으로 비켜서며 눈앞의 사람들을 향해 말을 건넸다.

그 말에 겁을 집어먹은 하인들과 여인들이 고개를 숙이며 급히 빠져나갔다.

잠시 뒤, 아무도 나오지 않음을 확인한 이숙공이 입을 열었다.

"석궁훈을 찾아라. 분명 이 안에 있다."

그의 명에 보표들이 각기 다른 방으로 흩어졌다.

이숙공도 눈앞의 횅한 방 안으로 걸음을 옮겼다.

* * *

"누구냐!"

옷을 채 갖춰 입지 않은 노인이 그들을 맹렬히 노려보았다.

그의 손엔 기다란 장검 하나가 쥐어져 있었고 눈빛은 강렬한 기광을 뿜어내고 있었다.

패애액.

보표 한 명이 대화 없이 달려들었다.

캉! 캉!

거침없이 뻗어나가는 보표의 검로.

하나, 노인은 공격을 쉽게 막아냈다.

거기다 틈새를 포착하여 검을 잡지 않은 손으로 보표의 복부를 내려쳤다.

비틀.

노인의 공격에 세 발짝 밀린 보표가 비틀대며 입가에 피를 흘렸다.

그는 피를 슥 닦고는 다시 검을 세웠다.

그때였다.

“비켜서라. 실력자다.”

어느새 다가온 이숙공이 사내의 어깨를 잡았다.

그가 고개를 끄덕이며 비켜서자 이숙공이 칼을 꺼냈다.

묻지 않아도 알 수 있다.

이자가 석궁훈이란 것을.

철컥.

이숙공이 칼을 꺼내 드는 순간 노인이 입을 열었다.

“소문이 사실인가 보구려.”

그는 강한 경계의 눈빛을 띠며 말을 이어갔다.

“장씨세가가 단단히 준비를 했다는 소문 말이오. 묵객 외에도 당신 같은 사내가 있는 걸 보면.”

이에 이숙공은 덤덤하게 말을 받았다.

“우린 계약에 의해 행동할 뿐이외다. 그러니 원한을 서로 남기지 않는 게 좋을 듯하오.”

“물론이오. 상황이 이리된 것을 누굴 원망하겠소.”

긴장감이 흘렀다.

등 뒤의 보표 세 명이 이름 모를 노인과 이숙공을 보며 언제든 짓쳐들어올 준비를 하고 있었다.

그때쯤 노인은 천천히 검을 세우며 말했다.

"노부는 준비되었소. 먼저 들어오시오."

*　　　*　　　*

북문과 서문, 동문으로 향하는 장씨세가 무사들의 움직임은 기민했다.

반드시 종지부를 찍어야 하는 싸움이다.

그러기 위해선 적들이 나가지 못하게 석가장 모든 문을 막는 것이 기본이 되어야 했다.

캉! 캉! 캉!

북문에서 병장기가 부딪치는 소리가 난무했다.

풀썩풀썩.

그리고 성문을 지키던 무사들이 담 아래로 쓰러지는 모습이 속출했다.

어깨를 베이고도 검을 찔러대는 자들.

광기에 휩싸인 자들이 한 번의 칼질이라도 더 하기 위해 몸부림쳤다.

하지만 숫자에서 이미 진 싸움이었다.

병력 대부분이 빠져나간 데다 실력자들도 남아 있지 않아 몇 번의 저항으로 그치며 곧장 무너져 내렸다.

"조심하시오, 능 형!"

어둠 속에서 한 인영이 달려오는 것을 본 황진수가 능자진 등 뒤로 검을 휘둘렀다.

캉! 푹! 푹!

검을 부딪친 후 다리와 가슴을 찔린 상대는 곧바로 자지러졌다.

능자진은 뒤를 힐끗 돌아본 뒤 말했다.

"고맙네."

"나중에 거하게 한잔 사시오."

황진수가 넉살 좋게 말하자 능자진은 미소를 띠었다.

그는 뒤를 힐끗 쳐다보고는 말을 걸었다.

"다른 쪽은 어떤가?"

능자진이 곡전풍을 향해 물었다.

"동문은 십여 명, 서문 역시 십여 명의 인원이 움직였소이다."

"동문은 몰라도 서문은 천무대(天武隊) 부대장 석강윤(石江輪)이 있다고 했다. 석가장 내에서도 손가락 안에 드는 자이니 아무나 가선 위험해."

"거긴 걱정 마시오. 장 대협께서 그곳으로 가셨소."

"흠."

능자진이 고개를 끄덕였다.

삼절 중 한 명인 장록번이라면 충분히 그를 상대할 수 있을 것이리라.

"자넨 여기 남게. 난 다른 무사들을 도와줘야겠네."

"알겠소."

능자진은 황진수의 대답을 듣는 척 마는 척 어둠 속으로 몸을 날렸다.

곡전풍은 다시 한번 주위를 둘러보고는 외쳤다.

"북문은 제압했소! 여유가 되는 분들은 다른 쪽을 도와주시오!"

*　　　*　　　*

석가장 내에서도 서문(西門)은 가장 치열했다.

석가장주의 거처와 가장 가까운 곳으로 이곳은 적들의 침입을 당했을 시 장주가 빠져나가기 위한 구조로 만들어진 곳이었다.

으아악! 아악!

사방에서 비명이 일고, 석가장 무인들의 피가 뿌려졌다.

"강하구려……."

석강윤은 입가에 피를 머금은 채 앞의 상대를 노려보고 있었다.

아무리 방심을 했다고는 하지만 벌써 몇 번이나 상대의 검에 찔린 상태였다.

"경험이 많은 거요."

"흐흐흐."

그는 비틀거리는 상황에서도 검을 세웠다.

그 모습에 장록번이 말했다.

"그냥 편히 가시오. 괜히 저항하면 고통만 잦아지니."

"이대로 가면 석가장 사람들에게 너무 부끄럽지 않겠소."

"뭐, 그리 원한다면 할 수 없구려."

장록번이 검을 마주 세우며 말을 이었다.
"고통 없이 죽일 수 있도록 노력하는 수밖에."
말하는 동시에 둘은 격돌했다.
촤악.
잠시 뒤, 그들 사이에 있는 석벽으로 시뻘건 피가 뿌려졌다.

* * *

"악!"
"으악!"
석가장 안에선 비명 소리가 쉴 새 없이 흘러나왔다.
한밤중 불현듯 쳐들어온 무사들로 인해 제대로 방비한 자가 없었다.
속절없이 당한 일격이었다.
제대로 싸울 수 있는 석가장 무사들은 백 명도 채 되지 않는 상황이라 피해는 더욱 컸다.
곳곳에서 투항하는 자들이 나왔다.
장씨세가 무사들은 그런 그들에겐 더는 검을 들지 않았다.
단, 저항하는 자들은 한 명도 살려두지 않았다.
휘이이잉.
한 사내가 석가장 집무실 앞에 무사들과 대치하고 있었다.
숫자가 열 명이 넘어가는 무사 앞에서도 사내는 태연했다.
"이곳은 쉽게 들어가지 못할 것이다."

무리를 이끄는 대장으로 보이는 자가 경고 섞인 음성을 내뱉었다.

결연한 표정에서 그의 의지를 읽을 수 있었다.

"거참……."

묵객은 그들을 마주하며 머리를 긁적였다.

상대하는 자들의 무위가 걸린 것이 아니었다.

그간의 경험들로 지금 그들이 내비치는 결연한 의지가 꽤 난처한 상황을 만들 수도 있겠다고 생각한 것이다.

"소승이 처리하겠소."

묵객이 한 발짝 움직이려 할 때 어느새 다가온 방각이 말을 건넸다.

"대사, 숫자도 숫자지만 실력도 그렇고 쉽게 물러설 것 같지 않은데… 저와 같이하는 게 어떻겠소?"

"혼자 하겠소."

방각은 말을 던지며 그들 앞으로 걸어 나갔다.

그를 바라보는 묵객의 눈에 호기심이 어렸다.

강건한 의지도 의지이지만 지금 남은 석가장 무사 중에서도 꽤 고강해 보이는 자도 여럿 있었다.

그런 자들을, 병기도 없이 상대하겠다는 그의 엄포가 왠지 모를 흥미를 자극한 것이다.

묵객이 이런저런 생각하는 사이, 어느새 그들이 모여 있는 곳으로 바짝 다가선 방각이 한 손을 세우며 반장을 하고 있었다.

"검을 버리면 목숨을 취하지 않겠소이다."

"개소리 집어치우거라!"

그들 중 한 사내가 외쳤다.

중(僧) 한 명이 헛소리를 하며 맨손으로 나서는 것에 매우 불쾌감을 느낀 그였다.

방각은 고개를 끄덕이며 말했다.

"결국 손을 쓸 수밖에 없구려."

그러곤 손을 늘어뜨렸다.

그 뒤 열세 명이 일렬로 모인 곳으로 천천히 걸어갔다.

'위험한데…….'

묵객은 미간을 한곳으로 모았다.

아무리 권법의 고수라도 일대일이라면 모를까 무리에게 달려드는 건 위험하다.

더구나 그들은 칼을 든 상대들이다.

긴 검을 상대로 주먹이라는 짧은 공격 수단밖에 없는 권사는 자신의 실력을 모두 발휘할 수 없다.

그게 일반적인 상식이다.

하나, 그 상식은 방각의 한 번의 동작으로 산산이 조각났다.

핫! 하핫!

방각이 짓쳐 달리는 순간 양쪽에 포진하고 있는 두 사내가 검을 찔러 넣었다.

그리고 정면에 있던 사내도 협력하며 검을 휘둘렀다.

'전, 좌, 우.'

방각은 시선을 조금 내리며 때를 기다렸다.

그렇게 한 지점에서 검이 교차하는 그 순간,

한 발짝 뒤로 물러남과 동시에 두 팔을 뻗었다.

휘리릭, 피잉!

방각은 손바닥을 펼치며 좌우로 날아오는 검면(劍面)을 위로 쳐올렸다.

그러자 두 검은 방각의 손에 튕겨 하늘로 올라갔다.

그리고 그것은 위에서 아래로 떨어지는 사내의 검을 기묘하게 막아버렸다.

째앵.

파파팟.

움찔하는 순간 방각이 우측으로 몸을 놀렸다.

쿵!

바로 옆에 서 있던 사내는 방각의 발길질에 가슴을 찍히며 나뒹굴었다.

쿵!

이어진 정면의 사내도 바닥에 자지러졌다.

쿵!

마지막 좌측에 있던 사내는 뒤로 튕겨 나가 쓰러졌다.

처억.

공중에서 세 번의 발길질로 무사들을 쓰러뜨린 방각이 땅을 밟았다.

그 순간 무사 네 명이 기다렸다는 듯 검을 세우며 달려왔다.

방각은 가장 매섭게 찔러오는 검을 피하며 그의 턱을 공격했다.

이후, 자세가 무너지는 그를 잡고는 곧장 검을 휘둘러 오는 적들에게 던져 버렸다.

슈슈슈숙!

살아 있던 사내는 동료들의 검을 온몸으로 받아냈다.

다들 얼굴에서 아차 하는 당혹감이 어렸다.

그 순간,

방각은 이번엔 좌측으로 도약했다.

그러고는 이전과 마찬가지로 세 명의 적을 일거에 날려 버렸다.

삽시간에 적을 제압한 것이다.

열셋이었던 적은 이제 다섯밖에 남지 않았다.

방각은 서 있는 그들을 향해 손을 내밀었다.

"오시지요."

다섯 명은 다시금 그를 향해 뛰어 들어왔다.

방각을 꾸불꾸불 움직이는 검을 몸을 틀어 피하며 상대의 팔목을 가격했다.

그러자 팔목을 가격당한 사내는 다른 무사에게 검을 휘두르며 그의 공격을 무효화시켰다.

그 찰나, 방각은 삽시간에 머뭇거리는 두 명의 복부에 주먹을 꽂아 넣었다.

쿵! 쿵!

두 명은 뒤로 주욱 밀리다 바닥을 뒹굴었다.

그사이 세 명은 각기 다른 방향으로 찔러 들어왔다.
이번 공격은 거셌다.
실력도 실력이지만 내력을 담은 공격이었다.
스윽.
방각은 빠르게 옆으로 물러서며 어깨에 두른 가삼을 들었다.
승려가 장삼 위에 걸치는 법복(法服).
그는 붉은 천을 팽팽하게 잡아당기고는 날아오는 검신을 향해 던졌다.
휘리리릭.
검신에 가삼이 둘둘 말려 들어갔다.
그 순간 방각은 그것을 좌우로 흔들며 자신을 향해 공격하는 상대의 검들을 밀쳐냈다.
퍽!
이후, 질풍같이 달려들어 한 명의 가슴에 장법을 쏟아 넣었다.
두 명이 남았다.
휘리릭 휘리리릭.
다시금 검을 찔러오는 그들을 피해 좌측으로 몸을 돌렸다.
그러고 두 검이 교차하는 접점 지역을 포착해 양손으로 긴 가삼을 던져 두 검을 묶어버렸다.
지지지직.
이후 방각이 두 손으로 가삼을 잡고 자신 쪽으로 잡아당겼다.
검을 놓지 않기 위해 필사적으로 잡던 두 사내가 방각의 힘에 의해 몸이 딸려왔다.

사삭.

지척까지 다가온 그들을 향해 방각은 두 손으로 그들의 배를 가격했다.

퍼어어억.

끝이 났다.

집무실 안의 모두 무사들이 쓰러진 채 더는 일어나지 않았다.

'기격(技擊)!'

지켜보던 묵객은 방각을 보며 눈을 부릅떴다.

머리, 어깨, 팔, 권, 장, 손가락, 무릎, 발 등 모든 신체를 무기로 사용하는 기술.

거기다 가삼 자락을 이용한 수(袖), 사람을 던지는 솔각(摔角) 등은 눈부시게 현란했고 강렬했다.

'과연 소림의 무공이군.'

묵객은 잠시 걱정했던 자신이 부끄러워졌다.

"들어가시지요."

방각의 말에 묵객은 걸음을 옮겼다.

* * *

집무실.

석가장주 석대헌은 창가를 내려다보고 있었다.

"허를 찔린 건가……."

중간 소식을 전해왔던 첩보.

장씨세가 사람들이 내외원을 모두 비웠다는 소식을 들었지만 그때까지도 그는 믿지 않았다.

장원태의 성격상 그럴 리는 없다며 거짓 정보라 단언한 것이다.

하지만 조금 전 기습당했다는 얘길 들었을 때 깨달을 수 있었다.

변명할 수 없을 정도로 완벽히 당했다는 것을.

"장원태, 그 겁 많던 놈에게 물리다니……."

여전히 그의 표정에 변화는 없었다.

하지만 모두 다 숨길 수 없었는지 굳게 말아 쥔 두 손에 작은 떨림이 일었다.

"장주!"

그때 감운 장로가 활짝 열린 문 앞으로 다가왔다.

석대헌은 반사적으로 소리쳤다.

"옮겼소?"

"늦었습니다."

"뭐라?"

평온하던 석대헌의 표정이 일그러졌다.

적이 침입해 왔을 때도, 수하들이 하나하나 쓰러져 갈 때도 냉정을 잃지 않던 그가 처음으로 당혹스러움을 내비쳤다.

"놈들이 건물 대부분을 점령했기에 도망칠 동선을 확보하지 못했습니다! 거기다 무사들의 대부분이 죽어 움직일 병력도, 이동할 곳도 없습니다! 남은 호위무사 정예 고수 십여 명이 현재

간신히 버티고 있는 중입니다!"

"이런……."

"장주! 지금 가야 합니다!"

감운은 다급히 말했다.

석대헌은 별다른 표정 없이 고개를 돌렸다.

"장주!"

"먼저 가시오."

감운은 놀란 표정으로 석대헌을 바라보았다.

"어차피 그것을 옮기지 못하면 살아도 의미가 없소. 본 장 모든 인원의 목숨보다 중요한 거니까."

"하면……."

"흔적도 찾지 못하게 모두 날려 버려야지."

"장주……."

그때였다.

"흔적? 무슨 흔적?"

감운이 당황한 눈빛으로 고개를 돌렸다.

문 옆으로 미공자가 서서히 모습을 드러냈다.

묵객이었다.

"이놈들!"

감운이 급히 당황하며 달려 나갔다.

콰앙!

그 순간 한쪽 문짝이 부서지며 그 사이에서 주먹이 뻗어 나왔다.

부웅.
감운의 몸이 공중으로 두둥실 뜨며 바닥을 굴렀다.
입을 통해 삐져나온 핏물이, 단 일격에 그가 명을 달리했다는 것을 단적으로 보여줬다.
"여기까지지요, 석 장주."
스윽.
방각이 천천히 걸어 나왔다.
그들의 모습에 석대헌의 표정이 일그러졌다.
그러다 그는 금방 낯빛을 본래대로 고치고, 집무실 한편에 있는 커다란 탁자로 천천히 걸어갔다.
"허, 참으로 과한 대접이구려. 강호에 위명이 자자한 두 분 대협께서 본 장주를 찾아와 주시다니."
"모두 당신이 자초한 것이니 원망은 하지 마시오."
"알고 있소. 누굴 원망을 하겠소. 전쟁이 벌어졌는데 적을 먼저 치지 못한 내 우유부단함을 원망할 뿐이지."
드르륵.
말하는 사이 그는 의자를 빼 자리에 앉았다.
너무나 태연해 자신이 어떤 처지에 있는지 모르는 사람 같았다.
묵객은 그를 향해 천천히 걸으며 말했다.
"남길 말이 있소?"
"그 전에 재미있는 얘기가 있는데 들어보시겠소?"
묵객은 걸음을 멈추고 등 뒤의 방각을 바라보았다. 그는 말없이 석대헌을 바라보고 있었다.

그 순간 석대헌의 목소리가 흘러나왔다.

"당신들같이 장씨세가에 영입된 외인(外人)들은 모를 것이오. 우리 석가장이 무슨 의도로 장씨세가에 접근을 했는지."

"그건 무슨 말이오?"

"우린 가급적 평화적인 해결을 바랐소. 그렇기에 장씨세가가 지금까지 온전할 수 있었던 것이오. 석가장이 정말 소란을 일으키려고 했었다면 장씨세가는 진작 무너졌을 거란 말이오."

석가장주는 책상 밑 수납장을 열고는 말을 이었다.

"하니 일이 이런 식으로 흘러간다고 너무 들뜨지 마시오. 장씨세가가 우리 석가장을 상대로 싸웠던 것이 얼마나 행복했던 것인가를 알게 될 날이 올 테니까. 아, 아니지. 대협들은 그런 날을 보기는 힘들겠구려."

'뭔가 이상하게 돌아가고 있다.'

석가장주의 말에 방각의 표정이 더욱 굳어졌다.

그의 행동에 뭔가 불길한 예감이 생겨나기 시작한 것이다.

"재밌다는 얘기는 그건가? 적당히 하지?"

묵객이 그를 향해 말했다.

석대헌이 안다는 듯 고개를 끄덕였다.

"후후후. 하긴, 그렇게 들릴 것이오. 어찌 보면 그대들은 모르는 것이 당연하니까. 아무튼… 저승에서 뵙시다."

"저승? 저승은 당신 혼자 가겠지."

"그래요? 본 장주는 그리 보지 않소만."

끼익!

석대헌이 앉은 서탁 아래에서 살짝 거슬리는 소리가 났다.

다음으로 드드득 바닥 아래로 무언가 진동하는 움직임에 묵객의 눈매가 사나워졌다.

"무슨……."

'이, 이건!'

방각이 눈을 부릅떴다.

묵객은 소리에 신경 썼지만 방각이 알아차린 것은 마르고 퀴퀴한 냄새였다. 코를 자극하는 특유의 향. 그리고 비직비직 타들어가는 기분 나쁜 소리.

"당신들 두 사람은 장씨세가의 큰 조력. 장차 본 장의 앞길에 두고두고 걸림돌이 될 테지. 그러니……."

"이놈! 무슨 짓을 하는 거냐!"

묵객이 제압하려 달려 나가려 할 때였다.

터억!

갑자기 방각이 그의 소매를 잡았다.

묵객이 의아한 얼굴로 뒤를 돈 순간, 그는 보고 말았다.

경악한 방각의 얼굴을.

"나가!"

"대사 무슨! 컥!"

퍼어엉!

묵객이 다시 말을 할 때였다. 방각이 묵객의 배를 주먹으로 내려쳤다.

그러고는 그를 감싸고 벽을 부술 듯 몸을 날렸다.

"이미 늦었소."

석대헌의 말과 동시였다.

콰아아앙!

눈앞이 번쩍임과 함께 귀가 터져 버릴 것 같은 폭음이 집무실을 뒤흔들었다.

第二章

당신이 부른 것이오

"시간이 됐습니다."

하늘을 올려다보던 비연이 목소리를 높였다.

그녀의 말에 오십여 명의 무사가 서로 곁눈질하며 때를 기다렸다.

그들에게 명을 하는 자는 따로 있었기 때문이다.

"이제 움직이는 겁니까?"

대장로 석원이었다.

그는 석가장을 대표하여 비연 단주와 함께 행동을 같이하기로 한 자였다.

"예, 지금쯤이면 소위건이 차우객잔 안에 들어간 지도 반 각 정도가 됐을 겁니다. 치열한 싸움을 하고 있거나 승부가 난 상태겠지요."

비연은 다른 흑도 무리와 달리 소위건과는 연락을 주고받고 있었다.

그가 사람을 시켜 연통을 보내왔고 지금 통보를 해왔다.

바로 오십 장 떨어진 가장 높은 노송에 흩날리는 긴 천이 그것이었다.

"움직인다!"

비연의 말에 석원이 뒤를 돌아보며 외쳤다.

그러자 석가장 고수들이 무언의 눈짓을 하며 눈빛이 매서워졌다.

그들 중 외부 영입 고수들은 없었다.

관에서 개입했을 때 외부 사람들이 없음을 보여주기 위해서였다.

비연이 앞서 움직이고 석원이 그 옆을 지키며 석가장의 고수들은 그렇게 발을 움직였다.

"잠깐만요."

스무 걸음쯤 걸었을 때였을까.

비연이 큰 소리로 외쳤다.

그녀의 말에 석가장 사람들은 걸음을 멈출 수밖에 없었다.

"무슨 일이오?"

그사이 대장로 석원이 그녀를 향해 다가와 물었다.

"누군가 이곳으로 오고 있습니다."

"누가 말이오?"

옆을 돌아보던 석원의 눈이 점차 커졌다.

그녀의 말은 사실이었다.

멀리서 흐릿한 인영 하나가 이곳으로 걸어오고 있었다.

"소위건?"

사내가 가까이 다가왔을 때 비연은 그가 누구인지 알 수 있었다.

옆에 있던 석원도 당황한 기색으로 그를 바라보았다.

"당신이 왜 여기에 있는 거죠?"

삼 장 앞으로 다가올 때 비연이 말을 건넸다.

하지만 소위건은 대답하지 않았다.

그저 그늘진 얼굴을 한 채 그녀를 노려보며 계속 다가오고 있었다.

그렇게 거리가 일 장으로 좁혔을 때였다.

"네년……."

파파팟.

삽시간에 그녀에게 달려들었다.

그 순간, 비연 등 뒤에서 존재를 숨기고 있던 흑선이 움직였다.

철컥.

흑선이 칼자루를 잡으며 비연의 옆으로 달려오자 소위건이 방향을 바꿨다.

이미 예상을 한 듯했다.

소위건이 흑선에게로 방향을 바꿔 쇄도한 것을 보면 말이다.

탁.

소위건은 그녀의 손목을 내려쳤다.

스릉. 턱!

그러자 흑선이 빼내려던 칼은 반쯤 뽑히다 검집 안으로 다시 들어갔다.

파팟.

흑선도 가만있지 않았다.

소위건이 검집을 밀어 넣는 사이 왼손을 이용해 곧장 반격을 가했던 것이다.

팍.

하나, 소위건은 팔목으로 흑선의 공격을 손쉽게 막았다.

그러고는 구분 동작 없이 등으로 그녀를 밀어버렸다.

그와 동시에 비연에게로 달려갔다.

휘릭.

뒤로 밀려나던 흑선이 원심력을 이용하며 몸을 돌렸다.

몸을 빼낸 흑선은 소위건의 목을 겨냥해 검을 찔렀다.

이이이잉.

흑선의 검이 소위건의 목에 닿을 듯 흔들렸다.

소위건의 손은 비연의 목이 아닌 옷깃을 낚아채 누르고 있었기 때문이다.

비연은 소위건의 손에 잡힌 채 당황한 눈빛을 내비치고 있었다.

"왜 날 속였나?"

비연은 놀란 얼굴로 대답하지 않았다.
소위건은 더욱 거친 음성으로 말을 이었다.
"분명 묵객이라고 말하지 않았나. 그런데 왜 날 속인 건가?"
"무슨 소리인지……."
"다시 한번 헛소리하면 죽여 버리겠다! 네년 목을 부러뜨리는 건, 내게 아주 쉬운 일이야."
비연은 그에게서 표독하게 변한 눈초리를 읽으며 고민했다.
강한 살기가 온몸을 옭아매고 있었다.
흑선의 칼이 그의 목을 겨누고 있는 와중인데도 그는 개의치 않고 있었다.
"그는 어떤 자였나요?"
결국 그녀는 은연중에 내심을 털어놓았다.
소위건이 한동안 그녀를 응시하다가 옷깃을 놓았다.
"운이 좋은 줄 알거라. 보아하니 알고 한 짓이 아닌 듯해서 살려주는 거니까."
말과는 달리 소위건의 날카로운 눈빛은 여전했다.
"하지만 돈은 내놓아야 할 것이다. 엽살혼과 적우자의 것을 포함한 온전한 성공 보수까지. 그렇지 않으면 이 일과 관련된 네놈뿐만 아니라 석가장 모두를 죽여 버릴 것이다."
소위건의 말이 비연 단주의 귀에는 들려오지 않았다
그런 푼돈보다 더 궁금한 것이 있었기 때문이다.
"당신이 상대하지도 못했던 건가요?"
"뭐?"

"당신이라면 충분히 상대할 수 있는……."

"미친년."

소위건의 말에 흑선은 검을 언제든 찌를 수 있다는 듯 행동을 했다.

하지만 그는 아랑곳하지 않고 말을 이었다.

"상대를 봐가면서 일을 시켜라."

"네?"

비연 단주는 이 말을 대체 어떻게 해석해야 하는지 머리가 복잡해졌다.

"됐고. 다시 한번 말하겠다. 돈은?"

소위건은 거기서도 여지를 주지 않았다.

"…드리지요."

비연 단주는 즉각 대답했다.

나중에 대금을 지급하든 말든, 소위건이 왜 이제 와서 물러서는지는 알 수 없었지만, 지금 그녀가 할 수 있는 말은 이것뿐이었다.

당장 소위건이 대답을 마음에 들어 하지 않으면 일이 복잡해질 것 같았다.

"그나마 판단은 빠르군. 좋아. 일이 깔끔히 처리된다면 나도 좋지. 그런 의미로 친절하게 조언 하나 하마."

그는 조금 기분이 풀어진 듯 차갑게 냉소하며 턱을 들었다.

"차우객잔에 가지 않는 게 좋을 것이다."

"그게 무슨 말인가요?"

"살고 싶으면 이 일에서 손을 떼란 말이다. 나도 이 바닥을 뜰 테니까."

비연은 소위건의 말에 눈을 부릅떴다.

바닥을 뜬다고?

"이번 일은 물론이고 앞으로 하북에는 얼씬도 하지 않을 거다. 제기랄. 아니면 아예 손을 씻든가 해야지."

"왜……."

"다시는 그 괴물과 마주하고 싶지 않으니까."

그 말을 끝으로 소위건은 고개를 돌렸다.

그러고는 더는 미련 없는 듯 그녀를 지나쳐 걸어갔다.

석가장 무사들이 좌우로 흩어지며 길을 내주었다.

"이제 어찌하오?"

석원이 걱정스러운 표정으로 비연에게 다가왔다.

소위건이 파헤치고 간 여운은 깊었다.

아까 전까지만 해도 전의가 가득하던 무리들은, 지금 의구심 어린 시선과 불안한 눈빛을 보였다.

그녀는 고심했다.

소위건이 저리 나오는 것을 보니 불안감이 더욱 커졌다.

이대로 간다고 하면…….

이길 수 없다.

그녀는 입술을 깨물었다.

"모두 석가장으로 돌아가겠습니다."

"이제 와서… 하아, 알겠소."

대화 내용을 모두 들은 석원은 더는 말하지 않았다.
그는 모두에게 돌아가라는 명령을 내렸다.
그녀는 힘이 쭈욱 빠졌다.
소위건의 돌발 행동에 아무것도 하지 못한 것이다.
'신비 고수, 그가 결국 나섰어. 한데…….'
그녀의 수심은 깊어졌다.
'혈혼삼인 중 일인인 저 소위건을 저리 꼬리를 말게 만들 정도라면 대체 누구라는 거지?'
그렇게 그녀는 소위건의 행동에 불안함을 이기지 못하고 회군했다.

*　　*　　*

장련은 자리에 앉지도 못하고 방 주위를 서성이고 있었다.
진정하자고 애써 자신을 위로했지만 표정은 쉽게 밝아지지 못했다.
드르륵.
그때 문이 열리며 장웅이 방 안으로 들어왔다.
그녀는 급히 다가가 물었다.
"어찌 되었어요?"
"그것이……."
장웅은 무슨 이유에서인지 머뭇거렸다.
그러다 장련과 눈빛이 마주친 뒤에야 비로소 입을 열었다.

"사파 중에서 흑도 고수들이라 하더구나."
"흑도의 누구죠?"
"……."
"얘기해 줘요."
장웅은 또다시 머뭇거렸다.
이름 면면이 너무나도 화려했다. 차마 입을 열기가 힘들 정도로.
"됐어요. 제가 직접 물어볼게요."
장련이 눈을 찡그리며 고개를 돌렸다.
그녀가 몇 걸음 걷는 순간 장웅이 그녀의 팔을 붙잡았다.
"이십여 명의 사파 사내가 몰려갔다더구나. 그중 가장 위험한 인물로 세 명이 거론되었다. 바로 엽살혼과 적우자, 그리고 소위건이다."
"…예? 뭐라고요?"
뭔가 되짚는 듯 시선을 내리던 장련이 눈을 부릅떴다.
전혀 예상치 못한, 자신의 귀를 의심할 만한 이름이 들려왔기 때문이다.
"오라버니, 제가 잘못 들은 건 아니죠?"
장련의 목소리가 떨리고 있었다.
엽살혼, 적우자.
잔인하게 죽이는 것뿐만 아니라 고통스럽게 죽이는 것을 즐기는 악인들이었다.
그중 적우자는 여인들을 간살(姦殺) 하고 시체의 피를 먹는다고 알려져 있었다.

무공이 너무 뛰어나 그들을 제어할 무림인이 거의 없다는 말이 있을 정도였다.

거기다 소위건.

귀수마혼의 별호로 알려진, 명실공히 사파를 대표하는 절정고수.

살행(殺行)을 걷는 자로 그의 손에 죽은 자들이 차마 셀 수 없을 정도로 많다는, 그런 소문의 사내였다.

"어떡해… 어떡해……."

그녀는 너무나 충격을 먹은 탓인지 곧장 말을 내뱉지 않고 흐느꼈다.

"너무 떨지 말거라. 아직 우리에겐 희망이……."

"이건 아니잖아요!"

장련은 장웅을 보며 외쳤다.

"이건… 이건 정말 아니잖아요. 귀수마혼이 왜 거길 가 있는 거냐고요! 거기에 지금 누가 있는데요!"

장련은 북받쳐 오르는 감정을 쉽게 조절하지 못했다.

대화 도중 손을 떠는 그녀의 행위에서도 지금 그녀가 느끼는 감정이 여느 때와는 다르다는 걸 느낄 수 있을 정도였다.

"뭐라고 말 좀 해보세요. 제발요, 오라버니… 흑흑. 흑흑흑!"

장련은 결국 말을 하다 울음을 터뜨리며 주저앉았다.

아는 것이다.

그들이 객잔에 갔다면 장씨세가 사람들이 결코 살아남지 못

한다는 것을.

장웅은 울먹이는 그녀에게 다가가 등을 토닥거렸다.

자신도 괴로웠다.

지금의 상황을 만드는 데 일조한 스스로에게 원망이 들 정도로.

"오라버니."

한참을 흐느끼던 장련이 벌떡 일어났다.

볼에 흐르는 눈물을 닦지도 않은 채 그녀는 장웅을 보며 말했다.

"저도 가겠어요."

"련아!"

장웅이 그녀를 다그치듯 말하며 손을 재차 붙잡았다.

하지만 장련은 이미 결심이 선 표정이었다.

"저 때문이에요. 제가 석가장의 전략을 읽지 못하고 장씨세가 사람들을 차우객잔으로 가게 했어요. 그들이 어떻게 나올지, 어떤 변수가 있을지 모르고 말이에요."

"진정해라, 련아!"

"한 명도 죽지 않기 위해, 한 사람도 다치게 하지 않기 위해 전략을 짰던 건데… 애초에 내가 전략을 짜면 안 됐어. 결과적으로 나 때문에 모두 다 죽게 생겼어……. 나 때문에……."

"쉽게 단언하지 마라! 죽지 않을 수도 있다!"

장련이 잠시 서성였다. 그러다 이내 눈을 글썽이며 입을 열었다.

"어떻게 살아요. 상대는 귀수마혼이에요! 어떻게 살아요."
장련이 손을 강하게 뿌리치려고 했다.
그 순간 장웅이 고함쳤다.
"련아! 우리에겐 광 호위가 있다!"
멈칫.
장련의 동작이 멈췄다.
잠시 망설이던 그녀는 고개를 들어 천천히 장웅을 바라보았다.
장웅은 눈에 힘을 주며 말했다.
"광 호위가 그곳에 있다. 황 노인과 같이 있었으니 분명 그도 거기 있을 것이야. 그럼 살 수 있다. 모두 살 수 있어! 상대가 소위건이든 그 누구든 말이다!"
장련이 한참을 그를 바라보았다.
그러다 허탈하게 미소를 보이며 고개를 저었다.
"전 오라버니가 무슨 말을 하는지 모르겠어요. 광 호위가 있는 게 무슨 소용이에요. 그게 지금 무슨 소용이냐고요."
"광 호위니까. 광 호위니까 가능한 것이야."
장련이 애처롭게 목소리를 높였다.
"제발 말도 안 되는 소리 하지 마세요! 그가 아무리 대단해도 모두를 구해낼 수 없다고요! 제발 이 손 좀 놔주세요!"
"그는! 나를! 구했던 자다!"
장웅은 장련의 팔을 더욱 강하게 잡으며 방 안이 쩌렁쩌렁하게 울리듯 외쳤다.

장련의 표정이 잠시 경직되었다.

그러다 장웅에게로 시선이 고정되기 시작했다.

"그가 나를 구해주었다. 그가 나를 구해주고 모르는 척 숨긴 것이다. 묵객에게 직접 들은 얘기다. 그가 알리기 위해 나에게 모두 털어놓았지만 내가 묵객을 설득해 사실을 숨긴 것이야."

"거짓말……."

"생각해 보거라. 단순한 실력자가 장로들이 데리고 온 호위무사를 꺾고, 삼절 중 한 분을 일 초에 꺾겠느냐. 그가 있을 때면 왜 항상 문제가 쉽게 해결되었겠느냐."

"그땐 우연이라고 했어요. 삼절을 꺾은 것도 묵객에게 조언을 받아서……."

"조언만으로 해결되는 문제더냐! 그런 뛰어난 고수들 싸움에서!"

"……."

"너는 왜 모르느냐. 그가 얼마나 대단한지. 너는 바보같이 아직까지도 그토록 모르고 있느냐!"

"……."

장웅의 말에 장련은 멍하니 바라만 봤다.

과거의 기억 속에 조각조각 흩어져 있던 기억의 편린들.

미심쩍은 것들이 하나둘씩 얽혀 들어가기 시작했던 것이다.

"그리고 그를 본다면 이 말 한마디도 꼭 전해주시오."

"무슨 말요?"
"앞으로는 자랑할 일이 많아질 거라고."

호위무사 세 명을 쓰러뜨리고 남겼던 그의 말.

"형장은 할 수 있다는 뜻으로 들리는 것 같은데… 내 말이 맞소?"
"할 수 있소."

이 공자가 납치됐다는 그날, 묵객와 나눴던 대화.

"자랑할 일이 또 생길 것 같으니까."

삼절을 일 초에 쓰러뜨릴 때 넘쳤던 그의 자신감.
그리고…….

"나는 우리가 생각하는 것보다 더 대단한 사람이라고 말하는 것이야."

장웅이 한정당에서 했던 광 호위에 대한 단정.
"설마요……."
장련이 고개를 저었다.
하지만 눈빛은 점점 확신에 가까워지고 있었다.
"맞을 게다. 광 호위는 실력을 숨기고 있다. 그것도 정말 뛰어난 실력을. 아마 묵객에게도 뒤지지 않을 게야."
"아……."
장련은 말을 잇지 못했다.
뭔가 가슴속에 뜨거운 것이 북받쳐 올랐지만 어떤 말을 해야 할지 생각나지 않았다.
"만약에요……."
한참을 생각하던 장련이 입을 열었다.
"그가 구하지 못하면요?"
"그가 하지 못하면……."
장웅이 확신에 찬 얼굴로 장련을 보며 말했다.
"장씨세가 누구도 할 수 없었던 일이겠지."
드르르륵.
그때였다.
일 장로가 문을 열고 들어왔다.
"가주께서 모두 나오시랍니다."

* * *

군영의 임시 막사 안에는 장씨세가 사람들이 모여 있었다.
그리고 중앙에 차려진 단상 위에는 지부 대인 담대경이 어두운 표정을 내비치고 있었다.
그도 알고 있었다.
엽살혼과 적우자, 그리고 소위건.

강호의 악독한 흑도로 그 실력이 워낙 막강하여 영내에 머무는 백호장들도 싸우길 꺼려 한다고 했다.

특히 소위건이란 자에 대해 천 명의 군사를 부리는 천호장 이육사(李陸査)마저 승부를 점칠 수 없다고 말하였을 때 상당한 충격을 받지 않았는가.

그 때문인지 소식이 들려온 뒤 이 단상 위에서 한 발짝도 움직이지 않고 있었다.

"아버님, 무슨 소식이 있습니까?"

장련과 함께 밖으로 나온 장웅이 장원태를 향해 급하게 물었다.

"백호장이란 사람이 왔다더구나."

"그들은 조금 전 출발하지 않았습니까?"

"자세한 건 나도 들어봐야 알 것 같구나."

단상 안에선 갑옷의 병사들이 주둔해 있었다.

잠시 뒤 장창을 든 병사들과 함께 나타난 중년인 한 명이 지부 대인 앞으로 다가가 갑주(甲冑)를 겨드랑이에 끼고는 무릎을 꿇었다.

장씨세가 사람들의 시선이 그리로 쏠렸다.

"왜 벌써 왔느냐?"

담대경이 어두운 낯빛으로 입을 열었다.

"차우객잔으로 가던 도중 담 공자님을 만났습니다. 하여 발길을 돌려 이곳으로 모셔왔습니다."

"담경이? 무탈하더냐?"

"상처는 입었지만 괜찮아 보였습니다, 대인."

지부 대인은 놀란 눈으로 그를 바라보다 입을 열었다.

"그럼, 어서 데리고 오거라."

"옙."

백부장이 물러나고 잠시 뒤, 한 청년이 모습을 드러냈다. 한쪽 손과 가슴에 붕대를 감고 나타난 그가 바로 담경이었다.

담대경이 가슴을 쓸어내리는 한편, 담경은 의외로 덤덤한 표정으로 걸어 들어왔다.

그가 들어서자 사람들의 시선이 일제히 그에게로 쏠렸다.

"어찌 된 일이냐? 흉악한 적도들이 침입했다면서?"

담대경이 재촉하듯 물었다.

"운이 좋았습니다."

"무슨 말이냐? 상세히 말해보거라."

"예."

담경이 장씨세가 사람들이 모여 있는 곳을 향해 시선을 돌렸다.

"저녁 즈음에 차우객잔에 흑도 고수 수십이 들이닥쳤습니다. 놈들은 들어오는 순간 아무 관련 없는 양민들을 무참히 도륙했고 객잔에 있는 사람들을 겁박했습니다."

담경은 숨을 고르며 말을 이었다.

"이유는 모르겠지만 당시 객잔에서 희생된 이들은 대부분이 장씨세가 사람들이었던 것 같습니다. 그런 그들이 한 가지 제안을 했습니다. 반 각마다, 한 사람씩 끄집어내 죽인다는 것이었습니다."

그 말에 웅성대기 시작했다.

"실제로 그리했습니다. 하지만, 내민 제안도 지키지 않았습니다. 맘에 안 들면 죽이고 반항하면 죽이고, 그렇게 그들 기분에 따라 한 명씩 죽어나갔지요."

또다시 웅성거렸다.

대부분 그들의 잔혹성에 대한 울분이었다.

"그들이 원하는 건 한 가지였습니다. 장씨세가 고수들을 상대하겠다는 것이었습니다. 후에 알고 보니 그들은 석가장에서 보낸 것이었습니다."

"이놈들……."

듣고 있던 장원태가 온몸을 떨어댔다.

너무나 화가 나 감정을 추스르지 못한 것이다.

"해서 어찌 되었습니까? 본 가의 사람들은 모두 죽은 겁니까?"

한 노인이 소리쳐 물었다.

그 말에 담경은 고개를 저었다.

"사람들이 제법 죽긴 하였지만 대부분은 살았습니다. 때마침 한 사내가 나타나 우릴 구해줬기 때문입니다."

"아!"

"아아아!"

그 순간 환희에 찬 신음이 흘러나왔다.

생각지도 못한 얘기에 다들 얼굴이 밝아졌다.

"공자, 그가 누구입니까?"

지켜보던 삼 장로가 목청껏 외쳤다.
"이름은 모르겠습니다만 그가 스스로 밝히기는……."
그는 질문한 삼 장로를 향해 말을 이었다.
"자신은 장씨세가 호위무사라고 했습니다."
장씨세가 사람들은 다시금 웅성이기 시작했다.
"아니, 호위무사들은 석가장으로 간 것 아니었나?"
"한 명이 더 있어, 황 노인이 데려온 자가."
"그가 그들을 다 처리했다고?"
장씨세가 호위무사.
감히 생각도, 예측도 하지 못한 탓인지 대부분 이해하지 못한 눈빛이었다.
"엽살혼, 적우자라 하지 않았더냐? 소위건도 있다고 하지 않았더냐?"
그때 의아한 표정의 담대경은 결국 궁금증을 참지 못하고 물었다.
그는 아들, 담경의 말을 한 번에 이해하지 못했다.
천호장 이육사도 고개를 돌렸던 상대가 무려 셋이나 있었다.
거기다 다른 적도들도 함께 있었다고 하지 않았는가.
"예, 그랬습니다. 아니, 그들뿐만 아니라 흉악하기가 예사롭지 않은 다른 고수들도 제법 있었습니다."
"한데 그 호위무사란 자가 그들을 모두 처리했다고?"
그 말에 담경은 고개를 끄덕였다.
"모두 처리했습니다. 놈들은 단 한 명도 빠지지 않고 그의 칼에 고혼이 되었습니다."

이 장로와 삼 장로의 얼굴색이 변했다.

설마설마했지만 정말로 광휘가 그런 엄청난 신위를 보였으리라고는 생각도 못 한 것이다.

담경은 그때가 생각났는지 뜨거운 눈빛으로 변하며 말을 이었다.

"그는 누구보다도 상황을 빨리 파악했고, 강했습니다. 용감했고 담대했습니다. 소자가 이제껏 본 어떤 사내보다 무인으로서 모든 조건을 갖춘 사내였습니다. 만약 그가 때맞춰 도달해 주지 않았다면… 단언하건대, 객잔 안의 사람들은 모두 죽었을 겁니다. 저를 포함해서요."

"아……!"

한쪽 구석에서 듣고 있던 장련은 결국 주저앉아 버렸다.

모두 살았다는 말에 가만히 서 있을 수가 없었다.

그러던 그때쯤, 그가 자신에게 남겼던 말이 기억속에서 떠오르고 있었다.

"당신은 묵객만을 데려온 것이 아니란 소리요."

"네?"

"결국 당신이 부른 것이오."

"……."

"나란 사람을."

그땐 몰랐다.
절대고수를 바라는 자신의 바람에 대한 대답의 의미를.
하지만 지금에 와서 보니 왠지 알 것 같았다.
그는 말하려고 했었다.
자신이 여기 있으니 걱정하지 말라는 얘기를.
그 말을 우회적으로 돌려 표현한 것이다.
"내 뭐랬느냐. 그가 있다고 하지 않았느냐."
장웅의 눈시울이 뜨거워졌다.
'예상은 했지만…….'
이토록 훌륭하게 해결했을지 몰랐다.
그리고 알았다.
방각 대사가 가리킨 자가 바로 그라는 것을.
"호위무사!"
"광 호위가 그리 대단한 자였다니."
"황 노인은 항상 비상한 눈을 보이지 않았던가!"
장씨세가 사람들이 저마다 감탄을 내뱉으며 웅성거렸다.
그러던 그때였다.
"대인! 대인!"
갑자기 한쪽에서 누군가 뛰어 들어왔다.
표정이 많이 누그러진 담대경은 달려오는 병사를 보며 다시 눈이 매서워졌다.
"또 무슨 일이냐!"
사람들의 시선도 즉각 그에게로 꽂혔다.

안도감에 한숨 놓았던 사람들의 마음에 한 가닥 꺼림칙한 예감이 일어났다. 그리고 그 예감은 틀리지 않았다.

시커먼 검댕이 잔뜩 묻은, 낭패한 기색의 병사는 이를 악물며 크게 소리쳐 고했다.

"방금 석가장으로 짐작되는 곳에서… 폭발이 일어났습니다!"

* * *

"으으윽……."

바닥에 쓰러진 묵객은 몸을 뒤집으며 고통을 호소했다.

눈물이 흐를 정도로 눈은 따가웠고, 귓속은 소리가 들리지 않을 만큼 얼얼했다.

묵객이 어렵사리 고통과 싸우고 있을 때 주위에서 인기척이 느껴졌다.

"괜찮으십니까?"

능자진이 걱정 어린 시선으로 그를 바라보고 있었다.

"어떻게 된 것이오?"

"폭발이 있었습니다. 제가 왔을 땐 묵객께서는 여기에 쓰러져 계셨습니다."

묵객은 주위를 둘러보았다.

눈앞에 폐허로 변한 건물 한 채가 보였다.

"이럴 수가……."

건물은 산산이 부서져 있었다.

통째로 날아간 내곽, 외벽으로 보이는 기둥은 온통 시꺼멓게 변해 있었고 군데군데 채 꺼지지 않은 불길도 보였다.

"크… 대사는 어떻게 됐소?"

묵객은 신음을 내뱉으며 말을 이었다.

능자진이 선뜻 얘기하지 않자 그는 놀란 표정으로 말했다.

"설마 죽은… 게요?"

"살아계십니다. 다만……."

능자진이 말을 흘리며 한 곳으로 고개를 돌렸다. 묵객의 시선이 능자진이 바라보는 곳으로 이동했다.

그곳에는 사람들이 빙 둘러선 채 누군가를 내려다보고 있었다.

"비켜보시오!"

묵객은 자리에서 일어나 급히 사람들의 사이를 비집고 안으로 들어갔다.

"……!"

묵객은 눈을 부릅떴다.

사람들이 내려다보던 바닥엔 방각으로 추정되는 사람이 쓰러져 있었다.

아니, 사람이라 할 순 없었다.

얼굴이 뭉개지고 손목과 발목이 날아간 데다 시꺼멓게 탄 그을음이 온몸을 덮고 있었기 때문이다.

"대사!"

묵객은 소리치며 그를 불렀다.

그와 동시에 조금 전 방각이 취했던 행동들이 서서히 기억나기 시작했다.

"나가!"
"대사, 무슨! 컥!"
"이미 늦었소."
"……!"
"백보(百步)!"

"대사……."
불에 탄 방각을 바라보던 묵객의 표정은 어두워졌다.
생각이 난 것이다.
그가 자신을 살렸음을.
벽력탄이 터지는 순간 자신을 벽으로 밀어버린 뒤 온몸으로 자신을 구해낸 것이다.
경황이 없어 지금 떠올린 백보란 그의 마지막 말.
그것은 아마 소림권법의 최상승 권법, 백보신권(百步神拳)을 가리키는 것이었을 테다.
백보신권이란 실질적으로 일백 걸음 즉, 백 보나 떨어져 있는 적도 내공 발현(內功發顯)을 통해 쓰러뜨린다는 무공이었다.
그가 내공을 발현해 기를 뿜어냈기에 폭탄이 터지는 와중에서도 자신이 살 수 있었던 것이다.
아니, 오직 그것 때문이었다.

그 정도의 무공을 쓰지 않고선 건물 한 채를 통째로 날려 버리는 폭탄의 위력에서 어찌 자신만 온전할 수 있었겠는가.

"커억. 크으읍. 묵, 묵객……?"

죽은 시체처럼 가만히 있던 대사가 입가의 그을음과 함께 말을 하기 시작했다.

순간 묵객은 그의 얼굴까지 고개를 내리고선 끄덕였다.

"묵객이오! 숨은 쉴 수 있겠소?"

"커억. 커억."

방각은 다시 한번 기침을 했다.

매캐한 냄새가 강했다.

손목과 발목이 절단됐음에도 피는 흐르지 않았다. 강한 열기 때문에 살이 익어버린 것이다.

묵객의 표정이 일그러지더니 목청을 높였다.

"왜 날 구하신 거요? 왜 날……."

"콜록 콜록. 크으음."

방각은 대화가 불가능할 정도로 힘들어했다. 사실, 이미 죽었어도 뭐라 할 수 없는 상태였다.

그런 방각이 살아 지금까지 버틸 수 있는 것은 그의 심후한 내력 때문이었으니까.

"혈(穴)… 혈……."

묵객은 대사가 무슨 말을 하는지 곧장 알아들었다.

혈을 짚어라.

그 의미는 내공을 소진시켜 잠시나마 고통을 마비시켜 달라는 것이었다.
그리한다면 대화 자체는 가능해질 테니까.
묵객은 잠시 고민했지만 곧 결정을 내렸다.
가만 놔두어도 죽을 상황이었다.
하여 혈을 짚음으로 상황이 더욱 나빠진다 하더라도 그가 남길 말을 들어보는 것이 더 나은 선택이 될 터였다.
툭. 툭. 툭.
묵객은 그의 몸 여러 곳을 손으로 짚었다.
사혈(死穴)이라는 천령혈(天靈穴), 기문혈(氣門穴), 제문혈(臍門穴)이었다.
극단적인 내기 순환을 통해 잠시나마 기력을 회복시키려는 의도였다.
"컥!"
방각의 몸이 뒤척이듯 흔들리더니 곧 누그러졌다.
"말을 할 수 있겠소?"
묵객의 물음에도 방각은 조용했다.
그러다 조금 의문이 들 때쯤에야 힘겨운 목소리가 흘러나왔다.
"이제 괜찮아졌구려."
"대사……."
"우선 오해부터 풀어야겠소. 난 당신을 구하려던 게 아니오. 난 이미 늦었고, 당신은 살 가능성이 있었소. 단지 난 그 선택을 했던 것뿐이오."

방각은 곧 죽을 와중에도 여전히 그만의 고집을 보였다.
"어찌 됐든 고맙소. 한데, 어찌 안 것이오? 그들이 폭탄을 터뜨릴 것이란 걸 말이오?"
"느낌이었소."
"느낌만으로 그것이 가능한 것이오? 난 정말 아무것도 눈치 챌 수……."
"시간이 그리 많지 않소. 이제부터 내가 하는 말만 잘 들으시오."
그때 방각이 그의 말을 급히 가로막고 다시 말을 이었다.
"직접 보셨으니 아실 게요. 지금 터진 벽력탄은 보통의 벽력탄과는 다르다는 걸."
"아……."
"싸움이 그치면 먼저 석가장이 이 폭약을 어떻게 가지고 있었는지를 조사해야 할 거요. 그리해야 그들이 장씨세가를 노렸던 명확한 이유가 나올 것이오."
묵객은 석가장주의 말이 떠올랐다.
분명 그는 뭔가 전면에 나서지 않는 자들도 있다는 식으로 말을 했었다.
방각이 그것을 다시 언급했던 것이다.
"장씨세가엔 곧 큰 위기가 닥칠 것이오. 내 바람이 하나 있다면 묵객, 그대가 이 공자를 도와줬으면 하는 것이오."
"왜 이 공자요?"
묵객은 궁금했다.

장씨세가가 아닌, 왜 이 공자를 도와달라는 것인가.
"대사?"
"……."
"대… 하아."
묵객은 다시 질문을 던지다 천천히 고개를 숙였다.
방각이 더 이상 말을 하지 못하고 완전히 의식을 잃은 것이다.
애초에 사혈을 눌러 격발시킨 잠력, 선천진기를 이용했다.
그것이 다하자 생명의 불이 다시금 꺼지기 시작한 것이다.
묵객은 급히 주변을 향해 소리쳤다.
"어서 대사를 안전한 곳으로! 살려야 하오!"
그의 말에 지켜보던 이들이 당황했다.
누가 봐도 죽은 시체처럼 보였기 때문이다.
"아니지, 먼저 철수하시오! 방각 대사는 내가 맡겠소!"
묵객은 장포를 벗어 방각의 전신에 두르고, 그를 단번에 번쩍 들었다.
그러고는 이를 악물고 급히 달려갔다.
"이미 죽은……."
"모른 척하거라."
곡전풍이 입을 열자 능자진이 그의 말을 가로막았다.
작은 희망이라도 붙잡으려는 그의 의지를 본 것이다.

깊은 저녁, 장씨세가의 급습.
그로 인해 석가장의 장주를 비롯한 사십여 명의 무사가 죽었다.

장씨세가는 한 명.

방각이 유일했다.

第三章 죽지 마세요

석가장이 불탄 다음 날.

장씨세가 사람들은 모두 본가로 돌아왔다.

묵객과 방각의 생사를 묻는 장씨세가 사람들의 말에 능자진은 묵객이 석가장 인근에 남아 방각의 운기요상에 매달렸다고 말했다.

소식을 들은 장웅과 장련은 아쉬웠지만 그를 이해했다.

사실 그들 역시 누굴 걱정할 입장은 아니었다.

광휘 덕분에 희생이 줄긴 했지만, 차우객잔에 있었던 세가의 사람들 수십여 명이 죽임을 당했다.

죽은 이의 가족을 위로하고 보상을 해주는 것이 급선무였다.

"사람 한 명 찾는 일인데 왜 이리 굼뜬 것이냐?"

외총관 장태윤을 내려다보는 삼 장로의 심기는 불편해 보였다.

묵객과 함께 이번 싸움에 가장 큰 공을 세웠던 사람, 광휘를 찾는 데 시간이 너무 걸렸기 때문이다.

"갑자기 어디에 계신지 보이지 않습니다. 아무래도 밖으로 나가신 것 같은……."

"그럼 가까운 후원에도 가보고 인근 지역도 돌아봐야 하지 않겠는가. 나도 지금 발에 땀이 나도록 돌아다니고 있는 와중이 아니냐!"

"예, 알겠습니다."

장태윤은 고개를 숙였다.

삼 장로가 다시 말을 이었다.

"하인들이나 시녀들에겐 지시하지 말거라. 이번 전쟁에서 가장 후유증이 심한 자들이니까."

"그럼 차우객잔에 뒤늦게 나타난 황 노대는……."

"황 노대가 아니라 황주일 전총관이다! 광 대협이란 걸출한 호걸을 데려오지 않았더냐!"

어느새 삼 장로는 존칭으로 바꿔 얘기하고 있었다.

장태윤은 입술을 씰룩씰룩했지만 그래도 생각한 바를 차마 입 밖에 꺼내지는 않았다.

"예."

대답 후 그가 물러나자 삼 장로는 답답한 표정으로 다시 주위를 둘러보았다.

그리고 다시 내원을 둘러볼 요량으로 몸을 돌렸을 때 한 노인이 자신을 향해 다가오는 걸 보았다.

이 장로였다.

"오셨소이까."

"아직 못 찾은 건가?"

"…예."

"그렇구려."

이 장로는 눈가를 찌푸리며 시선을 돌렸다.

"걱정 마십시오. 멀리 가지 않았다면 곧 찾을 수 있을 겁니다."

이 장로는 고개를 끄덕이며 말했다.

"험험, 삼 장로도 아시겠지만 말이오. 가장 중요한 시기요. 빨리 그분을 찾아야 그간의 일에 대한 용서를 빌지 않겠소. 우리가 한 짓이 있으니까 말이오."

그 말에 삼 장로의 안색이 굳어졌다.

그간 황 노인을 비롯해서, 그에게 무례한 행동을 얼마나 많이 벌였던가.

이 장로가 어깨를 쳤다.

"나도 열심히 찾아보겠소."

"예."

삼 장로는 고개가 자연스럽게 숙여졌다.

* * *

"이곳이더냐?"

"예."

"들어가자꾸나."

장웅은 하인 한 명과 함께 광휘가 거처했던 장서고로 들어섰다.

광휘가 없어졌다는 얘길 듣고 사라진 이유나 단서가 될 만한 것들을 찾기 위해서였다.

"대체 이게 무엇이더냐."

그는 장서고로 들어온 뒤 잠시 동안 말을 잇지 못했다.

사방을 뒹굴고 있는 것들.

필시 주류 창고에 있어야 할 거대한 동이 열 개가 바닥에 엎어져 있었기 때문이다.

장웅이 말했다.

"정확히 언제 이곳을 나가신 게냐?"

"오늘 아침입니다. 식사를 하시려는가 여쭤보려 했는데 어디론가 가셨는지 도통 보이지 않았습니다."

광휘와 같이 장씨세가에 도착한 마부는 장웅에게 있는 그대로의 사실을 보고했다.

'이 많은 술을 드신 겐가… 대체…….'

널브러진 동이를 보며 장웅의 눈빛은 깊어졌다.

그러다 뭔가 머릿속을 스쳐 지나갔다.

노인의 목소리였다.

"끔직한 조직이었소. 인간이라면 결코 견딜 수 없는 그런……."

장웅은 눈을 부릅떴다.

동시에 가슴이 두근두근 뛰었다.

'위험해…….'

마음속 불안함이 본능적으로 경고를 보냈다.

방각 대사의 말.

처음 들을 당시에는 광휘가 대단한 무사일 거로만 여기며 넘겼었다.

한데, 지금 생각해 보니 그것이 다가 아니란 걸 깨달은 것이다.

광휘는 대단한 무사인 동시에 상태가 위중한 무사였다.

몸이 아니라 마음이.

육신이 아니라 정신이 말이다.

"련이는 어디 있더냐!"

장웅은 다급히 외쳤다.

"대청에 머물러 계십니다."

장웅은 그 말을 들은 뒤 곧장 장서고를 뛰쳐나왔다.

다급히 움직이는 그의 머릿속에 방각의 말이 아직까지도 계속 들려오고 있었다.

"실력이 출중한 만큼 죄책감은 더 커지지요. 임무에 실패할 때마다 자신의 무공을 탓하기 때문이오. 그러다 결국엔……."

"제발 이상한 짓 하지 마시오!"

달려가는 그의 얼굴은 상기되어 있었다.

가슴이 두근거려 찔리듯 아파왔다.

"그러다 결국엔 칼을 자신의 가슴에 찔러 넣게 되오. 자결을 하게 된단 말이오."

"광 호위 제발!"

*　　　*　　　*

장련은 대청에서 사람들을 돌보느라 바빴다.

대청은 원래 세가 내에서 가장 큰 건물. 때문에 가솔들이 모두 모이는 연례행사 때나 쓰이는 곳이었다.

"으윽. 으으윽……."

하지만 지금은 부상당한 가솔들의 치료를 하기 위해 임시로 개방되어 있었다.

"괜찮으냐?"

"네, 아가씨."

"그래, 다행이구나."

아이의 머리에 붕대를 감아주는 그녀는 미소를 지었다.

그러곤 자리에서 일어섰다.

"아가씨."

그때 장련에게 낯익은 얼굴이 다가왔다.

상비청에서 의복과 보급품을 관리하는 부인이었다.

"부인? 어인 일이세요? 다친 곳은 없다 들었는데?"

장련이 밝은 얼굴로 묻자 부인이 얼굴을 굳혔다.

"드릴 말씀이 있습니다."

"뭔가요?"

"그것이……."

말을 하려던 그녀는 주위를 한 번 의식했다.

그러고는 장련 앞으로 한 발짝 다가와 나직한 음성으로 속삭였다.

"광 호위께서 계신 곳을 알고 있습니다."

"네? 지금 뭐라… 읍."

그 순간 장련의 눈이 커졌다.

어찌나 놀랐는지 목청껏 외치다 급히 입을 틀어막았다.

장련은 급히 그녀를 데리고 사람들과 떨어져 벽으로 붙었다.

그리고 부인을 바라보자 그녀가 입을 열었다.

"부탁을 해오셨습니다. 사람들이 없는 곳을 알려달라면서요. 사람들에게도 알리지 말라고 하셨습니다."

"아……."

"그런데 아가씨껜 얘기를 드려야 할 것 같네요. 왜냐하면 그 분의 상태가……."

부인은 심각한 눈빛을 비추며 머뭇거리다 다시 말을 이었다.

"술을 달라고 하셔서 드렸는데 아직까지 계속… 마시는 것 같습니다. 이러다 정말 큰일이 날 것 같아요."

그 말에 눈을 크게 뜬 장련이 물었다.

"그곳이 어디예요?"

*　　　*　　　*

머리보다 작은 창 하나가 벽에 달려 있는 창고.

그곳에서 한 사내가 동이에 밀착한 채 뭔가를 떠먹고 있었다.

그그극. 그그극.

술로 가득 출렁이던 동이는 어느새 바닥을 드러냈다.

여섯 개째.

바닥에 굴러다니는 동이 다섯 개는 이미 그가 다 떠다 먹은 숫자였다.

실루웅. 실룽.

술동이를 기울이며 몇 번 더 떠먹던 광휘가 술동이를 옆으로 굴렸다.

그러고는 마지막 술동이 쪽으로 걸어갔다.

"우에엑! 우웩!"

그 순간 광휘가 바닥을 짚으며 갑자기 구토를 해댔다.

다량의 신물이 목구멍에서 흘러나왔다.

"커억! 커억!"

숨이 넘어갈 듯 괴로워하던 광휘는 숨을 고르자 점점 진정되었다.

한데, 그의 몸은 여전했다.

발작이 계속 진행 중인지 광휘는 사시나무처럼 몸을 떨어댔다.

그 때문에 그의 몰골도 보기 힘들 정도였다.
"멈추지 않아……."
바닥에 대고 연거푸 헛구역질을 한 광휘는 이내 바닥에 주저앉고는 중얼거렸다.
마차 안에서부터 시작된 발작.
광휘는 그 증상을 완화시키기 위해 술을 찾았다.
하나, 그것이 얼마나 헛된 희망인지 아는 데에는 오랜 시간이 걸리지 않았다.
장씨세가 주류 창고에서 가져와 장서고에서 마신 것만 해도 거대한 동이가 열 개.
하루 종일 마셔 모두 비워냈지만 허사였다.
발작은 자신을 비웃기라도 하듯 멈추지 않은 것이다.
오히려 강도는 더욱 심해졌다.
단순히 떨리는 것을 넘어 지금은 온전히 몸을 움직일 수 없을 만큼 심각하게 변해 버린 것이다.
"멈춰야만 해. 이런 식으론 살 순 없어."
광휘는 다시금 일어났다.
감각이 예민해져서인지 온몸이 떨리는 느낌이 너무나 불쾌했다.
이대로 가다간 정말로 미쳐 버릴 것 같았다.
"억!"
여인이 들고 온 마지막 동이로 이동하던 광휘가 중심을 잡지 못해 비틀거렸다.
허우적거리던 광휘가 급히 손을 뻗어 옆의 동이를 붙잡았다.

하지만 이내 몸이 다시 기울어졌고 동이와 함께 바닥으로 고꾸라졌다.

쨍애앵. 쨰쨍.

동이가 산산이 깨지며 파편이 사방으로 튀었다.

그중 몇 조각이 광휘의 얼굴로 튀며 가벼운 생채기를 냈다.

덜덜덜.

광휘는 몸을 이끌며 창고 벽에 등을 기댔다.

몸이 천근만근 무겁다.

그리고 아팠다.

몸도, 마음도.

'암살단 내 제일의 구표라고 하지 않았소! 날 왜 죽인 게요!'

'이젠 환청인가.'

흐릿해지던 눈앞에 사람들이 한두 명씩 나타나기 시작했다.

익숙했다.

몸뚱이가 없는 표독한 얼굴, 붉어진 얼굴, 이를 갈고 있는 얼굴.

이 다양한 얼굴들은 조금 전까지도 보았던 얼굴이니까.

"믿었는데… 결국 당신이 날 죽인 게요!"

"최고라고 하지 않았소! 그것을 믿고 자원했었소. 아시오?"

"원망스럽소! 당신이 원망스럽소!"

"그 가증스러운 얼굴. 절대 용서치 않겠소!"

이각, 일각 간격으로 나타난 환청과 환영.
그 속엔 예전처럼 동료들의 얼굴은 없었다.
동료가 아닌, 살수들의 표적이 되었던 자. 바로 그들이 모습을 보인 것이다.
"그랬던 건가."
광휘가 환청과 환영을 보며 얼굴을 일그러뜨렸다.
이제야 알겠다.
동료들의 고통.
바로 지금처럼 자신들이 구하지 못한 표적이 된 자들의 환청 때문이었음을.
그것이 결국 극심한 자괴감으로 이어졌던 것이다.
"그러다가……."
광휘는 바닥으로 고개를 돌렸다.
조금 전 깨진 동이의 파편이 눈에 들어왔다.
그는 떨리는 손으로 날카로운 파편 하나를 천천히 쥐며 손목에 대고 슥 그었다.
핏.
시뻘건 피가 튀었다.
광휘는 그것을 보며 한참을 바라보았다.
덜덜덜.
역시 가라앉지 않았다.
이제는 피를 보면서도 떨림이 계속 일고 있는 것이다.

"결국 극복할 수 없게 된 건가."

광휘는 깨달았다.

지금 이 발작을 넘어서는 경련.

멈출 수 있는 것이 아니었다.

통제의 수준을 벗어난 후유증이었던 것이다.

어떻게든 부작용을 줄여보려 했지만 불가능했다.

술로도 말을 듣지 않고 피를 봐도 여전히 진정되지 않는다.

광휘는 파편으로 손목을 그어 피를 보았음에도 전혀 반응이 없는 것을 보며 이해했다.

이 발작이 의미하는 것이 무엇인지.

그날이 온 것이다.

자신들이 조원들을 모아놓고 교육했던 그날이.

"이 일을 하다 보면 언젠가 선택을 해야 할 날이 올 것이다. 자결을 하거나 괴물이 되거나. 자신이 괴물이 될 것 같다면 내게 말해라. 도와주겠다!"

이 경련을 멈추기 위해선 피가 필요하다.

몸을 적실 정도로 흥건한 사람의 피가.

자신의 피로는 그렇게 할 수 없다.

그렇다면.

남는 것은 남의 피를 보는 것뿐.

"팔다리 하나 잘라내는 게 뭐 대수라고 그러시오? 조장! 이놈들은 흑도요! 잔인하게 죽여도 되는 놈들이란 말이오!"

가장 먼저 괴물이 된 자는 점창파(點蒼派) 신부재(申不財)란 자였다.

그는 어느 순간부터 적에게 잔인하게 죽음을 안겼다.

가슴에 검을 일수(一手)에 꽂아 넣을 수 있음에도 굳이 팔다리를 잘라내고 상대가 피 흘리며 발악하는 모습을 즐겼다.

"객잔에서 죽인 놈들은 사파였소! 이런 놈들이 있다면 찾아가서라도 죽여야 되는 것이 아니오! 내 말이 틀렸소, 조장?"

두 번째는 사천당문(四川唐門) 당무룡(唐舞龍).

그는 임무가 없을 때면 사파 놈들을 찾아 나서 죽였다.

무림맹의 정보를 이용해 객잔에서 조용히 음식을 먹고 있는 사파의 조무래기까지 색출해 죽였다.

그 외에도 많았다.

가장 치명적인 경우는 천중단원들 간에 서로 죽이고 죽는 경우였다.

살인의 정당성을 부여하다 결국 살인을 즐기게 된.

오로지 살육만을 갈망하는 괴물, 광마(狂魔)가 된 것이다.

"내가 그렇게… 될 수야 없지."

광휘는 덜덜 떨리는 손으로 파편을 들어 목으로 가져갔다.

자신이 아는 조원들은 이미 다 죽었다.
무림맹주 단리형을 제외하고, 살수 암살단으로 배정된 사람들은 모두가 다 죽은 것이다.
그러니 지금까지 산 것만으로도 감사해야 했다.
"너무 늦어서 미안하다."
광휘는 파편을 목에 댔다.
덜덜 떨리는 손이 그의 애달픈 마음을 대신하고 있었다.
"그렇지만 이해해 다오. 나도 그동안 많이 힘들었다. 사는 게, 살아가는 게… 정말이지 너무나 힘들었었다."
광휘는 천천히 눈을 감았다.
그동안 보았던, 자신을 스쳐갔던 사람들이 주마등처럼 스쳐 지나갔다.
그의 볼을 타고 한 줄기 눈물이 주르륵 흘러내렸다.

"조장, 조장은 꼭 오래 사시오."

멈칫.
광휘가 동작을 멈췄다.
분명 눈을 감고 있었는데도 한 사내가 자신의 향해 웃음 짓고 있는 게 보였다.
삼우식이었다.
"왜 웃는 거냐. 바보처럼……."
잠시 머뭇거리던 광휘가 흐느꼈다.

아무런 답도 찾지 못한 자신이었다.

그런데 왜 갑자기 이제껏 보이지 않던 환한 웃음을 자신에게 보이는 것일까.

휘이이잉.

곧 환영은 사라졌다.

그러자 웃음에 대한 궁금증도 그와 함께 사라져 버렸다.

어둠이 밀려오자 광휘는 다시금 마음을 다잡았다.

그러고는 파편을 잡은 손에 힘을 주었다.

멈칫!

그런데 이번에는 뭔가에 가로막혀 손이 움직이지 않았다.

그 순간 광휘가 놀란 표정으로 다시금 눈을 떴다.

"죽으면 안 돼요."

"당신은……."

환영이 아니었다. 환청도 아니었다.

너무도 낯이 익은 여인이, 스스로 목을 찌르려는 자신의 손을, 그 손에 잡힌 날카로운 파편을 두 손으로 잡고 있었던 것이다.

"죽으면 안 돼요, 무사님."

장련이었다.

* * *

뚝뚝뚝.

광휘의 목에 핏방울이 떨어졌다.

날카로운 파편을 맨손으로 잡은 장련의 손에서 흐르는 피였다.

"그때 그 말… 이러려고 말씀하신 건가요?"

장련은 기억했다.

갑자기 사라져도 원망하지 말아달라는 말.

바로 지금의 순간 때문이라 생각한 것이다.

"죽지 마세요, 무사님. 죽으면 안 돼요."

장련은 구슬픈 목소리로 광휘를 불렀다.

그런 장련을 바라보는 광휘의 머릿속엔 여러 기억들이 스쳐가고 있었다.

그녀를 처음 만났던 마차 안.

묵객을 찾기 위해 나섰던 어두운 밤 홍등가.

호위를 섰던 그녀의 거처.

함께 갔던 구룡표국과 죽립을 씌워주던 그녀의 모습.

그리고 눈물을 흘리고 있는 현재의 모습까지.

장련은 처음부터 울고 있었다.

자신의 옷섶을 적실 만큼 눈물을 계속 흘리고 있었다.

"왜 죽으려고 하는 건가요. 왜요?"

그녀의 질문에도 광휘는 선뜻 말을 내뱉지 못했다.

무슨 말을 해야 할지 떠오르지 않았다.

변명도, 그녀를 설득시킬 말도 생각나지 않았다.

"죽을 만하니까 죽는 것이오."

"그게 무슨 말인가요?"

"소저, 난 소저가 보는 것처럼 좋은 사람이 아니오."

솔직히 말하면 그녀를 이해시키지 못할 것이 뻔했다.

지금 자신이 겪는 이 고통, 이건 경험해 보지 않은 사람은 결코 알 수 없는 것이니까.

하지만 손에서 피를 뚝뚝 흘리며 너무나 구슬피 우는 그녀에게 아무 말도 하지 않을 수는 없었다.

"많은 사람을 죽였소. 죄 없는 사람뿐만 아니라 나를 믿었던 대원들까지 말이오."

"……."

"내가 아니었으면 행복하게 살 수 있었던 사람들이 결국 나 때문에 죽은 것이오."

표적이 되었던 자들은 죄 없는 사람들이다. 그리고 자신을 믿었던 사람들은 대원이었다.

결과적으로 자신은 그들을 구하지 못했다.

꾸욱!

장련은 파편의 날카로운 부분을 더욱 강하게 움켜쥐었다.

어느새 손이 얼룩질 정도로 피가 흥건해졌지만 그녀는 결코 놓으려 하지 않았다.

결국 광휘가 손에 들고 있던 깨진 조각을 내리고 말을 이어갔다.

"난… 부러진 무기요. 날카롭기만 하고 쓸모가 없어진 병기일 뿐이지. 그러니 죽으려는 것이오. 내 말, 이해하셨소?"

장련은 이해할 수 없는 말이었지만 지금의 그 말은 광휘의 상태를 대변하는 가장 정확한 표현이었다.

몸을 통제할 수 없을 만큼 정신이 망가져 있었다.

피를 갈구할 정도로 신경은 날카롭게 변해 있었고, 이내 이성이 마비될 지경에 이르면 쓸모가 없어질 것이다.

"그럼… 그럼……."

장련은 울음을 멈췄다. 그리고 입을 열려고 했다.

그 모습에 광휘는 곧 그녀가 자신이 쥐고 있는 파편에서 손을 놓을 것이라 생각했다.

"당신 때문에 산 사람들은요?"

"……!"

그 순간 광휘의 눈이 커졌다.

전혀 예상하지 못한 물음이었기 때문이다.

"당신 때문에 웃고 울 수 있었던 사람들은요? 당신으로 인해 지금까지 살아갈 수 있었던 사람들은요?"

"……."

"그리고 앞으로 당신이 살릴 사람들은요. 그들도 사람이잖아요. 그 사람들은 당신에겐 아무런 의미가 없는 사람들인가요?"

광휘는 말하지 못했다.

잊고 있었다.

아니, 생각해 본 적도 없는 부분이었다.

산 사람들.

자신으로 인해 목숨을 구했던 사람들.

그들이 어떻게 고마움을 표했는지.

그 이후, 어떻게 살아갔는지.

"이 은혜 절대로 잊지 않겠습니다!"
"무사님! 존함이라도 가르쳐 주십시오!"

과거, 살수들과 잠시 휴전 상태에 있을 때 파견 나간 곳에서 소란이 일던 적이 있었다.
당시 광휘는 도적들이 출몰했던 곳을 찾아가 그들을 제압했다.
그때의 기억이 떠오른 것이다.
그뿐만이 아니었다.

"고맙네. 당신 때문에 살았어. 정말 고마우이."
"형장, 언제 기회가 되면 술 한잔 살 기회를 주시겠소? 너무 고마워서 그렇소."

이와 비슷한 수많은 기억들.
너무나 당연시 여겼기에 잊어버렸지만 분명 있었던 기억들.
광휘는 뭔가에 홀린 듯 파편이 들린 오른 손아귀를 천천히 풀었다.
땡그랑.
파편이 바닥으로 떨어졌다.
"……!"
그때였다.
장련이 광휘의 품으로 와락 안겨 들었다.

생각지도 못한 그녀의 행동에 광휘가 눈을 치켜떴다.

동시에 싸늘했던 심장이 쿵쿵 뛰기 시작했다.

"살아요, 무사님."

"소저……?"

"더 악착같이 살아요. 무사님으로 인해 힘들었던 사람이 많았다면 더 많은 사람들을 구하면 되는 거잖아요. 우리 장씨세가 사람들처럼 말이에요."

장련은 흐느끼며 말했다.

광휘는 그런 장련에게 아무런 대답도 하지 못했다. 어쩌면 그럴 수도 있다는 생각이 들었다. 아니면.

"어쩌면 그걸 하기 위해서 무사님이 본 가에 오신 것인지도 모르잖아요. 의미가 없다면 의미를 만들면 되잖아요. 그 사람을 살리지 못했다면 다른 사람을 살리면 되는 거잖아요."

"……!"

알고 있었는지도 모른다.

혹은 이런 말을 듣고 싶었는지도 모른다.

격동하는 것만큼이나 흔들리는 광휘의 눈이 그것을 말해주고 있었다.

"저는 무사님에 대해 잘 몰라요. 예전에 무엇을 하셨는지, 어떤 일이 있었는지 알지 못해요. 하지만 이건 알아요. 쓸모없는 무기는 없어요. 쓸모없는 무기라고 여기는 사람만 있을 뿐이에요."

광휘가 잠시 말을 잇지 못했다.

그녀의 간절함이 가슴을 뒤흔들고 있었다.

"난… 이미 틀렸소, 소저."

하나, 늦었다.

그것도 이미 많이.

"무사님, 제발요……."

"그런 뜻이 아니오. 나 역시 그러고 싶었지만 이제는 내 몸이 말을 듣지 않소."

"네?"

장련의 물음에 광휘는 메마른 쓴웃음을 지었다.

그리고 천천히 손을 올렸다.

"보다시피 이렇게 내 손이……."

그리고 눈을 부릅떴다. 그의 시선은 여전히 들어 올린 자신의 오른손으로 향해 있었다.

"손이 왜요?"

장련의 물음에 광휘는 대답하지 못했다.

한참을, 한참 동안을 얼음처럼 굳어 있던 광휘는 장련을 말없이 바라보았다.

멈춰 있었다.

손도. 몸도.

모든 것이.

* * *

석가장 주변은 시끌시끌했다.

지부 대인과 무장을 한 장군들이 석가장 안을 돌았고 병사들은 석가장 주변을 메우며 지시를 기다렸다.

어린아이를 제외한 장원의 하인들은 대부분 잡혀갔다.

창고, 내방, 별채에 있는 서류란 서류들도 모두 증거품으로 수거되었다. 진귀한 보석이나 비단, 장식품도 관아에 압수당했다.

다음 날, 도성구 한 곳에서 심문이 시작되었다.

"대체 어디서 폭탄을 구한 것이냐! 어떻게 알게 된 것이냐!"

관군들의 관심은 온통 화기(火器)에 집중되어 있었다.

하나, 그들은 제대로 된 답을 얻지 못했다.

장씨세가를 치려 했던 병력들은 석가장으로 돌아오지 않은 채 존재를 숨겼고 그나마 있던 자들은 장씨세가 무사들에 의해 대부분 죽어버린 상황이었다.

"석가장과 관련된 자들은 모두 잡아들여라! 거부하면 즉참해도 좋다!"

곧 지부 대인의 명령하에 수배령이 떨어졌다.

그날 이후 수백 명의 병사들은 명에 의해 석가장 일대를 수색하며 하루를 보냈다.

* * *

"련아, 광 호위는 아직까지 소식이 없느냐?"

어둠이 깊게 내린 시각.

장웅이 장련의 거처로 들어옴과 동시에 입을 열었다.

"아직요."

석가장과의 전쟁이 있은 후로 사흘.

장씨세가를 둘러싼 공기는 기이할 정도로 잠잠했다.

본단을 습격당한 석가장의 잔여 세력이 보복해 올 것을 대비해 바짝 신경을 곤두세웠는데, 그런 시간이 벌써 며칠째 이어지고 있었다.

"그래? 허 참……. 어딜 가신 것인지."

사흘 전, 장련은 광휘를 만났다고 했다.

자세히 묻고 싶었지만 얘기는 꺼려해 살아 있다는 말만 듣고는 깊게 묻지 않았다.

그 이후부터다.

어디로 갔는지 광휘의 모습은 보이지 않았다.

혹여 오늘은 이곳에 들렀는지 확인차 장련의 방으로 들어온 것이다.

'안타깝구나.'

장웅은 주변과 단서가 될 만한 곳을 샅샅이 뒤졌다.

그런데도 광휘에 대한 흔적을 찾을 수 없었다.

지금 와서는 그가 장씨세가를 떠난 것이 아닌가 하는 불안한 마음이 생겨났다.

"혹시 광 호위가 갈 만한 곳은 아느냐?"

"…아뇨."

장련이 잠시 기억을 더듬다 고개를 저었다.

"답답하구나. 묵객께서도 오지 않은 상황이고……."

죽은 방각을 제외한, 이번 전쟁에서 가장 큰 공을 세웠던 두 명이었다.

응당 축하를 받고 있어야 할 이들이 없다는 사실이 장웅의 마음을 쓸쓸하게 했다.

"일단 내일 아침 좀 더 주변을 둘러보겠다. 그러니 너도 오늘은 푹 자거라."

"오라버니도 몸 좀 생각하세요. 요즘 그 일 때문에 편히 주무신 적이 없으시잖아요."

"내 걱정 말거라. 이래 봬도 체력 하나만큼은 자신 있으니까."

덜컹.

장웅은 한마디 말을 남기고 밖을 나갔다.

그런 그 모습을 장련은 말없이 지켜봤다.

"하아."

잠시 창가로 시선을 돌린 장련이 한숨을 내쉬었다.

그러고는 탁자 위에 놓인 죽립으로 시선을 돌렸다.

며칠 전 어떤 하인이 광 호위 것이라면서 건네준 것이었다.

자신이 만들어준 죽립을 바라보던 장련이 짧게 읊조렸다.

"결국 오지 않은 건가."

벌써 사흘째.

광휘는 장씨세가에서 종적을 감추었다.

곧 오겠다는 묵객과 달리 그는 말없이 이곳을 떠난 것이다.

많이 서운했다.

갑자기 없어지니 더 그랬다.

특히나 그를 본 마지막은 정말이지 기억하기 싫을 정도로 너무나 좋지 않았다.

“아, 미쳤어, 정말.”

잠시 광휘를 생각하던 장련은 확 얼굴을 구겼다.

충동적으로 그를 품에 안았던 그때를 떠올리며 몇 번이나 침상의 이불을 걷어찼는지 모른다.

“별일 없으시겠지? 그래, 별일 없을 거야…….”

하지만 이내 마음이 차가워졌다.

당시 그의 상태는 극도로 심각했다.

음식도 안주도 먹지 않고 오로지 술만을 마시고, 토하고, 다시 마시기를 여러 번.

창고 안에 가득한 그 많은 술동이를 혼자서 모두 비워 버렸다.

건강한 장정이라도 그처럼 마시면 몸을 망치게 마련인데, 하물며 그는 몸만이 아니라 마음까지 극단적으로 치우친 상황이었다.

“멋었다는 말은 무슨 의미였을까?”

광휘를 생각하다 마지막 그가 한 말이 떠올랐다.

왜 몸과 손이 멋었냐는 물음과 동시에 그는 문밖을 뛰쳐나갔다.

그건 뭐였을까.

좋은 의미였을까, 아님 나쁜 의미였을까.

장련은 답답한 마음에 밖으로 나가기 위해 자리에서 일어섰다.

*　　*　　*

"아!"

문을 열고 밖을 나서던 장련이 걸음을 멈췄다.

누군가 벽에 기대어 자신을 바라보고 있었기 때문이다.

그를 보자 장련의 시선도 멈췄다.

눈빛과 표정 역시 일시에 정지된 듯 움직이지 않았다.

"오랜만이오."

무뚝뚝한 표정과 감정이 느껴지지 않는 저음의 말투.

광휘가 입을 열었다.

그가 한마디를 던진 뒤 다시 정적이 일었다.

장련은 가슴에서 이는 복잡한 감정 때문에, 광휘 역시 적당한 말을 찾기 위해 시간이 걸린 것이다.

장련이 완전히 몸이 굳은 사람처럼 미동도 하지 않자 결국 광휘가 입을 열었다.

"아직 석가장 병력 대부분이 관에 잡히지 않고 숨었다고 들었소. 약속은 약속이니 그때까지는 있을 생각이오."

"……."

"뭐 마땅히 갈 곳도 없기도 하고……?"

터억.

어색한 변명이 이어지는 도중 장련이 고개를 휙 돌리며 어둠 속으로 곧장 걸음을 옮겼다.
그 모습에 광휘가 당황하며 이내 그녀의 옆을 따라왔다.
"소저……."
광휘가 그녀를 불러보았지만 장련은 대답이 없었다.
"이보시오."
장련의 곁을 따라가던 광휘가 그녀를 거듭 불렀지만 장련은 발걸음은 멈추지 않았다.
"이보……."
그렇게 지척까지 다가간 광휘가 다시 한번 장련을 부를 때쯤.
장련이 획 돌아섬과 동시에 뭔가가 휙 하고 날아왔다.
팍.
부지불식간에 날아온 주먹을 광휘는 손쉽게 막아냈다.
오히려 주먹을 날린 장련이 고통스러운 표정으로 손목을 매만졌다.
"소저, 왜 이러는……!"
퍽! 퍽! 퍽!
하지만 장련은 포기하지 않고 계속 주먹을 휘둘렀다.
여인네의 고사리 같은 주먹이라 광휘에게는 아무런 느낌도 없었다.
하지만 열심히 주먹을 휘두르는 그녀였기에 몇 차례 막다 포기했다.
툭. 툭. 툭.
"이제 그만하시오."

광휘는 더 이상 막지 않고 장련을 바라봤다. 그 와중에도 장련은 계속 손을 움직이고 있었다.

주먹이 아픈지 처음과 달리 손바닥을 편 채로.

툭. 툭. 툭. 툭.

"이제 그만……."

광휘의 거듭된 얘기에도 장련은 멈추지 않았다.

약한 손바닥이라도 계속 때려대자 광휘는 천천히 인상을 쓰기 시작했다.

"그만……."

툭. 툭. 툭.

광휘가 그녀의 손을 낚아채며 소리쳤다.

그 순간 광휘가 장련의 얼굴과 거의 닿을 만큼 가까워졌다.

그리고 보았다.

장련의 눈가에 눈물이 고여 있는 것을.

"왜요? 가면 간다고 말을 못 하나요? 왜요?"

"……."

"저에겐 한마디라도 할 수 있었잖아요. 단 한마디 정도는 할 수 있잖아요."

"……."

"난 정말… 난 정말로 당신이 어떻게 되는 줄 알고 얼마나… 얼마나……."

장련은 끝끝내 말을 잇지 못했다. 광휘의 손을 뿌리치며 바닥에 주저앉아 버린 것이다.

"으아앙!"

광휘는 갑자기 그녀가 울어버리자 어찌해야 할지를 몰랐다.

그녀가 우는 것이 자신 때문인 거라고 생각하니 더욱 당황스러웠다.

그렇게 광휘가 머뭇거리며 안절부절못하고 있을 때였다.

어둠 속에서 그녀를 거론하는 목소리가 들렸다.

"끌끌끌. 사내장부로 태어나 어찌 이런 야심한 밤중에 여인의 눈물을 흘리게 한단 말이오. 형장, 보기와 달리 실망이오."

"악!"

눈물을 흘리던 장련이 급히 일어선 뒤 얼굴을 손으로 반쯤 가린 채 고개를 돌렸다.

그곳엔 미공자 한 명이 외벽에 비스듬히 기댄 채 손을 흔들고 있었다.

"소저, 나요. 묵객이오."

"아!"

장련이 신음을 흘리자 그와 동시에 묵객이 천천히 걸어 나왔다.

느티나무 밑에 걸린 유등 사이로 그의 얼굴이 천천히 드러났다.

그는 웃고 있었다.

언제나처럼.

"어찌 된 거예요? 지금 오신 거예요?"

"그렇소."

"방각 대사는……."

그 말에 묵객은 미소를 지우더니 눈을 지그시 내리고는 고개를 저었다.

"아, 네."

그 말에 장련은 잠시 몸을 틀며 손으로 눈을 비볐다.

흘린 눈물을 닦아 부끄러운 모습을 보이지 않기 위함이었다.

"한데 광 호위는 대체 무슨 일로 우리 아리따운 장련 소저를 울리는 게요?"

'우리 장련 소저?'

짧은 순간 광휘의 미간이 좁혀졌다 펴졌다.

하지만 묵객의 물음에 대답한 자는 광휘가 아닌 장련이었다.

"별거 아니에요."

"별것 아닌 게 아니오. 가냘픈 소저의 호위를 하셔야 할 분이 오히려 울리기까지나 하고……."

"그런 게 아니라니까요!"

장련이 손사래 쳤다.

그러고는 급히 말을 이었다.

"자리를 비우셨다가 다시 오셨으니 전 사람들에게 이 사실을 알릴게요. 두 분 다 여기 꼼짝 말고 계셔야 해요. 아셨죠?"

장련은 말하며 묵객을 바라보았다.

"그게 소저가 원하는 거라면."

묵객이 흔쾌히 고개를 끄덕이자 이번엔 광휘에게 시선을 돌렸다.

끄덕.

광휘가 잠시 시선을 내리고는 별말 하지 않았다.

바바박. 바박.

민망함 때문인지 장련은 급히 자리를 떴다.

그렇게 장련이 사라질 때쯤.

그녀의 뒷모습을 응시하던 묵객이 광휘에게로 시선을 돌렸다.

"그간 잘 계셨소? 내가 없는 사이 장씨세가에 많은 일이 있었다던데……."

광휘는 대답하지 않았다.

시선도 마주치지 않으려는 듯 고개를 숙이고 있었다.

"뭐, 형장 정도 실력이라면 그 흑도 녀석들이라도 어렵지 않았겠지. 그런데 형장, 우린 언제쯤 또 붙어볼 수 있겠소?"

"……."

"허허, 결판은 내야 하지 않겠소. 석가장도 이제 거의 다 처리된 듯한데 말이오."

광휘가 묵객에게로 시선을 돌렸다.

잠시 시선을 나눈 광휘는 이내 다른 곳으로 돌리고는 그곳으로 걸어갔다.

"허허… 참. 여전히 답답한 사람이구려."

묵객은 밝게 웃어 보였다.

하지만 노골적으로 무시하는 광휘를 향한 웃음기는 점차 사라졌다.

"그럼 이 말에는 대답을 할 수 있겠소?"

어느덧 묵객에게 웃음기는 보이지 않았다.
오히려 매서워진 눈빛만이 광휘를 향해 있었다.
"유역진."
멈칫.
광휘의 걸음이 멈췄다.
그 모습에 묵객이 입꼬리를 올렸다.
"그게 당신 이름 아니오, 호위무사 광휘?"
"……!"

第四章
사라진 후유증

한 달이 지났다.

그간 장씨세가에는 많은 변화가 생겼다.

첫 번째로 황 노인이 외총관으로 승격한 일이었다.

몇몇 장로들이 반대를 했다.

그가 한 일은 광휘란 자를 데려온 것뿐이라고, 차라리 부총관직을 맡는 것이 어떻겠냐고 의견을 내놓은 것이다.

하지만 그들의 발언은 시위성 수준에서 그쳤다.

그를 외총관직에 내세우자는 의견이 지배적이었기 때문이다.

그리고 회의 중 재밌는 일이 있었다.

이 안건을 적극적으로 간청한 자는 일 장로가 아니라 그간 그를 못 미더워하던 이 장로와 삼 장로였다는 것이다.

가장 반대했어야 할 그들이 적극적으로 나서자 황 노인에게 나머지 장로들은 뭐라고 말할 기회도 얻지 못했다.

그리하여 이 안건은 유야무야 넘기게 되고 말았다.

두 번째로는 관과의 유대 관계가 예전보다 더 많이 좋아졌다.

전쟁이 끝난 뒤 지부 대인의 아들을 구해준 대가로 관에서 큰 예물을 보내왔다.

거기다 상단 간에 마찰이 있으면 언제든 연락을 달라는 전폭적인 지지 의사도 있었다.

조만간 시간을 내어 직접 찾아뵙겠소.

예물과 함께 온 것은 지부 대인의 친서였다.

세 번째로는 구룡표국에서 보낸 대량의 선물이었다.

그들은 승전의 축하와 함께 식료품과 의복을 선물로 먼저 보내왔다.

표면적으로는 석가장과의 싸움 때문에 벌어진 큰 출혈을 복구하라는 예물이었으나, 예물 속에는 또 한 통의 서신이 있었다.

구룡표국은 항상 신의를 지키오.

장련은 그 서신에 쓴웃음을 지었다.

까닭 없이 자신들이 신의를 지킨다는 말을 강조하는 속내가 훤히 보인 것이다.

'새로 들어온 석가장의 사업 부분을 탐내고 있어.'

그것이 네 번째, 가장 큰 변화였다.

석가장이 몰락한 후 그들이 소유한 것들에 대한 처리였다.

공식적으로 석가장이 쥐고 있었던 두 개의 상단.

그리고 여섯 개의 크고 작은 중소 상회.

거기다 관리하는 두 개의 지주와 여섯 개의 현에 딸린 주요 객잔들.

그것을 누가, 어떤 식으로 관리하는가에 대한 고민이었다.

장씨세가는 급히 조율에 들어갔다.

당주와 보좌관들이 여러 방식의 안건을 만들어 건의했고 장로들과 장웅이 중간 업무를 도맡아 한 번 더 확인했다.

그렇게 손질된 안건은 장련에게 넘어갔다.

장련은 지역의 위치와 특성에 따른 병력 배치, 인사들을 최종 점검했고 그 뒤 가주 장원태에게 보고하는 방식으로 일을 처리했다.

석가장이 소유한 땅과 관리하는 곳이 많아서 그런지 매일 눈코 뜰 새 없이 바빴다.

달칵.

"하아."

이른 아침부터 서류를 검토하던 장련이 찻잔을 탁자에 놓고는 머리를 감싸 쥐었다.

관리하는 지역에 따른 인원과 병력 배치를 최종 점검 하는 와중에 가장 큰 문제가 있었던 것이다.

"인력이 문제구나."

장련은 지도가 그려진 문건을 내려다보며 궁리를 해보았지만 좋은 생각이 떠오르지 않았다.

중소 상회야 기존에 있던 장씨세가 병력으로 충당이 가능하다.

저잣거리의 파락호들이야 칼을 든 무인에게 상대가 되지 않는 만큼 적은 인원으로도 충분히 제압할 수 있었다.

문제는 상단이었다.

"구룡표국 사람들은 안 돼. 지금은 충당이 가능할지 몰라도 그들은 언제고 이곳을 빠져나갈 사람들이야."

구룡표국과의 계약은 석가장과의 싸움이 그칠 때까지다.

그 뒤에는 계약에 명시한 대로 다시 그들은 구룡표국으로 복귀할 것이다.

장기적인 계획으로 바라봤을 때 그들은 배제하는 것이 마땅했다.

"구룡표국이 아직 본 가에 머무르는 사이 필요한 사람들을 더 충당하거나 관에 협조를 부탁하거나 둘 중 하나를 선택해야 하는데……."

말을 그러했지만 장련은 두 방법 다 문제를 안고 있다는 걸 알고 있었다.

그녀가 말한, 사람을 충당하는 것의 의미.

그것은 믿을 만하고 실력 있는 무사들을 불러들이는 것이다.

한데 그것이 그리 쉬운 일인가.

떠도는 무사들이야 많지만 실력 있는 자들은 드물고 또 그런 자들 중에서 장씨세가에서 일을 할 사람들 역시 드물다.

설령 그런 사람들을 구했다 하더라도 믿을 만한 사람인지 검증을 마쳐야 했다.

돈을 준다고 해도 일을 제대로 안 할 수도 있었고, 설사 일을 제대로 한다고 해도 갑자기 사라지는 일이 비일비재하기 때문이다.

무림세가가 주로 이런 일에는 자신의 친족을 배치하는 것도 다 이유가 있어서가 아닌가.

"남는 것은 관이라는 건데… 그것도 쉽지 않아."

장련이 관을 거론했지만 그 방법에는 가장 어려운 문제가 있었다.

석가장은 하북의 성도(省都) 중 한 곳이다.

성도란 부, 주, 현보다 높은, 나라의 명령을 직접적으로 받는 곳으로 정이품의 도지휘사가 관리하는 관서 중 제일 높은 곳이었다.

쉽게 말해 장씨세가와 같이 일을 하고 있는 도성부 즉, 정사품인 지부 대인이 있는 곳은 석가장을 관리하는 권한이 없다는 말이었다.

"거기다 우리는 그쪽 도지휘사와는 친분이 없지."

그러니 관 쪽으로 일을 추진하기 위해선 그들과 친분을 쌓는 게 우선시되어야 한다.

하지만 그것 역시 말처럼 쉽게 되는 일이 아니었다.

그들에게 관심을 살 만큼의 예물을 가장한 뇌물.
그것이 일차적으로 필요한 것이었다.
그리고 어느 정도 전략이 먹힌다고 생각되면 도성에서 주관하는 행사란 행사는 모두 참가해 친밀함을 계속 유지해야 했다.
때론 그들의 가려운 곳을 원하는 만큼 긁어주어야 하는 일도 있을 것이다.
모든 것이 완벽하게 이루어졌다고 해도 성공을 보장할 수 없었다.
관과 무림의 관계는 불가침하다는 것을 내세우며 도움을 거절할 경우 해결할 방법이 없었다.
"후우."
탁.
장련은 들고 있던 붓을 탁자에 내려놓았다.
그러고는 잠시 의자에 기대 눈을 감았다.
아침부터 머리를 너무 쓴 탓인지 두통이 몰려왔다.
아침에 검토한 서류가 의자에 앉은 자신의 얼굴을 가릴 만큼 쌓여 있었다.
잠시 그대로 있던 그녀가 다시 눈을 떴다. 그러고는 창가로 시선을 돌리며 읊조렸다.
"잘 지내고 있을까?"
장련은 한 달 전 광휘와 묵객을 만났던 일을 떠올렸다.
아버지에게 그들이 왔음을 알리고 다시 그 자리에 가보니 광휘는 온데간데없이 사라져 보이지 않았다.

그렇게 힘없는 걸음으로 거처로 돌아왔을 때 책상에 있던 죽립은 사라지고 그 자리에 한 장의 종이가 놓여 있었다.

알아볼 것이 있어 잠시 한 달간 자리를 비우겠소. 장씨세가와 멀리 떨어지지 않을 것이니 그건 걱정 마시오. 지난번처럼 신경 쓰게 할 일은 없을 터이니 너무 심려치 마시오.

장련은 쓰인 글귀를 상기하던 중 다른 곳으로 생각이 흘렀다.
"그러고 보면 묵객, 그분을 본 지도 오래됐구나."
당시 자리에 홀로 서 있던 묵객이 웃으며 말했다.
아직 해야 할 일이 남았으니 자신은 장씨세가 거처에 계속 머물겠다고.
그리고 필요한 일이 있을 때 불러달라고 말을 남긴 것이다.
그로부터 한 달이 지났다.
광휘와 마찬가지로 묵객도 보지 못했던 시간이.
"늦었지만 한번 뵈러 가봐야겠구나."
장련은 마지막 검토하던 안건을 아버지와 다시 상의하기로 하고는 자리에서 일어서 밖을 나갔다.

*　　*　　*

"흐으음."
그 시각 광휘는 장씨세가와 그리 떨어지지 않는 모옥으로 들어섰다.

주인 없는 폐가. 벽 사이사이 거미줄이 쳐져 있었고 방문도 힘을 주지 않으면 제대로 닫히지 않는 곳이었다.

끼이익. 탁.

광휘가 들어온 뒤 곧장 문을 닫았다.

그러고는 방 중심에 서서 눈을 감았다 뜨기를 반복했다.

근 한 달.

광휘는 장씨세가 주변을 돌아다니며 주로 쓰지 않는 창고나 사방이 막힌 폐허가 된 집을 찾아들어 갔다.

그리고 지금처럼 이 같은 이상한 행동만을 반복했다.

이유는 하나였다.

스스로의 몸 상태를 확인하려는 것이다.

"우연이 아니야."

광휘가 나직이 읊조렸다.

처음엔 정말 우연이라 생각했다.

간헐적으로 자신을 괴롭혔던 환영과 잔상이 없어진 것이.

하지만 지금에 이르러서는 점점 확신에 가까워졌다.

떨리지가 않는다.

그저 단순히 떨림이 없는 것뿐만이 아니었다.

잔떨림.

은퇴한 뒤 미세하게 신경을 자극하던 잔잔한 떨림까지 없어진 것이다.

거기다 꽉 막힌 곳에 들어오면 머릿속에 각인되는 주위 배경.

길이, 높이, 재질, 배치 모든 것이 이제는 떠오르지 않았다.
스스로 떠올리려 노력하지 않는다면.
"대체 왜 이런 걸까……."
지금 느끼는 이 느낌.
광휘에겐 너무나 그리운 느낌이었다.
처음 살수 암살단에 들어갔을 때처럼, 정말 온전한 몸 상태였을 때와 같은 기분이었다.
"내게 무슨 일이 일어난 거지?"
광휘는 이해하지 못했다.
절대로 멈출 것 같지 않던 발작이 사라진 이유.
모든 증상이 완벽하게 사라진 이유에 대해서.
"다시 피를 보면 어떻게 될까?"
광휘는 눈을 다시 떴다.
확신할 방법은 한 가지 있다.
다시 피를 보고, 그때도 아무 변화가 없다면 알 수 있을 것이다. 하지만.
바라고 바라던 평화로운 감정 상태.
하지만 이것이 어떻게 오게 된 것인지 모른다는 것이 일말의 불안을 자아냈다.
이유도 모르고 나에게 왔다면 이유도 모르고 가게 될 수도 있으니까.
"일단은 괜찮아진 거군."
원치 않아도 나중에 알게 될 것이다.

그렇다면 지금 굳이 찾아 나서야 할 필요는 없었다.
광휘는 창문 밖을 쳐다보았다.
날씨가 화창했다.
사람을 만나기 좋을 만큼.
'장련…….'
잠시 동안 잊고 있었던 그녀를 떠올리자 광휘는 왠지 기분이 좋아졌다.
"이번엔 말하고 나왔으니 그리 혼내진 않겠지."
광휘가 닫힌 문을 열고 밖으로 나갔다.
한쪽 입꼬리를 올린 채로.

* * *

장웅은 약도를 보며 걷고 있었다.
그가 걷고 있는 이곳은 장씨세가와는 동북쪽 이백오십 리 정도 떨어진 맹촌(孟村)이란 곳이었다.
하지만 직접 와보니 촌이란 이름을 무색하게 할 만큼 사람들이 많았다.
지어진 주변의 집채들이 컸다.
"저깁니까?"
장웅의 옆을 말없이 걷던, 이제는 외총관이 된 황 노인이 한 곳을 가리켰다.
"맞는 듯하네."

장웅은 들고 있던 약도를 다시 한번 확인한 후 고개를 끄덕였다.

편액이 반쯤 기운 간판과 객잔의 이름이 정확히 맞아떨어진 것이다.

곧 둘은 입구 앞에 도착했다.

"밖에 계셔야 할 것 같습니다."

장웅은 뒤를 돌아보며 자신과 함께 온 세 명의 무사에게 말을 건넸다.

이에 그들 대표로 능자진이 고개를 끄덕이며 포권했다.

"불길한 느낌이 들면 곧장 소리치거나 저쪽 창가로 신호를 보내주십시오."

"알겠습니다."

능자진은 한 걸음 물러나고는 황진수와 곡전풍을 향해 턱짓을 했다.

창가가 보이는 곳에 대기하라는 신호였다.

그사이 장웅은 황 노인과 같이 객잔 안으로 들어섰다.

'가장 가장자리.'

주변을 둘러보던 장웅이 구석진 곳을 살폈다.

이곳을 들어서면 첫 번째로, 방각의 말에 따르면, 한 사람을 대동한 후 가장자리에 앉아야 한다고 했다.

마침 자리가 비어 장웅은 황 노인과 그곳에 앉을 수 있었다.

"무엇을 드릴까요?"

점소이가 빠르게 물어왔다.

"사과어두(砂鍋魚頭) 한 개. 양방장어(羊方藏魚) 하나."

"알겠습니다."

장웅이 고민 없이 음식을 시키자 그는 곧 물러났다.

황 노인은 주위를 둘러보더니 장웅을 향해 속삭이듯 말했다.

"그가 사과어두와 양방장어를 시키라 하였습니까?"

사과어두는 연어를 삶은 것이고 양방장어는 생선을 갈라 양고기를 넣고 삶은 음식이었다.

양고기만 해도 냄새가 강해서 향신료를 강하게 치곤 한다. 그런데 여기에 연어까지 함께 곁들이게 되면, 고기 누린내에 생선 비린내가 섞여 한참 동안 역한 냄새가 떠나지 않는다.

"아닐세. 단지 서로 다른 음식 두 개를 시키라고만 했었지."

"그럼 굳이 사과어두와 양방장어를… 냄새가 지독하지 않습니까."

"그게 바로 조건일세. 하필 그것을 시키는 엉뚱한 사람이 오기라도 한다면 난감한 일이니."

"사람들이 가장 시키지 않을 만한 음식의 조합… 일을 꽤 복잡하게 하는군요."

황 노대는 말을 되새겨 보고 내심 고개를 끄덕였다.

주문으로 밀마(密嗎: 암호)를 남기는 이런 방식은 강호상에서 비밀을 요구하는 단체들이 종종 쓰는 방식이다.

'누구나 할 법한 행동을 하지만, 약속된 의미를 아는 사람만은 분명히 알아차릴 수 있는 그런 종류의 신호.'

거기다 음식점에선 음식점에서만 할 수 있는 것들이 밀마가 될 테고.

황 노인은 밀마의 의미를 다시 한번 되새기고는 더는 말을 꺼내지 않았다.

잠시 뒤 음식이 나왔다.

장웅과 황 노인은 음식을 먹기 시작했다.

터억.

싫어하는 음식인지라 한 이각 정도 흐른 후쯤에야 음식을 비울 수 있었다.

그리고 음식에 손을 뗐을 때 장웅은 품속에 지니고 있던 전낭을 탁자 위로 올렸다.

그러고는 맞은편에 앉아 있는 황 노인에게 말했다.

"젓가락은 집는 쪽을 모으고 잡는 부분을 조금 벌려 그릇 위에 올려놓게. 그리고 다 마신 찻잔은 뒤집은 뒤 그 위에 올려놓고."

황 노인은 장웅의 말을 따라 했다.

특이한 모양의 배치를 하고는 다시 물었다.

"됐습니까?"

"그렇네. 자, 그럼 일어나세."

장웅은 자리에서 일어났다.

황 노인도 그를 따라 일어났다.

이윽고 둘이 계산대로 이동하자 중년인인 점소이가 웃으며 맞이했다.

"부족한 것 없으셨습니까?"

"너무 많았소. 엉망진창이오."
"실례가 많았군요. 그럼 다음에 또 오실 생각입니까?"
"반드시 들를 생각이오."
부족한 것이 많았다면서, 다음에 반드시 들르겠다고 확언하는 것.
젓가락을 그릇에 올려놓는 단계에 이은 마지막 밀마였다.
장웅은 음식값을 치르고는 황 노인과 함께 입구 쪽으로 걸어갔다.
입구 한쪽에서 대기하고 있던 능자진이 다가오며 물었다.
"별일 없었습니까?"
"그렇소."
능자진은 고개를 끄덕이며 더는 묻지 않았다.
그사이 창가 쪽 내부가 보이는 곳에 위치하던 황진수와 곡전풍도 다가와 장웅 앞에 서 있었다.
'내가 실수 없이 잘했을까?'
장웅은 잠시 뒤돌아 객잔 안을 돌아보았다.
구석진 자리에는 자신이 내려놓은 전낭이 보였다.
주위를 둘러보니 몇 몇 있던 사람들은 다들 자신이 먹는 음식에 집중하고 있었다.
그야말로 객잔 안은 한산했다.
'뭐, 하라는 대로 한 것이니.'
방각이 시키는 대로 했다.
그 뒤의 일은 자신의 권한이 아니었다.

설령 돈이 잘못 들어간다고 해도.

"이 공자님, 사람이 옵니다."

상념에 잠겨 있을 때 황 노인이 속삭이듯 말했다.

시선을 돌려보니 봇짐을 멘 행인이 얼마 떨어지지 않은 곳에서 이곳으로 걸어오고 있었다.

체구도 그리 크지 않은 데다 그다지 특색이 느껴지지 않는 복장이었다.

장웅은 한쪽으로 비켜섰다.

그의 행동에 능자진과 곡전풍, 황진수도 자연스럽게 옆으로 비켰다.

그사이 행인이 옆을 지나갔다.

"……!"

장웅이 가기 위해 발을 놀리려는 그때, 눈앞에 뭔가 휙 하고 지나가는 착란을 느꼈다.

"헉!"

장웅은 급히 주변을 둘러보았다.

그 순간 그는 눈을 부릅떴다.

거짓말처럼 호위무사 세 명과 황 노인이 바닥에 쓰러진 것이 아닌가.

장웅의 시선이 천천히 행인에게로 향했다.

그는 어느새 봇짐을 내려놓고는 자신을 노려보고 있었다.

이곳 점소이와 같은 복장을 한, 인상이 너무나 평범해 눈에 띄지 않을 그런 사내가 자신을 바라보고 있었다.

"자네들은 누군가?"

하나, 목소리는 얼굴과 달리 굵고 사나웠다.

전신을 옭아매는 듯한 기분에 장웅은 흠칫 몸을 떨어댔다.

뒤이어 노인의 한마디가 더 흘러나왔다.

"어떻게… 천중단의 암호를 알고 있는 건가?"

*　　*　　*

드르르륵.

어깨가 쩍 벌어진 장정, 무태(武泰)가 황 노인을 바닥에 조심히 내려놓았다.

이미 한쪽 구석에는 정신을 잃은 호위무사 셋이 나란히 누워 있었다.

탁. 탁. 탁.

바닥에 쓰러진 이들을 밀실에 모두 옮긴 무태는 손을 털며 허리를 세웠다.

"……!"

그 후, 옆으로 시선을 돌리던 그의 눈이 갑자기 커졌다.

방금 기생오라비처럼 생긴 청년이 내뱉은 말 때문이었다.

"방각이 죽었다고?"

장웅이 내민 종이를 살피던 중년인이 입을 열었다.

당황하는 옆의 수하와 달리 그는 격양되거나 흥분하는 모습을 보이지 않았다.

"그렇습니다."
"흐음."
중년인은 침묵했다.
그러고는 잠시 뒤, 그는 시선을 장웅에게로 고정시키고는 입을 열었다.
"선뜻 이해가 가지 않는구려. 방각은 자타가 공인하는 고수요. 강호를 통틀어도 그를 해할 자는 그리 많지 않소. 하물며 하북 내에서야……."
"피습을 당하거나 누군가에 의해 죽은 것이 아닙니다."
"하면?"
"화기에 당했습니다."
중년인의 눈에 수심이 깊어졌다.
죽었다는 말에도 의연하던 그에게서 변화가 생긴 것이다.
장웅은 재빨리 방각 대사와 함께 있었던 그간의 일을 설명했다.
중년인의 표정은 점점 어두워졌다.
그리고 마지막, 장웅이 화기를 거론했을 때 그가 되짚으려는 듯 입을 열었다.
"집채를 날려 버릴 만큼 큰 화기라 했소? 확실한 거요?"
"그렇습니다. 그것 때문에 관에서도 석가장 내에 의심이 될 만한 증거품들과 서류를 모두 수거해 갔습니다."
"흐으음."
중년인은 의자 등받이에 몸을 기댔다.

화기란 말을 듣고 나서부터 한 번 어두워진 표정은 좀처럼 펴지지 않았다.

“화기라… 그리 간단히 넘어갈 문제는 아니구려.”

“예?”

장웅의 되묻는 말에 중년인은 답을 하지 않았다.

대신 화제를 돌려 말했다.

“우선 공자가 내민 이 종이, 방각의 필체가 맞소. 앞으로는 이 방식대로 하면 될 거요. 단, 당신만 와야 하오. 내가 지금 신뢰하는 자는 그대뿐이니까.”

“알겠습니다.”

“그럼 이들은 알아서 깨워 나가시오. 훈혈(暈穴)을 가볍게 짚었으니 얼굴에 물 좀 부으면 깨어날 게요.”

훈혈은 상대를 기절을 시키는 점혈법(點穴法) 중 하나다.

드르륵.

중년인은 자리에서 일어섰다.

그러고는 더는 미련이 없는지 수하에게 손짓을 하며 입구 쪽으로 걸어갔다.

그렇게 몇 걸음 옮길 무렵, 중년인은 다시 고개를 돌렸다.

장웅이 여전히 떠날 채비를 하지 않고 자리에 앉아 있었기 때문이다.

“할 말이 남았소?”

“여쭤볼 게 있습니다.”

장웅이 중년인에게로 시선을 돌렸다.

그러고는 잠시 주변을 훑다 말을 이었다.
"혹 대협께서는 천중단 출신이십니까?"
"……!"
중년인의 인상이 딱딱해졌다.
장웅은 그의 표정을 살피며 빠르게 말을 이었다.
"이곳으로 오시기 전 제게 천중단 밀마 방식을 어떻게 아느냐고 물으셨습니다. 그 말은 대협께서도 천중단 밀마 방식을 알고 계신다는 것. 그 말은 천중단과 인연이 있거나 혹은 천중단 출신이라는……."
"아가야, 입 함부로 놀리면 다친다."
옆에서 듣고 있던 무태가 눈을 부라리며 장웅에게 다가왔다.
그 순간 중년인이 그를 보며 손짓을 했다.
무태가 걸음을 멈췄다.
"그게 지금 왜 궁금한가?"
음산한 목소리로 변한 중년인이 입을 열었다.
말투도 경어가 아닌 하대로 바뀌어 있었다.
"방각 대사께서 천중단은 크게 두 부대로 나뉜다고 하셨습니다. 이름 그대로 천중단, 그리고 살수 암살단이라고 말입니다. 해서 대협께서는 혹시 천중단 중에 살수 암살단 출신인가 궁금해서 여쭤본 것입니다."
"그러니까 그걸 왜 궁금해하느냐고 묻지 않느냐."
더 음산해진 목소리.
거기다 살기까지 더해지자 장웅은 몸을 흠칫 떨었다.

"이 말씀을 드리는 이유는 대협께서 그 출신이라면 제가 아는 그분에 대해 알아볼 수도 있지 않을까 생각해서입니다."

"그가 누군가?"

"그 전에, 제 질문에 대한 답을 먼저 들었으면 합니다."

"저 새끼가."

처억.

무태가 신경을 곤두세울 때 중년인은 다시 의자로 걸어가 앉았다.

그러고는 의자 등받이에 등을 기댄 뒤 팔짱을 끼며 입을 열었다.

"방각 대사가 자네를 꽤 신뢰했나 보군. 그런 말까지 한 걸 보면 말일세."

"……."

"맞네. 천중단이었네."

그 말에 장웅이 눈을 치켜떴다.

세 명의 호위무사를 너무나 간단하게 쓰러뜨릴 때부터 범상치 않다고 여겼지만 직접 들으니 충격이 가시지 않았던 것이다.

"천중단은 모두 죽었다고 들었습니다."

장웅은 떨리는 가슴을 진정시키며 물었다.

방각에게 들었던 말에 따르면 천중단은 단 두 명만 살아남았다고 했기 때문이다.

"물론 살수 암살단이야 그랬지. 하나, 천중단은 그렇지 않아. 단지 필요에 의해서 그렇게 알려졌을 뿐, 살아서 나간 자들은 제법 있었네. 특히 내가 속해 있었던 첩보대는 더."
"첩보대?"
"뭐, 이미 지나간 일이니 자세히 말해주겠네. 살수 암살단 내에서도 표적과 구표가 있는 것처럼 천중단에서도 몇 개의 조직이 있었네. 사파의 흑도 놈들을 척결하는 돌격대가 가장 대표적이긴 하지만 말이야."
"……."
"난 첩보대였네. 우리 첩보대는 천중단 내 천중단과 살수 암살단 뒤를 지원하며 정보를 공유하는 부대였네. 이 밀마 형식은 그곳 방식 중 하나였고."
장웅은 말없이 듣고만 있었다.
그런 그를 바라보던 중년인은 웃으며 말했다.
"그럼 이제 말해보게. 그가 누군가?"
이 공자는 잠시 뜸을 들였다.
그러다 천천히 고개를 들며 입을 열었다.
"구표 출신으로, 살수 암살단이 생긴 초창기부터 마지막까지 함께했었던 분입니다."
"……?"
"유역진, 그를 아십니까?"

*　　*　　*

묵객은 처소 앞에 지어진 누각을 찾았다.

난간에 팔을 기댄 자세로 주위 전경을 바라보는 그의 모습에는 여유로움이 가득했다.

"허, 참. 련 소저는 언제쯤 한가해질지……."

여유는 좋지만 묵객의 심경은 답답했다.

한 달 전, 장련이 너무 바쁜 것 같아 그는 '필요한 일이 있을 때만' 불러달라고 말했었다.

한데 배려해서 던진 말이 독이 되었다.

그간 그는 장련의 얼굴을 보지도 못했던 것이다.

"그냥 내가 먼저 찾아가 볼까? 먼저 찾아가……."

묵객은 말하다 말고 고개를 저었다.

바쁜 상황이란 걸 뻔히 아는데 거길 가서 무엇을 하겠단 말인가.

아쉽지만 그녀가 자신을 보러오기 전까진 참아야 했다.

"그나저나… 그 녀석은 대체 누구지?"

묵객은 턱을 쓰다듬으며 한 달 전 광휘를 만났던 그때의 일을 떠올려 보았다.

그는 자신이 꺼냈던 유역진이란 말에 멈칫했다.

하지만 그뿐.

다시 걸어가더니 그 길로 아예 자취를 감추어 버렸다.

"뭔가 있어. 분명 뭔가 있는 녀석이야."

방각이 죽기 직전, 그가 이 공자에 대해 얘기하면서 묵객은 우연히 유역진이란 이름을 들을 수 있었다.

처음엔 그냥 흘려들었던 얘기였다.

한데, 대화 도중 이 공자가 그자를 유독 궁금해했다는 얘길 듣자 갑자기 호기심이 생긴 것이다.

그 와중에 광휘를 만났고 마침 그 생각이 나 한마디 툭 던져 본 것인데…….

반응이 있었다.

그는 태연한 척 보이려 했지만 묵객은 분명 그가 크게 당황했다는 인상을 받은 것이다.

'그러고 보면 엽살혼과 적우자, 소위건까지…….'

생각해 보면 또 있었다.

차우객잔에 그들과 함께 나타난 흑도 고수들.

광휘는 그들을 혼자서 전부 물리쳤다.

다른 자는 몰라도 소위건은 자타가 인정하는 흑도 고수가 아닌가.

"어?"

한참 생각에 빠져 있던 그는 곧 눈에 이채를 띠었다.

한가로움을 이기지 못해 이리저리 돌아다니던 그의 눈에, 이제껏 기다려 온 사람, 장련의 모습이 보인 것이다.

第五章 무공을 가르쳐 주세요

"장련 소저!"

모처럼 만에 한껏 차려입은 장련의 앞으로 묵객이 나타났다.

"아! 공자님."

장련이 환하게 웃으며 그를 맞이했다.

"모처럼 바깥에 나오셨구려. 어찌, 하시던 일은 다 끝난 것이오?"

"아직 할 게 많긴 해요……. 후훗."

장련은 배시시 웃어 보였다.

그래도 그 전의 업무에 치이던 얼굴보다는 한참이나 밝았다.

그 모습을 보던 묵객의 표정도 함께 밝아졌다.

그동안 답답했던 감정이 쑥 하고 내려갈 정도로.

"그런데 어디 가시는 길이라도?"
"공자님을 찾고 있었어요."
"저를? 저를 말입니까?"
"네."
묵객이 고개를 갸웃거렸다. 그 모습에 장련이 말을 이었다.
"예전에 말씀하셨잖아요. 저와 함께 교목수라는 곳을 걷고 싶다고요."
"그랬지요."
"시간이 언제쯤 가능하신가요?"
"시간? 나야 언제든 괜찮소. 지금 장씨세가에서 가장 할 일 없는 사람이 나 아니겠소."
묵객은 즉각 대답했다.
혹여 시간이 없다면 만들어서라도 낼 태세였다. 애초에 그가 장씨세가에 온 목적이 뭐였던가?
"풋."
장련의 입을 가리며 웃었다.
그 모습이 좋은지 묵객의 표정도 밝아졌다.
"그럼."
장련은 잠시 뜸을 들인 후 말을 이었다.
"지금 갈까요?"
"지금?"
"네."
묵객은 눈을 다시 껌뻑였다.

석가장 일로 눈코 뜰 새 없이 바쁜 그녀다.
그런 그녀가 직접 찾아와 함께 걷자니.
"일단 급한 일은 다 끝난 상태예요. 거기다 숨은 석가장 무사들이 잠잠하기도 하고… 또 이런 때에 공자님과 한 약속도 지키고 싶어요."
"나야 좋소. 아니, 매우 좋소. 하하하."
장련의 말에 묵객은 웃었다.
그의 입꼬리가 귀에 닿을 듯 주욱 올라갔다.
이제 보니 장련은 평시의 편안한 옷이 아니라 한껏 차려입은 화려한 모습이었다. 이게 자신을 만나기 위해 준비한 차림새라니 남자로서 어찌 기쁘지 않겠는가.
"그럼 지금 가죠."
장련이 묵객의 옷깃을 슬며시 잡아당겼다.
묵객은 허허로운 웃음으로 그런 그녀의 이끌림에 몸을 맡겼다.
"그리고 무사님도 함께 가주시고요."
그때였다.
장련이 고개를 돌려 한 남자에게 말을 걸었다.
놀랍게도 광휘였다.
그는 오늘 아침 그녀가 나올 시각에 맞춰 문 앞에 있었던 것이다.
묵객의 눈은 쭈욱 하고 가늘어졌다.
"저 사람이 왜……."

"제 호위무사잖아요."

*　　　*　　　*

교목수는 이 근처 사는 어느 농부가 지은 이름이었다.

나무 목(木)과 물 수(水) 자의 조합에서도 알 수 있듯, 나무와 호수를 볼 수 있다고 해서 교목수라 지어졌다고 알려졌었다.

이름이 촌스럽다 말하는 관람객이 많아서인지 이후 여러 별칭이 많이 생기기도 했다.

하지만 의외로 기억하기 쉬운 촌스러운 이름 때문인지 사람들 사이에 퍼졌고 얼마 가지 않아 다시 교목수라 불리게 되었다.

자박. 자박.

건장한 사내 두 명과 가녀린 여인이 이 길을 걷고 있었다.

두 사내의 표정은 어딘가 불편해 보였다.

그에 반해 여인의 표정은 한없이 밝았다.

"와, 정말 예뻐요."

장련은 빽빽하게 들어선 나무들을 보며 연신 감탄을 연발했다.

숲속 안, 심어진 나무들 사이로 난 길.

길이는 끝이 안 보일 정도였고 일렬로 심어진 나무 옆에는 호수가 흐르고 있었다.

거기다 나무도 매우 울창해 길을 걷기만 해도 운치가 느껴지는 그런 가로수 길이었다.
"그렇죠, 공자님? 무사님?"
장련은 자신을 사이에 두고 좌우에서 걷는 묵객과 광휘에게 말을 붙였다.
광휘는 늘 그렇듯 무뚝뚝한 표정이었고 묵객은 뭔가 마음에 안 드는 듯 잔뜩 얼굴을 찌푸리고 있었다.
"그런데 무사님."
장련이 광휘에게 돌아서고는 말했다.
"이제는 마음을 굳히신 거죠?"
"……."
"정말 완전히 돌아오신 거죠?"
"……."
"앞으로는 절대 그때처럼 위험한 짓을 하지 않을 거죠?"
"대체 몇 번을 묻는 게요."
거듭되는 질문에 광휘가 인상을 썼다.
마차를 타고 오는 동안 계속 물었던 질문이었기 때문이다.
그것 말고도 많았다.
그동안 어디 있었는지, 뭘 했었는지.
무엇 때문에 나갔다 들어온 건지 등등.
하지만 그중에 가장 많은 질문은 바로 이것이었다.
"그 상황을 막을 수 있다면 몇 번이라도 물을 거예요. 무사님의 생각이 어느 날 갑자기 변할 수도 있는 거잖아요."
"하아……."

광휘는 질렸다는 듯 고개를 저었다.

“빨리 말해요. 안 하겠다고요. 어서요. 어서요.”

장련은 그런 광휘에게 지지 않고 계속 질문을 해댔다.

‘대체 무슨 대화를 하는 건지…….’

한편, 두 사람을 바라보는 묵객은 답답함을 느꼈다.

무슨 말을 하는지 알 수가 없으니 대화에 끼어들지도 못했고 티격태격하고 있으니 화제를 돌리기도 애매했다.

‘영악한 놈이다. 이 모든 걸 계산하는 치밀함까지 갖춘 녀석이야.’

결국 묵객은 이 문제의 원흉으로 광휘를 지목했다.

그는 장련의 마음을 얻기 위해 술수를 쓰고 있는 것이다.

시기상으로 분명 그랬다.

어째서 며칠이고 코빼기도 보이지 않던 작자가 갑자기, 그리고 그 순간에 딱 하고 나타날 수 있다는 말인가.

“소저.”

묵객은 이 문제를 짚고 넘어가기 위해 장련을 불렀다.

“네, 공자님.”

“이건 약속이 좀 틀리지 않소?”

“네?”

“내 말은 저자를 놔두고 우리끼리 걸어야 되지 않는가 하는 것이오. 그러니까…….”

묵객은 잠시 말을 끊고 생각을 정리한 후 또박또박, 몇 단어에 강조를 하며 말을 이었다.

"내가 이전에 소저에게 청한 것은 어디까지나 이곳, 교목수를, 우리, 둘이서, 걷는 것이었소. 소저와 나, 단둘이 말이오."

"지금 걷고 있잖아요?"

"저자도 옆에서 걷고 있지 않소!"

부지불식간에 묵객의 언성이 조금 높아졌다.

그러자 이제껏 말없이 듣고만 있던 광휘가 불쑥 나타나 입을 열었다.

"나는 호위무사니 신경 쓸 것 없소. 그냥 없는 셈 치시오."

"없는 셈……."

묵객은 이마 맡에 손을 올렸다.

없는 셈 치라니. 그게 되는가.

남녀가 길을 함께 걷는 오붓한 분위기에, 멀쩡한 사내놈이 옆에서 얼쩡거리는데 어찌 신경이 안 써지는가.

'게다가 이놈은…….'

묵객, 그가 가장 경계하는 남자가 바로 광휘였다.

하지만 광휘는 그걸 아는지 모르는지 참으로 진중한 얼굴로 말을 더했다.

"호위 대상에게 호위무사는 의복이나 수족과 같은 것이오. 나를 가릴 것 없이 두 분은 말씀을 나눠도 괜찮소."

"아니, 내 말은……."

"혹여 내가 있는 것 자체가 불편하다면 조금 거리를 두겠소."

성큼. 성큼.

그리고 광휘는 말만으로 그치지 않고 몇 걸음 뒤로 떨어졌다.

묵객은 떨떠름한 얼굴로 그를 보며 한숨을 쉬었다.

'그래, 이거라도 어디냐.'

아예 안 보였으면 좋겠지만 그래도 그나마 거리라도 두고 있다.

잠시 뒤 묵객과 장련이 나란히 길을 걸었다.

그리고 삼 장 정도 떨어진 거리에서 광휘가 묵묵히 따라왔다.

그렇게 풍경이 좋은 교목수 길을 걷자 묵객의 기분이 조금은 나아졌다.

장련도 자신을 바라볼 때마다 웃음 짓고 있어 두근거리는 설렘도 일었다.

"그런데 말이지요, 공자님. 저분도 참 이상하지 않아요?"

물론 거리가 떨어지자 장련이 계속해서 광휘를 언급하지만 않았더라면.

"차우객잔에서 무사님은 혼자서 수많은 흑도 고수들을 물리치셨다고 들었어요. 정말 대단하죠?"

"…대단하긴 하오. 그런데……."

묵객은 입을 열려 했다.

대단하긴 하지만 그건 나도 할 수 있는 일이라고.

아니, 나는 더 잘할 수 있었노라고.

"그런데 그런 대단한 일을 해내고도 본인의 자랑 한마디 하시지 않고 있어요. 오히려 거만하게 비칠까 봐 사람들을 피하기까지 하고 계세요."

"…그렇구려."

하지만 장련의 다음 말에 이제 그는 그 자랑질도 못 하게 되고 말았다.

'이게 아닌데……'

분명 광휘가 대단한 자인 건 맞다.

하지만 묵객 자신은 분명 석가장의 본단에 쳐들어갔다.

거기서도 나름 활약을 했었다.

이렇게 될 것 같았으면 오히려 본인이 차우객잔에 남아서 멋지게 활약하는 것이 더 나았을 거란 생각이 들었다.

"그래도 공자님만은 못한 것 같지만요. 무엇보다 칠객 중 한 분이시잖아요."

"허, 허허! 그렇소. 그렇지요."

그래도 이어진 장련의 말에 묵객의 심정은 다시금 풀렸다.

그러면서 속으로 기다렸다.

'좀 더… 조금 더……'

"공자님께 차마 미치지는 못하겠지만, 그래도 저 무사님은 정말 대단한 것 같아요. 공자님이 보시기에 그는 얼마나 강한 것 같은가요?"

"…나도 그게 궁금하오."

하지만 묵객은 좋아졌던 기분이 다시금 저조하게 가라앉았다.

그는 짜증 나는 얼굴로 광휘를 쳐다본 후, 다시 다짐을 굳혔다.

'기다려 보자. 제자 놈이 조사를 한다고 했으니……'

묵객은 자신을 사부라고 부르는 청년을 떠올렸다.

광휘의 뒤를 캐기 위해 꽤 오랫동안 밖에 나가 있으니 조만간 소식을 들고 올 것이다.

"아, 무사님! 여기로 와보세요."

갑자기 장련이 걸음을 멈추며 광휘를 불렀다.

조금 전 묵객의 말 때문인지 광휘가 더는 다가오지 않자 장련은 그를 더욱 재촉했다.

"어서요. 빨리요."

광휘가 느릿한 동작으로 다가오자 장련이 기다렸다는 듯 입을 열었다.

"사실 저, 두 분께 한 가지 부탁이 있어요."

그 말에 두 사내의 시선이 그녀에게로 향했다.

"제게 무공을 가르쳐 주시지 않을래요?"

*　*　*

"좋소."

"싫소."

동시에 대답이 흘러나왔다.

긍정적인 묵객과 거절 의사를 명백히 밝히는 광휘였다.

"왜죠?"

장련이 곧장 광휘에게 반문했다.

"어설프게 흉내 내는 것보다는 차라리 못하는 게 낫소. 무엇보다 소저는 입문하는 시기가 너무 늦었소."

광휘의 말은 정론이었다.

물론 무공을 배우기 위해선 뛰어난 스승도 중요하다.

하지만 그보다 더욱 중요시되는 조건이 있다.

바로 배우는 시기다.

"제가 잘할 수도 있는 거잖아요."

"그럴 수 있소."

광휘가 장련을 보며 말하고 다시 말을 이었다.

"하지만 그렇지 않을 가능성이 훨씬 크오."

그 말에 장련은 볼을 씰룩거렸다.

뭔가 섭섭했다.

그간 함께해 온 광휘이기 때문에 더 그랬다.

"그럼, 직접 보고 판단하는 건 어때요?"

"이미 본 적이 있소."

"언제요?"

"구룡표국에 갔을 때 검을 쓴 적이 있지 않소."

광휘의 말에 그녀는 검을 꺼내 뱀의 머리를 구석으로 몰았던 자신의 모습을 떠올렸다.

"그 한 번으로 다 판단하기엔 이르지 않나요?"

"그 한 번이면 충분하오."

"아 정말… 사람이 어떻게 그렇게 매정해요?"

장련은 이제 말문이 막혔다. 그리고 어이가 없었다.

기실 그녀가 두 사람에게 무공을 가르쳐 달라고 한 것은 오직 강해지기 위함만이 아니었다.

'이 두 분에게 조금이라도 빚을 갚고 싶어.'

그녀는 곧 본가를 떠날 그들에게 뭔가를 해주고 싶었다.

금전적인 것만이 아니라 진심으로 그들에게 도움이 될 만한 것들을 찾고 싶었다.

하지만 그녀는 지금 두 사람에게 무엇을 해주는 것이 좋을지 알 수 없었다.

그래서 함께 있는 시간을 더 늘리기 위해서 꺼낸 말이었는데…….

"난 사실을 말하고 있을 뿐이오."

"참 못됐어."

장련이 눈에 힘을 주었다.

섭섭함이 없어지고 얼굴에 잔뜩 성이 묻어나 있었다.

"소저의 말대로 형장, 참으로 매정하구려!"

묵객 역시 광휘를 향해 목소리를 높였다.

그러다 표정을 바꾸더니 장련을 향해 부드럽게 말을 이었다.

"걱정 마시오, 소저. 내가 있잖소. 내가 직접 가르쳐 드리겠소. 자, 갑시다. 한번 소저의 솜씨 좀 구경도 해볼 겸."

"…그래요."

묵객의 손짓에 그녀는 자리에서 잠시 서성였다.

그러고는 묵객을 따라 몇 걸음 움직이다 광휘를 바라보며 말했다.

"지켜보세요. 보란 듯이 강해지겠어요."

"그러길 바라겠소."

"정말이에요! 저 지금 되게 진지하다고요!"

"알겠소."

이미 다른 곳에 시선을 둔 광휘의 대답에 장련은 씩씩대며 그를 노려봤다.

그러다 이내 발소리를 크게 내며 묵객 뒤를 성큼성큼 따라갔다.

* * *

숲이 삼면을 둘러싸고 호수가 보이는 한적한 공터.

그곳에 서 있던 묵객은 몇 차례 눈을 감았다 뜨며 미소를 지었다.

'내가 원하던 게 이런 거였어.'

늦가을임에도 춥지 않은 포근한 날씨.

기분 좋은 풍경과 더불어 상쾌하게 불어오는 산들바람은 괜스레 기분 좋게 한다.

거기다 눈앞에 있는 장련 소저.

바람에 나부끼는 머리카락과 옷차림은 수려한 화폭을 보는 것처럼 설레게 했다.

휘이이잉.

묵객이 경관을 보며 감상에 취해 있을 때 장련은 자신의 검을 바라보고 있었다.

잘 갈린 양쪽 날.

얼음처럼 차가운 검을 보자 그녀는 왠지 위축되는 듯한 기분을 느꼈다.

"련 소저, 검은 얼마나 배우셨소."

장련이 검을 보며 한참 동안 움직이지 않자 묵객이 입을 열었다.

"열일곱부터니까 이 년 정도 된 것 같아요."

"형(形)의 변환은 한 호흡에 몇 번이나 가능하오?"

형이란 움직이는 일련의 동작을 말한다.

그리고 변환은 순간적으로 동작을 연계하는 움직임이다.

즉, 형의 변환은 보법(步法)의 숙련도 정도를 묻는 말이었다.

"두 가지 응용 동작 정도는 펼쳐낼 수 있어요."

"이 년을 배워 한 호흡에 두 번이라……."

묵객은 속으로 셈을 해보았다.

두 번.

이류 무사가 보통 다섯 번 정도라고 봤을 때 장련은 아직 여러모로 미숙했다.

"드문드문 배워서 기간을 따지기가 그래요."

장련이 변명하듯 덧붙였다.

"배운 무공은?"

"개화칠성검(開化七星劍)요."

"음……. 소학검파(小學劍波)의 무공이구려."

묵객은 고개를 끄덕였다.

소학검파는 중원에서도 널리 알려진 문파.

실력이 뛰어나서 유명해진 문파가 아니라 자신들의 무공을 중원에 직접 설파했기 때문에 알려진 문파였다.

그리고 그 칠성검이란 무공.

그 원류를 올라가다 보면 대부분 무당파가 있다.

무당의 특성상 강함보다는 부드러움을 바탕으로 하는 검술이 나올 것이다.

“가장 자신 있는 초식을 몇 개 펼쳐보시오.”

스윽.

장련은 고개를 끄덕이며 자세를 잡았다.

그녀는 검을 위로 세우며 한 발을 뒤로 뺐다.

시선은 검 끝으로 향해 있었다.

‘좋은데?’

묵객의 표정이 밝아졌다.

자세만 놓고 봤을 때는 기초만 배운 사람치고는 제법 틀이 갖춰져 있었다.

‘그걸 보여줘야겠어.’

한편, 장련은 집중한 채로 아버지도 칭찬해 마지않았던 초식 몇 가지를 머릿속에 그렸다.

휘이이잉.

그리고 서서히 거세지는 강한 바람 속에서 검을 세웠다.

스윽.

검을 세운 그녀가 한쪽 다리를 들며 한 걸음 움직였다.

삽보(揷步) 자세다.

한 발을 내민 뒤 뒷발을 앞발 뒤로 붙여서 꼬는 동작 중 하나였다.

피이이익.

검이 울음소리와 흡사한 비음을 내던 때였다.

그녀의 동작이 변했다.

슉. 슉.

앞으로 한 번, 연이어 어깨 위 한 지점으로 또다시 검을 찔러 넣었다.

스윽. 휘익. 휘익.

두 걸음 전진. 검을 아래로 떨어뜨리는 듯하다 호선을 그리며 비둘기 날갯짓처럼 가볍게 흔들었다.

사사삭.

이내 옆으로 돌며 몸을 웅크리듯 검을 몸 안으로 회수했고.

피융. 슈융!

뒤로 빠진 뒤 물고기가 꼬리를 흔들듯 좌우측을 휘두르며 주위를 견제하는 모습을 보였다.

그러고는 곧장 자리에서 뛰었다.

쇄애액.

마지막 초식.

힘을 모은 것처럼 뒤로 빠지던 그녀가 쇄도하는 듯 앞으로 달려 나갔다.

그리고 한 지점을 향해 강하게 검을 찔러 넣었다.

휘우우웅.

뿜어내는 기운이 몸에서 검 끝으로 이동한다는 느낌이 들 때쯤 장련이 동작을 멈췄다.

그러다 잠시 비틀거리던 그녀는 곧 자리에 똑바로 섰다.

온몸에 힘이 쭉 빠져나간 듯 어지러움이 밀려왔지만 꾹 참았다.

"어때요?"

호흡을 고르며 장련이 묵객을 바라보았다.

그러다 점점 표정이 굳어지며 이내 울상으로 변해 버렸다.

평소 웃음기 가득하던 묵객의 얼굴이 딱딱하게 변한 모습을 보았기 때문이다.

"방금 그 동작과 연계 방법은 누구에게 배웠소?"

"아버지께요. 생각보다 많이 이상한가요?"

"그게……."

묵객은 설명하려다 말고 입을 다물었다.

"다시 한번 보여줄 수 있겠소?"

"알겠어요. 이번에는 정말로 제대로 할게요."

장련은 속이 상해 검파를 단단히 움켜쥐었다.

그녀는 처음보다 훨씬 집중하고 있었지만, 그건 묵객 역시 마찬가지였다.

'잘못 본 게야. 그게 아니라면……'

조금 전 그는 장련의 검 끝에서 허연 입김이 뿜어져 나오는 듯한 현상을 보았다.

찰나에 지나지 않았지만 예리한 그의 눈을 속일 수 없었다.

그것은 미약하지만 내기가 서려 뿜어져 나오는 현상과 흡사했다.

'내공도 제대로 익히지 못한 여인이…….'

그때 공터 쪽으로 누군가 모습을 드러냈다.

"앗!"

묵객이 광휘를 향해 돌아볼 때였다.

자세를 잡으며 재차 초식을 펼치려던 장련이 바닥에 엎어진 것이다.

"괜찮소?"

묵객은 급히 뛰어가 장련을 붙잡았다.

"네."

장련이 초식을 펼치려는 순간 광휘가 보이자 그를 의식하다 그만 실수를 해버린 것이다.

'또 저 녀석 무슨 수작을 부리려고…….'

광휘를 바라보던 묵객의 얼굴이 굳어졌다.

관심 없다고 말할 땐 언제고 저렇게 모든 걸 보고 있었던 것이다.

"거참. 사내가 자기 한 말을 참 못 지키는구려, 형장은……."

"역시."

묵객이 타박을 주려는 순간 광휘가 무겁게 입을 열었다.

"소저는 무공은 배우지 않는 게 좋겠소."

그 말을 남긴 뒤 광휘가 뒤돌아섰다.

삽시간에 분위기가 이상해졌다.

장련은 발끈해서 빽 하며 소리 질렀다.

"방금은 실수예요! 제대로 하면 이렇지 않다고요!"

못 들은 건지, 못 들은 척하는 건지 광휘는 계속 멀어져만 갔다.

울상으로 변한 장련은 주저앉은 채 일어나지 않았다.

뭔가 아쉽고 속상했다.

"오늘은 여기까지 합시다, 소저."

묵객은 그런 그녀에게 손을 내밀었다.

"공자님, 저… 배울 능력은 되나요?"

"허허허."

"형편없을 정도인가요? 뭔가를 가르치지도 못할 만큼?"

걱정스러운 물음에 묵객도 어색한 표정으로 얼버무렸다.

그런 그의 모습에 장련의 걱정은 더욱 깊어졌다.

* * *

쏴아아아.

짙은 안개와 거친 빗줄기가 내리는 산마루.

산속의 빗길을 두 여인이 열심히 오르고 있었다.

그리고 그 뒤를 청년 한 명이 숨을 크게 몰아쉬며 뒤따르고 있었다.

"오늘 같은 날씨에 굳이 날 여기까지 불러내야 했소?"

청년, 소장주 석도명은 산을 오르는 와중에도 투덜거림에 여념이 없었다.

다른 곳도 아니고 이렇게 멀리까지 오리라곤 생각지 못한 것이다.

"대답을 좀 해보시오. 하루 종일 가면서 어찌 제대로 된 대답 한 번도 안 해주시는 거요."

그 순간 앞서 가던 여인 중 비연 단주가 걸음을 멈추며 시선을 돌렸다.

"듣지 않는 것이 좋을 듯합니다."

"왜 그렇소? 듣지 않으면 내가 당신을 따라가지 않을까 봐?"

"아니, 반대겠지요."

석도명은 어리둥절했다.

무슨 말인지 전혀 짐작하지 못하고 있었다.

잠시 고민하던 비연이 맘을 정했는지 입을 열었다.

"그분들입니다."

순간 석도명은 표정을 굳었다.

무엇을 떠올렸는지 얼굴이 점점 새파래지기 시작했다.

"그, 그분들이 나보고 뭐라고 했소?"

"같이 오라고만 하셨습니다."

"별다른 얘기는… 다른 얘기는 안 했소?"

"일단 따라오시지요."

비연이 몸을 돌려 올라가자 석도명의 표정은 점점 굳어졌다.

하지만 지금은 달리 방도가 없었기에 다시 그녀를 따라 올라갔다.

이후, 석도명은 더 이상 내색을 하지 않았다.
뚝뚝뚝.
꽤 시간이 흐르고 평평한 지점에 오르자 빗줄기는 조금씩 잦아들었다.
잠시 숨을 고른 그들은 눈앞의 전경을 살폈다.
온통 숲으로 덮인 곳에 목옥(木屋) 한 채가 보인다.
그 앞으로 죽립을 쓴 무사 둘도 보였다.
다가오는 죽립 무사 한 명과 더불어.
"안에 계십니다."
비연과 석도명은 그의 말을 듣고 곧장 그곳으로 걸음을 옮겼다.

방 안은 환했다.
대신 좁았고 말로 표현할 수 없는 묘한 분위기가 흘렀다.
슥슥슥.
기분 탓이 아니었다.
상투를 맨 것처럼 머리를 위로 묶은 중년인 한 명이 진열된 칼날을 닦고 있었다.
평범했고 일상적인 느낌이었는데 바로 그 일상적이라는 게 문제가 되었다.
뭔가 특별한 것이 숨겨져 있는 듯한 기분.
그것이 공기를 무겁게 만들고 있었던 것이다.
"편히 앉으십시오."

사내는 돌아보지 않고 말을 꺼냈다.

그는 진열된 칼날을 닦느라 아직 정신이 없어 보였다.

뭔가 맘에 안 드는지 닦는 도중 각도를 조금 틀었다가 또다시 비틀며 각도 맞추기를 반복했다.

드르륵.

석도명은 방 한가운데 놓인 책상 밑 의자를 빼고 자리에 앉았다.

그는 들어올 때부터 사내의 눈치를 살피고 있었다.

그러던 중 허락이 떨어지자 얼른 자리로 이동해 버렸다.

자리에 서서 머뭇거리던 비연도 곧 의자에 엉덩이를 걸쳤다.

"의자 조금 당기고 앉으시는 게 좋을 것 같습니다. 허리가 펴져야 말도 잘 나오지 않겠습니까."

"……."

"최대한 편히, 편하게 얘기 나누는 것이 제가 원하는 것입니다."

그 말에 비연과 석도명은 잠시 눈빛을 교환하였다.

그러고는 그의 말대로 의자 등받이에 엉덩이를 바짝 댔다.

"비연 단주는 여인이니 다리를 꼬셔도 됩니다. 저는 부디 우리가 편하게 앉아 대화를 나눴으면 합니다."

그 말에 비연은 순간 등골이 서늘해짐을 느꼈다.

여인의 직감이었다.

너무나 예의를 차리는 말투.

그가 보인 매우 반듯한 행동들.

충분하다기보다 뭔가 지나치다는 느낌이 든 것이다.

"저는 대화를 즐깁니다. 긴 대화도 매우 좋아하지만 짧은 대화도 좋아하지요. 주제가 불쾌하면 길게 대화하지는 않습니다. 우리가 나누는 대화는 부디 길었으면 합니다."

그때쯤 그가 뒤돌아보며 말했다.

서글서글하며 살가운, 누가 봐도 편안함을 느끼게 할 만한 인상이었다.

드르륵.

그는 자신의 바로 옆, 미리 빼놓은 의자에 앉으며 말을 이었다.

"밀지(密紙)로만 소식을 주고받았으니 서로 초면이지요? 인사부터 하겠습니다. 저는 그 밀지를 보냈던 호군(虎君)이라는 사람입니다."

"석가장 석도명입니다."

"비연 단주입니다. 뒤쪽은 제 호위무사인 흑선이라 합니다."

그들은 정식으로 인사를 나눴다.

사내, 호군은 그들의 인사를 받고는 입을 열었다.

"문제가 있었다고 들었습니다."

그의 시선이 석도명에게로 향하자 그는 급히 대답했다.

"예, 소식은 들으셨겠지만 저희 본 장이 장씨세가와의 싸움에서 패하고 말았습니다. 비연 단주의 말을 믿고 본진을 비웠던 게 화근이 됐습니다. 결국 비연 단주의 잘못된 판단으로 패배할 수밖에 없었습니다."

찌릿.

흑선의 신형이 꿈틀댔다.

비연 역시 불쾌하게 변한 시선으로 석도명을 노려보고 있었다.

하지만 석도명, 그는 전혀 아랑곳하지 않고 말을 잇고 있었다.

"패배하는 싸움에서 본 장은 그것을 지켜야 했습니다. 더구나 그쪽에서 지원해 주신 그것, 쓰지 말아야 할 것들이 적들에게 들어가면 안 된다 판단했습니다. 그래서 쓰지 말아야 할 것을 사용했습니다. 저희 아버지는 목숨을 걸고 비밀을 지키기 위해 쓴 것입니다. 그 쓰지 말아야 할 것이 문제가 된다면……."

"아, 말씀 중 죄송합니다."

호군이 손을 들자 석도명이 순간 말을 멈췄다.

"대화가 너무 부자연스러워서 말입니다. 혹시 쓰지 말아야 할 것이 벽력탄입니까?"

석도명은 눈을 껌뻑이다 이내 고개를 숙였다.

"예, 그렇습니다."

"그럼 벽력탄이라고 하십시오. 왜 쉬운 표현을 놔두고 그리 어렵게 표현하시는 겁니까? 길고 어렵고 복잡한데요."

"그, 그건……."

"벽력탄. 일목요연하고 간결하며 귀에도 잘 들어오는… 얼마나 좋습니까? 그리고 하나 더."

호군은 목소리를 조금 낮게 깔았다.

"앞서 말했듯이 이런 얘기는 좀 짧게 합시다. 지금까지 한 얘기도 좋은 게 아닌데 들어보니 남은 얘기도 그리 좋지 않을 것 같아서요."

석도명은 입을 닫았다.

뭔가 상당히 예의가 있는 말투 속에 날이 서 있다는 느낌을 받은 것이다.

그때 화제가 옆으로 자연스럽게 옮겨졌다.

"그런데 비연 단주는 왜 그런 판단을 내리신 겁니까? 왜 잘못된 판단으로 적들이 강할 때를 대비해 석가장에게 건넨 벽력탄을 방어하는 데 사용하도록 만든 겁니까?"

찌릿.

흑선이 재차 석도명을 노려보았다.

하지만 그는 뻔뻔하게도 다른 곳으로 시선을 돌린 뒤 당당하게 앉아 있었다.

"지금은 주검이 된 석가장주의 말을 믿었어요. 그들은 장 가주가 싸울 만한 담력이 없다고 확신했으니까요. 하여……."

"말씀 중 또 죄송합니다. 잠시만요."

이번에도 호군이 말을 막았다.

어느덧 그의 시선은 비연의 뒤쪽에 서 있던 흑선에게 향해 있었다.

"무사님, 어디 불편하십니까?"

그녀는 호군의 말에 잠시 호흡을 고르고는 입을 열었다.

"왜 그러십니까?"

"이상해서 말입니다."

호군이 머리를 긁적였다.

그러고는 나직이 말을 이었다.
“전 무사님을 불쾌하게 한 적이 없는 것 같은데 어딘가 불편해 보이셔서 이렇게 물어본 겁니다.”
“…….”
“편하게 있으셔도 됩니다. 여긴 부담스러운 자리가 아닙니다.”
잠시 뒤, 호군은 흑선을 다시 응시하고는 다시 입을 열었다.
“이제 문제가 있으십니까?”
“없습니다.”
이번엔 흑선이 대답했다.
“그거 좋군요.”
호군은 턱을 매만졌다.
“전 문제가 없는 걸 좋아합니다. 방금 비연 단주의 호위무사님께서 아무런 문제가 없다는 걸로 정리가 됐으니까…….”
호군은 더욱 낮은 어조로 말을 이었다.
“지금부터 문제 일으키지 말게. 내 말 이해하나?”
섬뜩.
흑선의 신형이 가느다랗게 떨렸다.
이번엔 그녀도 느낄 수 있었다.
일상적인 화술 속에 숨겨진 치밀한 화법을.
단지 몇 마디 말만 나눴을 뿐인데 이토록 숨줄을 조이는 듯한 말투는 경험해 보지 못한 것이었다.
“우리가 어디까지 얘기했었습니까?”
어느새 호군은 느긋한 목소리로 돌아와 있었다.

비연 단주가 말했다.
"전략을 짰던 이유를 말씀 드릴 차례입니다."
"그렇군요. 이제 말씀하시오."
비연의 설명이 시작되었다.
그녀가 그런 전략을 세웠던 이유와 전반적인 모든 것을.
그리고 전략을 위해 이용된 관(官)과 사파의 고수들까지.
비연이 입을 열면 열수록 석도명은 불안해졌다.
논리적인 그녀의 말에 왠지 자신들의 실수가 도드라져 보였기 때문이다.
호군은 다행히 석도명에게도 기회를 주었다.
그러자 그는 기다렸다는 듯 그간의 일들을 좀 더 자세히 설명했다.
물론 이전의 대화처럼 비연에게 책임을 미루는 것을 잊지 않았다.
그의 설명이 끝난 뒤 석도명과 비연을 번갈아보던 호군이 입을 열었다.
"하실 말씀 더 남아 있으십니까?"
"더 열심히 하겠습니다. 우리가 도울 수도 있는 것은 돕겠습니다. 모든 것을 내놓겠습니다."
석도명이 크게 말했다.
"알겠습니다."
비연은 대답하지 않고 듣기만 했다.
호군이 다시 입을 열었다.

"그럼 다시 묻지요. 정리가 된 겁니까? 공자님, 정리가 된 겁니까? 비연 단주, 정리가 된 겁니까?"

잠시 정적이 흘렀다.

이제껏 느껴보지 못한 정적.

호군이라는 사내는 '다 된 거냐'는 같은 말을 반복적으로 계속하며 왠지 그들이 위축되게 했다.

"음… 정리가 되었군요. 그럼 이제 제가 한 말씀 드려도 되겠군요."

잠시 고개를 내렸던 호군이 고개를 들었다.

표정은 해맑았지만 어딘가 달라져 있다는 인상을 풍겼다.

"무례하게 굴고 싶지 않습니다만… 당신들은 쓰레기입니다."

"……!"

"……!"

"……!"

그를 바라보던 세 사람의 얼굴이 모두 급변했다.

너무나 직설적인 말투에 당황하는 표정을 모두 숨기지 못한 것이다.

"일부러 화를 돋우려거나 비아냥거리려고 드린 말씀이 아닙니다. 저는 있는 그대로… 나타난 결과 그대로 말씀을 드린 겁니다. 다시 말씀드리지만 당신들은 쓰레기입니다."

다들 침묵했다.

하지만 당황함을 숨기지 못한 듯 다들 표정이 상기되어 있었다.

"공자님, 아까 정리가 되었다고 말씀하셨습니까?"

호군이 입을 열었다.

“예?”

“정리가 되었다고 하지 않았습니까?”

“아, 예. 예. 아, 아닙니다. 정리가 남아 있는 것 같습니다.”

석도명은 빠르게 말을 바꿨다.

왠지 그래야 같았다.

그 말을 해야 왠지 숨을 쉴 수 있을 것 같았다.

“그게 뭡니까?”

드르륵.

그가 자리에서 일어났다.

그러고는 석도명에게 다가갔다.

“아니, 뭘 것 같습니까?”

석도명이 눈을 굴리며 안절부절못했다.

한 발짝 한 발짝 다가올수록 심장박동수가 더욱 빨라졌다.

그리고 지척까지 다가왔을 때는 숨이 멎는 듯한 기분이 들었다.

호군은 그런 석도명의 어깨를 잡고는 말을 이었다.

“이래서는 안 되는 것 같습니다. 내 생각에는 정리가 하나도 되지 않은 것 같은데요.”

팔은 점점 그의 목을 감싸 쥐는 형태로 변했다.

석도명은 몸을 벌벌 떨 뿐 무슨 말을 내뱉지도 못했다.

“내일까지 석가장의 성의를 확인하고 싶습니다. 말로만이 아닌 눈으로 볼 수 있는 것들로요. 그걸 증명할 수 있는 것이 소장주에겐 있습니까?"

"예? 무, 무슨……."

석도명은 숨도 멈추며 눈을 굴렸다.

"제 말이 좀 어렵습니까?"

"아닙니다. 알겠습니다. 증명할 것을 전부 보여 드리겠습니다."

"시간이 많이 없습니다. 내일까지 보여주시려면 지금부터 움직여야 될 것 같습니다."

"아, 옙. 지금 바로 움직이겠습니다."

석도명은 사시나무 떨듯 자리에서 일어섰다. 그러고는 문밖을 향해 황급히 뛰어나갔다.

'아…….'

옆에서 바라보던 비연이 몸을 흠칫 떨었다.

눈이 짧게 마주쳤는데 등골에 서늘한 한기가 몰려온 것이다.

터억.

호군은 의자를 밟고 탁자에 앉아 섰다.

그는 시선을 문밖으로 향한 채 비연과 흑선을 향해 조용하게 읊조렸다.

"내일이면 원점에서 시작할 수 있을 겁니다. 석가장과 관련되었던 인물들, 물론 비연 단주가 불렀던 소위건까지 포함해서 말이지요."

"……."

"앞으로는 좀 잘해봅시다. 그대들은 우리의 동업자 아닙니까?"

그녀는 그의 마지막 말을 듣고 깨달았다.

설사 석가장이 일을 잘 처리했다고 해도 결과는 달라지지 않았을 거란 것을.

벽력탄은 핑계일 뿐이다.

단지 정리를 위한 도구에 지나지 않았으니까.

第六章
복수

콰콰쾅!

두두두두둑.

번개가 치고 폭우가 내리는 깊은 밤.

이름 모를 야산 중턱에 죽립을 깊게 눌러쓴 무사 여섯이 모습을 드러냈다.

"여긴가."

그들 중 가장 뒤쪽에 있는 자가 입을 열었다.

스산한 날씨보다 더욱 낮게 깔린 목소리였다.

"석도명이 말한 숫자보다 더 많습니다."

이번엔 지붕만 덮은 막사 안을 살피던 한 죽립 무사가 말했다.

"시간은?"

"일다경이면 됩니다."

"검초를 숨겨야 한다. 흔적이 드러나선 안 되니까."

"이각은 넘지 않을 겁니다."

"흠."

그는 잠시 생각에 잠긴 듯 뜸을 들이다 고개를 끄덕였다.

"처리해라."

스캉. 휘익.

허락이 떨어지자 무섭게 죽립 무사 네 명이 검을 뽑으며 공터로 달려 나갔다.

그들은 점점 자세를 낮추며 각기 다른 방향으로 움직였고 그 중 한 명은 유일하게 산속으로 이동했다.

도망가지 못하게 퇴로를 막으려는 행동이었다.

"호철(虎鐵)."

호군이 유일하게 움직이지 않던 죽립 무사를 향해 입을 열었다.

"예, 대사형."

"소위건의 위치는 파악했느냐?"

"석가장에서 남쪽으로 백오십여 리 정도 떨어진 한 포구에 머물러 있다는 걸 확인했습니다."

"떠나려는 거군."

"예, 남쪽으로 가기 위해 배를 타려는 모양인데 다행히 비가 와서인지 출발을 미루고 있더군요."

"비가 그치기 전에 가야겠구나."

"금방 그칠 비는 아닙니다. 급히 서두를 필요는 없을 겁니다."
호철이란 사내는 말할 때마다 희미하게 이빨이 드러냈다.
그 모습이 마치 피에 굶주린 맹수처럼 사나워 보였다.
"호룡(虎龍)에게 지시를 내리겠습니다."
조금 전 호군에게 명을 받았던 자다.
"그 아이로는 부족하다."
"저는 충분하다고 봅니다."
"내력은 더 높을지 모르나 실력에 비해 경험이 부족한 아이야. 반면 상대는 혈도삼막 중 일인이며 진흙탕 싸움길을 걸어왔던 흑도 고수다."
호철은 잠시 뜸을 들이다 말했다.
"그렇다면 더욱 호룡에게 맡겨야 되지 않겠습니까. 저 녀석도 이제 우물 안에서 나올 기회를 줘야 합니다."
"흐음."
호군은 선뜻 승낙을 하지 않았다.
고민을 하고 있는 것이다.
둘을 상대로 가상의 승부를 겨뤘을 시 결과가 어떻게 날지를.
"내가 누군지 않느냐! 강소성에 위명을 울렸던 관엽… 컥!"
"덤벼라, 내 각법에 모두 쓸려 나갈 것이다!"
"같이 죽겠다! 아아악!"
잠시 침묵하자 저 멀리서 비명 소리가 들려왔다.
시간이 길어질수록 저항도 거센지 괴성이 점점 커졌다.
비명이 잦아들 때쯤 호군이 입을 열었다.

"그래, 좋은 경험이 될 것 같구나."
승낙이 떨어지자 호철이 이빨을 드러내며 미소를 머금었다.
"깔끔하게 정리하고 내려오거라."
호군은 말을 던지고선 어둠 속으로 몸을 숨겼다.
호철이 막사 쪽으로 고개를 돌렸다.
그곳엔 죽립 무사 넷이 일렬로 서서 그를 바라보고 있었다.
그는 몸에 대고 손가락을 몇 번 움직이더니 고개를 끄덕였다.
'이각. 정확하군.'
호철은 이빨을 드러내며 막사 안으로 몸을 날렸다.

* * *

끼룩끼룩.
맑게 갠 날씨 속 새 울음소리가 산을 배회하며 아침을 알렸다.
날씨가 개자 사람들이 저마다 포구로 나와 분주히 움직였다.
서하(西河)는 석가장과 이백여 리 떨어져 있는 하북을 대표하는 강이다.
자아하(子牙河)와 청수하(淸水河)같이 성의 중부에 있는 여러 강을 총칭하며 가리키는데 남쪽에 있는 천진(天津) 땅에서 백하(白河)로 가는 요로다.
그곳에서 조금 더 남쪽으로 내려가면 하북을 완전히 벗어날 수 있다.
"오늘은 배를 띄우기가 힘들 것 같은데."

한 어부가 한데 묶인 나룻배와 선척들을 바라보며 허리를 두드렸다.

비가 오고 난 뒤 강을 통해 이동하는 건 위험하다.

수심이 얕을 때는 암초 같은 것들이 보여 어렵지 않게 이동할 수 있지만 오늘같이 강물이 범람할 때는 물길을 되짚기가 쉽지 않다.

"혼자라도 가지."

당찬 사내의 말에 노인은 별다른 말을 하지 않았다.

묵직하고 조용한 사내의 성격에서 뭔가 범상치 않은 기분을 느낀 것이다.

"배를 사려고 하시오? 그러면 돈이… 아!"

말을 하는 순간 사내가 뭔가를 꺼냈다.

금화였다.

두툼하게 쥐어 있어 몇 개인지 알 수 없을 만큼.

"그러시오."

노인은 배를 미련 없이 포기했다.

이 정도 금액이면 자신의 배 몇 척은 살 수 있는 돈이 아니던가.

노인이 가고 난 뒤 사내, 소위건은 허름한 배를 보며 읊조렸다.

"쪽은 다 팔렸군."

드문드문 떠오른다.

자다가도, 밥을 먹다가도 심장이 마비될 것 같은 살벌한 그때의 기억이.

그래서 그런지 요즘 부쩍 뒷골이 아파왔다.

"살려줬다는 게 어딘가."

그때 그가 보인 눈빛.

그 눈빛은 이제껏 야비하고 사악한 녀석들을 수없이 봐온 소위건의 눈에도 특별하게 다가왔다.

사람들이 어떤 눈빛을 한들 거기에는 한 가지 공통점이 있다.

바로 한 가지 의미만을 담는다는 것.

살기는 살기만을 품는다.

광기는 광기만, 분노는 분노만을 품는 것이 그것이다.

한데 그 사내의 눈빛은 두 가지 의미를 소위건에게 전달했다.

광기와 상실감.

사람을 죽이고 싶어 하면서도 왜 그럴 수밖에 없는지 슬퍼하는 눈빛을 보낸 것이다.

억측일지 모르나 그는 그렇게 느꼈다.

그랬기에 소름이 끼친 것이다.

드르륵. 드르르륵.

뱃전으로 이동한 소위건은 뱃머리에 묶인 밧줄을 천천히 풀었다.

그러던 그때 눈앞에 뭔가 어른거리자 소위건은 천천히 고개를 들었다.

거기엔 지척까지 다가온 죽립 무사가 자신을 내려다보고 있었다.

"소위건인가?"

사내의 말에 소위건은 그를 무시하며 다시 손을 놀렸다. 그렇게 뱃머리에 줄을 다 풀었을 때 피식 웃으며 입을 열었다.

"비연, 그 계집애를 본 순간부터 뭔가 구린 냄새가 나더니. 역시 뒤를 봐주는 놈들이 있었군."

팟.

소위건은 말이 끝나자마자 검을 뽑아 들고 죽립 무사를 향해 달려들었다.

죽립 무사 역시 거의 동시에 반응했다.

캉!

두 검이 허공에서 교차되며 강한 쇳소리가 흘러나왔다.

뒤로 밀린 소위건이 뱃머리를 밟고 주춤했다.

그에 반면 사내는 한 발 뒤로 움직였을 뿐 별다른 내색을 하지 않았다.

'이 녀석.'

소위건의 얼굴에 그늘이 졌다.

한 번의 교전이었지만 몸으로 체감한 것이다.

강호에서도 쉽게 볼 수 없는 내가고수라는 것을.

타탓.

이번에는 죽립 무사가 움직였다.

어깨까지 무릎을 굽힌 뒤 직선으로 그대로 짓쳐들어왔다.

소위건이 반발짝 몸을 틀며 시선에서 가장 가까운 어깨 부분을 향해 검을 찔러 넣었다.

까앙!

죽립 무사가 아래에서 위로 검을 크게 쳐올렸다. 강한 힘에 소위건의 검도 위로 튕겨 올라갔다.

까아앙!

순간 손끝에서 강한 파동이 느껴짐과 동시에 검이 눈에 띄게 밀려났다.

'이 초식은…….'

의도적으로 검을 부딪치며 대항하는 검초.

직선적이며 패도적인 검로.

파괴력이 담긴 내력.

강호에 칼밥을 먹고 사는 사람이라면 모를 수가 없는 검술이다.

까아앙!

재차 받아치던 죽립 무사의 반격에 소위건의 신형은 또다시 주욱 밀렸다.

두우웅.

배가 넘실거리며 그의 중심을 흔들어댔다.

중심이 무너지자 소위건의 얼굴엔 난처한 기색이 떠올랐다.

검술을 떠올리던 잡생각 때문에 스스로 화를 자초하고 만 것이다.

죽립 무사는 그 순간을 놓치지 않았다.

소위건을 향해 달려든 것이다.

'제길!'

그는 급하게 검을 뻗어 돛대를 그대로 잘라 버렸다.

우지끈.

기둥이 무너지며 죽립 무사가 잠시 주춤거렸다. 그사이 중심을 잡은 소위건이 채 부러지지 않은 기둥을 뛰어넘으며 검을 찔러 넣었다.

사악.

그의 검이 죽립 무사의 어깨를 조금 스치고 지나갔다.

그 뒤 소위건은 더 달려들지 않고 뒤로 이동하며 거리를 벌렸다.

부서진 돛대 사이로 둘은 대치했다.

'한 명이 아니다…….'

소위건의 시선이 옆으로 움직였다.

멀리서 그와 비슷한 죽립 무사들이 서 있었다.

'혼자선 안 되겠군. 도망쳐야겠어.'

그는 판단을 내리며 앞서 자신을 노려보는 사내를 향해 말했다.

"대충 너희들이 누군지 알 것 같군."

청년은 대답하지 않았다.

"내 친절히 조언 한 가지 해줄까? 오래 살고 싶거든 이 일에 손 떼는 게 좋을 거야. 나처럼 말이지."

"무슨 뜻인가?"

"앞으로 너희들이 곧 상대하게 될 사내에 대해서 말하는 거다. 그는……."

그는 입꼬리를 올렸다.

"인간이 아니거든."

파팟.
이번엔 그가 공격해 들어갔다.
죽립 무사는 왼쪽으로 검을 세웠다. 그러다 다시 옆으로 휘어지는 검을 포착하며 오른쪽으로 휘둘렀다.
'이것도 허초다!'
급변하는 공격에 실린 두 가지 거짓 공격.
그 때문인지 죽립의 사내는 세 번째 공격을 파악하기 위해 반격도 생각지 못하고 소위건의 신형을 좇았다.
출렁.
한데 이번 공격은 검이 아니었다.
소위건이 배를 발로 내려치며 중심을 흔든 것이다.
죽립 무사의 시선이 아래로 분산되는 순간 그제야 소위건이 짓쳐들어왔다.
서로 검을 뻗었다.
한데, 이번엔 소위건의 검이 훨씬 빠르고 정확했다.
그의 검은 죽립 무사의 가슴께 밑을 관통했고 상대의 검은 고작 허벅지를 짧게 스치며 지나간 것이다.
첨벙.
죽립 무사가 고꾸라지며 물속에 빠졌다.
그사이 배를 뒤로 민 소위건은 포구에서 점점 빠져나가고 있었다.
"아서라. 이 몸은 너희들이 상대할 수 있는 존재가 아니다!"
흠뻑 웃음에 젖은 소위건이 자신을 바라보고 있는 죽립 무사들을 향해 손을 흔들어 보였다.

*　　　*　　　*

"호룡을 치료해라."

"옙."

호철의 말에 사내 둘이 고개를 숙이며 포구 앞으로 빠르게 달려 나갔다.

그들의 뒷모습에 잠시 시선을 두던 호철이 다시 입을 열었다.

"대사형의 말이 맞았습니다."

옆에 있는 호군은 별다른 대답이 없었다.

"백대고수는 아니지만 그에 준하는 자. 제아무리 호룡이 천재라고 해도 어려웠습니다."

"뭐, 그래도 결과가 좋았으면 된 거지. 독이 퍼진 이상 오래는 못 갈 테니까."

호룡이 쓰러지고 소위건이 달아나는 데도 가만히 있는 이유는 바로 독 때문이었다.

이미 그들은 이 정도까지 계산하고 있었던 것이다.

소위건에게 쓴 무색무취의 독.

극독은 아니지만 그만큼 증상을 알기 어렵다는 장점이 있는 독이다.

노련한 무사라 빨리 알아차린다고 해도 살 가능성은 없었다.

그는 배를 띄운 상태.

살기 위해선 늦어도 한 시진 내 해독약을 먹어야 한다.
그렇지 않으면 몸의 일부가 하나하나씩 감염이 돼 회복할 수 없는 상태가 된다.
하지만 그는 오지 못할 것이다.
자신들은 여기서 한 시진만 머물다 갈 테니까.
결국 살아날 가능성은 없다고 보는 게 맞았다.
"그나저나 저자가 마지막에 거론한 이가 아마 이번 일을 그르치게 만든 장본인인 것 같습니다."
"그렇겠더군."
"한번 알아볼까요?"
"그래, 소위건이 저 정도로 극찬할 정도면 누구일까 궁금하구나."
"그래도 대사형보다 강하겠습니까."
"혹시 모르지. 십대고수 중 한 명일지도."
"크큭."
호철은 웃었다.
십대고수라니. 말이야 있지만 실상 전설 속에 나오는 인물들이다.
현 중원에서 십대고수를 봤다는 사람도 몇 년에 한 명 있을 정도로 존재가 거의 없는 자들이었다.
"누구라도 상관없다."
호군은 당당히 말했다.
그 모습을 보던 호철은 그가 그럴 말을 할 자격이 된다고 생각했다.

대사형은 중원에 내로라하는 자들과 비교해도 떨어지지 않는 사람이었다.

그에게, 그리고 자신들에게 하북은 너무나 좁은 땅이었다.

* * *

마차에 올라 이유를 물으려던 장련은 결국 말을 꺼내지 못했다.

광휘가 옆에 있어서인지 왠지 잔뜩 풀이 죽어 있었던 것이다.

"소저, 아까 그것 말이오."

장씨세가에 도착하자 마차에서 내린 묵객이 입을 열 때였다.

하인 한 명이 곧장 다가와 장련에게 말을 걸었다.

"아가씨, 이 공자께서 찾으십니다."

"오라버니가요? 도착하셨어요?"

"조금 전에요."

"아, 네. 알겠어요."

장련은 고개를 돌려 묵객에게 말했다.

"중요한 일이 있다고 하셨는데 지금 왔나 봐요. 자세한 건 나중에 들을게요."

그러고는 곧장 장원 쪽으로 걸어갔다.

"난처하군."

묵객은 장련의 뒷모습을 보며 난감한 표정을 지었다.

머뭇거리다 괜히 오해를 살 만한 상황이 됐단 걸 깨달은 것이다.

사실은 전혀 다른 의미였는데.

"형장."

그녀를 따라가려고 움직이던 광휘를 묵객이 붙잡았다.

광휘가 뒤돌아보자 그가 말을 이었다.

"장련 소저께 굳이 그렇게까지 해야겠소?"

광휘가 무심한 얼굴로 그를 바라보았다.

그러자 묵객이 재차 말을 이었다.

"무슨 걱정을 하는지 아오. 나 역시 그것 때문에 얘기를 꺼렸던 거니까. 하나, 칭찬 정도는 해줄 수 있지 않소. 그녀가 펼쳐 보인 그것은 아무나 쉽게 흉내 낼 수 없는……."

"그렇기 때문이오."

광휘가 그의 말을 받았다.

묵객은 말을 멈추고 그의 말에 귀 기울였다.

"남들이 흉내 낼 수도 없는 것을 흉내 내고 있소. 그것도 입문한 지 이 년이 채 되지 않은 상계의 여인이 말이오."

그 말에 묵객은 곧장 말을 잇지 못했다.

그녀가 펼친 것이 무엇인지 누구보다 잘 알았기 때문이다.

장련은 기(氣)를 뿜어냈다.

당연히 흉내 낸 것이었는데 놀랍게도 허연 백색의 빛이 뿜어져 나왔다.

그 말은 기를 깨닫는 것을 넘어 운공을 할 줄 안다는 얘기다.

물론 누구나 배우면 운공을 할 수 있다.

하지만 장련의 경우와는 달랐다.

그녀처럼 어떤 현상이 분출되진 않는다.

정확히 말하면 기를 분출할 수 있는 수준에 도달하는 것은 매우 어려운 영역에 속했다.

그런데도 그녀는 해냈다.

입문도 늦은 데다 연마한 시간도 짧고 검을 제대로 배우지도 못한 그녀가.

그 말이 가리키는 건 하나였다.

타고난 무재(武才)인 것이다.

"너무 딱딱하게 구는구려. 좋은 재능을 가지고 있고 중요한 위치에 있는 사람이오. 자기 몸을 지킬 실력 정도는 가지고 있어야 한다고……."

"장련 소저가 자기 몸을 지킬 실력을 가지게 되면."

광휘는 잠시 말을 끊었다.

"그녀는 분명 앞에 나설 거요, 그녀의 성격상."

"……!"

"그리되면 석가장 같은 일을 겪었을 때 지금보다 몇 배는 더 위험해지겠지."

광휘는 장련의 재능이나 실력이 아닌 성격을 지적했다.

그녀는 이길 수 없는 상대라고 해서 먼저 물러나는 사람이 아니다. 자신을 희생해서라도 달려드는 성미인 것이다.

"그래서… 형장은 자신이 없다는 말이오?"

"……?"

묵객은 웃음기 없는 목소리로 말했다.

무슨 생각인지 평소 그와는 달리 매우 진지한 표정을 보이고 있었다.

"실력이 모자라면 실력을 가르치면 되고, 마음가짐이 모자라면 마음가짐을 가르치면 되는 일이오. 그게 그렇게 어렵게 보이시오?"

광휘는 대답하지 않았다.

천성이란 쉽게 바꿀 수 있는 게 아니다.

묵객의 말은 기본적으로 정론에 불과했다.

"그럼 내 당부 하나 하겠소. 앞으로 장련 소저와 내가 만날 때는 보이지 않게 좀 빠져주시오."

"무슨 의미요?"

그 말에 광휘를 바라보았다.

"말 그대로요. 장련 소저를 내가 가르치기 위해서 방해를 받고 싶지 않은 게요."

"……."

"난 자신이 있으니까."

묵객과 광휘의 눈이 마주쳤다.

광휘는 할 말이 많은 표정이었지만 끝내 대답하지 않았다.

* * *

문 앞을 서성이던 장웅은 멀리서 걸어오는 장련을 향해 급히 다가가 물었다.

"혼자 오는 길이냐?"

"네, 오라버니."

"광 호위는? 오는 길에 들으니 광 호위가 본가에 돌아왔다던데……."

"조금 전까지 같이 있었어요. 묵객 공자님과 무슨 얘기를 나누는 것 같던데요."

"아, 다행이구나. 정말 그가 돌아왔어."

장웅의 얼굴이 환해졌다.

더는 밝아질 수 없을 만큼 감격에 겨운 얼굴이었다.

"너는 뭐 하고 있었더냐. 광 호위가 왔는데 곧장 내게 알리지 않고."

"아직 본 가에 완전히 돌아온 건지는 듣지 못해서요. 그때의 일도 있고 해서……."

"그게 뭔 대수이겠느냐. 그게 아니라도 우선 광 호위에게 감사함을 표현해야지. 그리고 혹시 아느냐. 이곳을 떠날 생각이라고 해도 우리가 성심껏 모신다면 마음을 바꿀지……."

"그건 그래요."

장련은 광휘가 그럴 사람이 아니라 여기면서도, 감사함을 표현해야 한다는 장웅의 말에는 동의했다.

"내 이 소식을 당장 사람들에게 알려야겠다. 너는 빨리 대의전에 가 있거라."

"오라버니?"

장웅은 한마디 말을 던지고 곧장 어디론가 향했다.
장련은 그런 그를 보다가 자신의 머리를 쥐어박았다.
"그래. 그가 왔다고 좋아만 했지, 가장 중요한 걸 잊고 있었구나. 바보같이."

* * *

광휘가 내원으로 들어섰을 때, 머리에 띠를 두른 청년이 급히 다가와 광휘에게 어디론가 가야 한다고 말을 건넸다.
광휘가 물끄러미 바라보자 청년은 시간이 없다며 거듭 재촉했다.
"아, 환영식이군. 나도 한 달 전에 했었나?"
뒤에 서 있던 묵객이 미묘한 어감을 남기며 뒤따라왔다.
광휘는 그런 그에게 눈짓을 한 번 주고는 곧 청년을 따라 움직였다.
끼이익.
대의전에 들어서는 순간 광휘는 발길을 멈추었다.
수많은 사람들이 한데 모여 그에게 눈길을 주고 있었기 때문이다.
"어디 갔다 이제 오셨습니까."
"호위무사님, 정말 보고 싶었습니다."
가까이에 있던 이름 모를 노인과 선하게 생긴 청년이 다가와 고개를 숙였다.

머리를 무릎에 닿을 듯이 숙이는 그들을 보니 기분이 묘했다.
"호위무사님, 살려주셔서 감사합니다."
"고맙습니다. 진심으로 고맙습니다."
이번엔 부인과 아이가 광휘를 맞이하며 예를 갖췄다.
광휘도 본 적이 있는 낯익은 얼굴, 자양과 그의 어머니였다.
그렇게 어색한 동작으로 한동안 서서 사람들의 인사를 받던 그때였다.
"앞으로 모셔야지. 무사님의 길을 막으면 어찌하느냐!"
"여기 계속 세워둘 셈인가!
익숙한 얼굴의 노인이 달려 나오며 목소리를 높였다.
이 장로와 삼 장로였다.
그들은 주위 사람들을 급히 물린 뒤 광휘에게 다가와 고개를 숙였다.
"그간 안녕하셨습니까. 오셨다는 소식에 너무나 기쁨을 감출 수 없었습니다."
"잘 오셨습니다. 제가 사람들을 대표해서……."
저벅저벅.
하지만 그들은 말을 계속 이을 수가 없었다.
힐끔 쳐다본 광휘가 이내 그들을 무시하고 앞으로 걸어갔기 때문이다.
"크흐음."
"흠흠."
이 장로가 무안한 표정으로 얼굴을 붉혔고 삼 장로의 얼굴은 엉망으로 구겨졌다.

"크크큭."

그러던 그때 웃음소리가 들리자 삼 장로가 눈에 쌍심지를 켜고 대상을 찾았다.

하지만 이내 고개를 돌릴 수밖에 없었다.

그곳엔 광휘를 뒤따라온 묵객이 서 있었기 때문이다.

"왔는가."

광휘가 중앙쯤 걸어갔을 때 이번엔 황 노인이 다가왔다.

촉촉하게 젖은 눈가가, 굳이 말을 하지 않아도 모든 것을 느끼게 해주었다.

"외총관이 되었다고 들었소."

"그랬네. 이 모든 것이 자네 덕분일세."

"아니오. 원래 어르신의 자리였지 않소."

"그리 말해주니 더 고맙네. 일단 앞으로 가게. 가주께서 저 앞에 서 계시네."

광휘가 앞을 바라보자 그곳엔 가주가 서 있었다.

단상 위, 화려하게 치장된 의자가 있었음에도 그는 밑에 내려와 자리에 서 있었다.

다른 쪽으로 시선을 돌리자 능자진과 곡전풍, 황진수의 모습이 보였다.

능자진은 정중히 포권을, 황진수는 묵례로 예를 표했고 곡전풍은 엄지를 치켜들며 웃고 있었다.

가주 옆으로 고개를 돌리자 이 공자와 장련이 보였다.

시선이 마주친 이 공자는 밝은 얼굴로 포권을 했고 장련은 해맑은 웃음을 지었다.

잠시 뒤 광휘는 가주 장원태 앞에 서며 예를 표했다.

"오랜만입니다."

"잘 오셨소."

"오늘 무슨 일이 있습니까? 사람들이 왜 이곳까지……."

"특별한 것은 아닙니다. 대협께서 그간 본 가를 위해 큰일을 해주시지 않았습니까. 해서 감사의 인사를 드리기 위해 모두가 모인 것입니다."

순간 기다렸다는 듯 박수 소리와 환호성이 튀어나왔다.

짝짝짝.

"고맙습니다!"

"이 은혜 잊지 않겠습니다!"

"천하무적 호위무사님!"

수십 명의 사람들이 박수를 치자 대의전이 떠나갈 듯 흔들렸다.

그중에는 장로와 당주들, 그리고 외가 쪽 사람들도 합세해 더욱 열기를 더했다.

"혹시 실례가 안 된다면 앞으로의 계획이 어떻게 되는지 물어봐도 되겠소?"

장원태가 화제를 돌릴 겸 말을 걸었다.

지금 상황이 적응하기 어려운 건지 광휘는 의식적으로 눈을 몇 번이고 감았다 뜨며 말했다.

"아직 생각해 본 적 없습니다."

"그렇소? 그럼 내 청을 하나 들어주시겠소?"

광휘는 가주에게 시선을 고정시켰다.

"석가장 사건이 모두 정리될 때까지만이라도 여기 남아주시오. 다른 뜻은 없소. 순수하게 은혜를 갚고 싶어서 그렇소."

"남아주십시오."

"저희 곁에 있어 주십시오!"

"부탁합니다."

저마다 사람들이 한마디씩 거들었다.

대부분이 광휘의 무위를 경험한 사람들이어서 그런지 유독 목소리가 컸다.

광휘는 시선을 내리며 곧장 입을 열지 않았다.

무언가 생각에 잠긴 듯 침묵했던 것이다.

"혹시 원하는 것이 있소? 대협께서 바라는 게 있으시면 뭐든 말만 하시오."

"딱히 바라는 건 없습니다만……."

"그래도 대협께서 일을 하시는 데에 필요한 것이라든가 그런 것이 있을 것 아니오."

가주가 재차 물었다.

그 말에 잠시 침묵을 지키던 광휘가 입을 열었다.

"정 그러시다면 두 가지만 부탁드리겠습니다."

"두 가지? 스무 가지라도 괜찮소. 그래, 무엇이오?"

장원태가 눈을 부릅뜨며 물었다.

승낙하는 말투에 표정이 밝아진 것이다.

“한 가지는…….”

광휘가 시선을 뒤로 돌렸다.

마침 대의전에 들어오는 사내, 묵객의 존재를 확인하기 위해서였다.

“앞으로 계속 장 소저를 호위하게 해주십시오.”

그 말에 대의전에 있는 사람들의 시선이 일제히 장련에게로 쏠리며 웅성대기 시작했다.

거창한 조건이 나올 줄 알았던 사람들은 고개를 갸웃거렸고, 이를 예상한 사람들은 묘한 웃음을 지어 보이기도 했다.

“그야 물론이오. 광 호위가 원하면 처소 안에서도 지킬 수 있게 해주겠소.”

“아버님!”

“하하하.”

장련이 그만 소리를 빽 지르자 주위 사람들 입에서 웃음소리가 터져 나왔다.

‘저 자식…….’

하지만 그 웃음소리에 웃지 못하는 자가 있었다.

묵객이었다.

‘드디어 본색을 드러내는군.’

그간 장련에겐 전혀 관심이 없는 척하던 광휘였다.

그런데 앞으로도 계속 호위무사를 하겠다고 언급하니 그로선 매우 당황스러웠다.

그 때문인지 그의 얼굴에는 더 이상 미소가 보이지 않았다.

사람들의 웃음이 잦아들 때쯤 광휘가 입을 열었다.

"그리고 또 다른 하나는……."

* * *

툭툭툭.

장정 서너 명이 정리를 위해 분주히 움직였다.

낡고 쓸모가 없어진 것은 밖으로 들어냈고, 부서진 곳과 더러워진 곳은 보수를 하고 걸레로 닦았다.

한정당에서 북으로 떨어져 있는 별채.

그곳에 도착한 이들은 몇 년 동안 쓰지 않던 방을 정리하기 위해 바삐 움직였다.

어느 정도 정리가 끝나자 이번엔 가구들을 안으로 들였다.

침상이 먼저 들어왔고 탁자와 의자가 차례로 들어와 방을 꾸몄다.

간단한 수납장과 장신구.

대문 보수도 했다.

그리고 가장 광휘가 중요하다고 언급했던, 그가 직접 제작한 선반도 들고 왔다.

"조심하게. 안전하게 들어가야 해."

"당연히 그래야죠. 누가 쓰실 건데 말입니다."

황 노인의 말에 앳된 얼굴의 장정 둘이 크게 웃어 보였다.

그들은 알 수 없는 구호를 외치다 방 안으로 선반을 들고 들어왔다.

"왜 굳이 이 별채에 머물려고 하는가. 이보다 더 좋은 곳이 많은데도 하필……."

쾅쾅쾅쾅.

못질 소리가 들려올 때쯤 황 노인은 광휘를 바라보며 물었다.

광휘는 침묵으로 일관했다.

말 없는 그를 보며 황 노인은 더는 묻지 않았다.

생각이 깊은 자니 자신이 알지 못하는 이유가 있을 거라 여길 뿐이었다.

잠시 뒤 장정들이 걸어 나오며 말했다.

"다 됐습니다. 말씀하신 것뿐만 아니라 불편함이 있을 법한 것들도 전부 정리해 놓았습니다."

장정들은 광휘를 향해 활짝 웃어 보였다.

그리고 고개를 숙인 뒤 자리를 떠났다.

끼익. 끼이익.

장정들이 사라지자 황 노인은 방 안으로 들어갔다.

침상과 한쪽 벽에 놓인 의자.

한쪽에 놓인 수납장 등.

그중에서도 그가 가장 눈여겨본 것은 벽에 걸쳐진 선반이었다.

한쪽에 사람 키 높이만 한 기다란 선반 세 개가 순차적으로 달려 있었다.

그리고 선반 밑에는 바퀴가 달려 있어 서로 교차하며 좌우로 움직일 수 있게 되어 있는 구조였다.

"그럼 쉬게. 원하면 언제든지 부르고."

황 노인은 말을 남기고 자리를 떴다.

혼자 방 안에 남게 된 광휘는 우두커니 서 있다 천천히 눈을 감았다 떴다.

그러고는 다시 감았다 뜨기를 반복했다.

'역시나 아무 일도 일어나지 않는다.'

낯선 공간에 들어올 때면 떠오르던 수많은 정보.

재질과 구조.

서 있는 위치와 동선, 폭과 거리.

그중에서 어느 한 가지도 머릿속에 떠오르지 않았다.

정말로 발작이 사라진 것이다.

"이유를 알 수가 없구나."

드르륵.

광휘는 탁자 옆에 있는 의자를 빼며 자리에 앉았다.

그러던 어느 순간 혼자 되뇌듯 말을 읊조렸다.

"벽력탄이라."

최근 머릿속을 맴도는 의문 중 하나를 상기했다.

방각 대사.

그를 처음 만난 건 과거 방혜(方慧)라는 사람을 살수 암살단 조원으로 받았던 때였다.

당시 그를 마중 나왔다던 사제들이 있었는데 그중 한 명이 방각이었다.

임무 도중 방혜가 뛰어난 실력자라고 몇 번씩 언급하며 그를 치켜세웠던 기억이 있었다.

실제로도 그랬다.

가주의 서재에서 그를 본 순간 알 수 있었다.

몸속을 뒤덮는 강력한 진원지기.

절정고수라 불러도 이견이 없을 정도의 기운을 품고 있었다.

그런 그가 벽력탄에 의해 죽었다.

"뭔가 있어."

벽력탄이 분명 대단한 살상력을 지니긴 하지만 정말 벽력의 힘을 가진 것은 아니다. 현재 중원의 벽력탄이 사람을 해할 수 있는 확률은 극히 낮다.

하물며 방각 정도의 실력자라면 말할 가치도 없었다.

많이 구하기도 힘들뿐더러 집채를 날려 버릴 정도의 위력으로 만드는 것은 불가능에 가까웠다.

그런데 방각이 죽은 것이다.

벽력탄 따위에게.

"보통의 벽력탄이 아니라면… 아니, 아닐 거다. 그럴 리가 없어."

뭔가 꺼림칙한 느낌을 받던 광휘가 고개를 세차게 저었다.

아무것도 확신할 수 없는 상황에 괜히 미루어 짐작할 필요가 없었다.

"정말 지내시기로 한 것 맞죠?"

생각에 빠져 있을 때 장련이 불쑥 방에 들어왔다.

그녀의 손엔 두툼한 종이 뭉치 하나가 돌돌 말려 있었다.

"가져왔소?"
"네, 여기 있어요."
장련이 손에 쥔 뭉치를 내밀었다.
광휘는 그걸 급히 받아 선반 앞으로 가 펼치며 하나씩 선반 위에 고정시키기 시작했다.
"지도는 왜 필요한 건가요?"
그녀가 가지고 온 것은 세 장의 지도였다.
장씨세가 내부 지도, 장씨세가 주변, 그리고 석가장의 위치가 보이는 넓은 범위의 지도였다.
"필요할 때가 있을 것 같아서 말이오."
"어디요?"
"나중에 말해주겠소."
광휘는 모호하게 말을 흘렸다.
장련은 궁금증이 일었지만 이내 고개를 젓고는 화제를 돌렸다.
"그런데 무사님, 저, 정말 무공에 재능이 없는 건가요?"
선반 위에 지도를 고정시키던 광휘가 그녀에게로 시선을 돌렸다.
"열심히 노력하면 안 될까요? 남들보다 몇 배는 열심히요."
장련은 진지한 표정으로 말을 이었다.
"저 말이에요. 대단한 고수가 되려는 마음은 없어요. 그냥 남에게 짐이 되지 않을 만큼만, 제 한 몸 지킬 정도의 힘만 있으면 돼요. 정말 그 정도면 돼요."
장련의 목소리 끝이 갈라졌다.

혹시나 거절하면 어쩌나 하는 불안감 때문이었다.
"어려울까요? 제가 그렇게 재능이 없는 건가요?"
"……."
광휘가 말없이 시선을 바닥으로 내렸다.
두 사람 사이에 잠시 침묵이 일었다.
갑자기 분위기가 어색해지자 장련은 눈을 질끈 감았다 떴다.
그러곤 어느새 다시 해맑은 웃음으로 돌아와 있었다.
"괜찮아요. 저도 사실 배울 생각 없었어요. 그냥 한번 말해본 거예요."
"……."
"정말 저 아무렇지도 않다니까요. 후후훗."
장련은 배시시 웃었다.
하지만 조금 전 침묵 때문인지 분위기는 더욱 어색해졌다.
"저 갈게요. 이젠 본가 안에서는 굳이 절 따라오실 필요 없어요."
장련은 급히 자리를 떠나려는 행동을 취했다.
그 순간 그녀의 발길을 광휘가 붙잡았다.
"무공을 배우는 데 재능은 크게 중요치 않소."
장련은 천천히 광휘를 향해 시선을 돌렸다.
"배우는 시기도 아니오. 뛰어난 스승은 더더욱 아니지."
장련은 조심히 입을 열었다.
"그럼 뭐가 중요한가요?"
"마음가짐이오."

광휘가 장련을 또렷하게 응시했다.
“두려움을 이겨내는 법, 고통을 참는 법, 희생을 감내하는 법, 슬픔을 인내하는 법. 이 중 소저는 어느 것을 할 수 있소?”
광휘의 말에 장련은 대답하지 못했다.
마음가짐은 자신 있다고 말을 하려던 순간 광휘의 말을 듣고는 멈칫한 것이다.
말 속에 담긴 의미가 그랬다.
자신이 모두 해보지 못한 것들이었다.
“슬픔을 참는 건 잘해요.”
장련은 힘들게 말을 꺼냈다.
생각해 보니 그것 하나는 왠지 자신이 있었던 것 같았다.
“오라버니 두 분이 죽을 때도 그랬어요. 소중한 사람들이 죽어나갈 때도 울기는 했지만 잘 참아냈어요. 이렇게 웃을 수 있는 것도 그런 거잖아요.”
광휘는 별다른 말을 하지 않았다.
장련은 그때가 떠올랐는지 눈가에 눈물이 맺혀 있었다.
“저 정말 갈게요.”
“내일 아침, 준비하시오.”
그녀가 가려고 뒤돌아서는 순간이었다.
광휘가 말을 이었다.
“힘들다고 봐주는 일은 없을 거요.”
장련이 눈을 껌뻑이다 의미를 되새기더니 기뻐했다.
“지금 승낙한 거예요?”

"……."

"승낙하셨죠? 그렇죠?"

광휘는 고개를 끄덕이는 걸로 말을 대신했다.

그런 그를 보던 장련의 표정은 환하게 변했다.

"내일 봬요, 무사님. 꼭이요."

장련은 웃으며 밖으로 나갔다.

어찌나 좋아하는지 콩콩 뛰는 모습까지 보였다.

광휘는 장련이 가는 뒷모습을 지켜보며 들릴 듯 말 듯 읊조렸다.

"그 점은 나도 항상 대견하게 생각하고 있소."

그의 표정에는 자신도 알 수 없을 만큼 애잔한 감정이 녹아들어 있었다.

*　　*　　*

촤아악촤아악.

하늘의 달빛만이 유일하게 빛을 내는 깊은 밤.

흐르는 강물 사이로 배 한 척이 암초에 걸린 채 움직이지 않고 있었다.

하지만 강물이 거세질수록 위태로워 보였다.

곧 물길에 쓸려 갈 것처럼 배가 흔들렸기 때문이다.

"이 새끼들……."

뱃전에서 생기를 잃은 사내의 목소리가 흘러나왔다.

그는 뱃머리를 붙잡고 필사적으로 빠져나오려고 하고 있었다.

하지만 어딘가 불편한지 쉽게 배 밖으로 나오지 못했다.

"내 이놈들을 결코 가만 놔두지 않겠다."

바둥거리던 소위건은 결국 배를 빠져나와 암초가 있는 곳에 몸을 뉘었다.

그런데 그의 모습이 뭔가 어색해 보였다.

"명가의 자제라는 놈들이 독을 쓰다니, 더러운 새끼들……. 윽! 내 다리, 으윽!"

죽립무사를 해치우고 배를 띄운 소위건은 뭔가 이상하다는 것을 느꼈다.

급히 몸을 벗어 피부의 색깔을 확인한 그가 무릎 아래에 독이 퍼진 것을 파악한 것이다.

그는 지체 없이 다리를 잘랐다.

그것도 만약을 위해 독에 당한 무릎 아래가 아닌 대퇴부까지 모두 잘라냈다.

곧장 지혈을 했지만 한계가 있었고 힘이 빠져 움직일 수 없었다.

지금까지 정신을 차릴 수 있었던 것은 순전히 그의 생존 의지 때문이었다.

"밑에 누가 있어."

"정말이네?"

천운이었는지 마침 길을 지나던 사내가 소위건을 발견했다.

정확히 말하자면 주인 없는 배를 보고 달려오다 그를 확인한 것이다.

"괜찮으시오?"

"살아 있으시오?"

곧 횃불을 든 두 청년이 소위건 앞으로 다가왔다.

"물을 건네주는 자는 이 돈을 주겠소. 의원을 데려오는 자, 이 돈의 두 배를 주겠소."

소위건은 가진 돈을 모두 꺼내며 소리쳤다.

그 말에 어부로 보이는 사내 둘의 눈이 화등잔만 하게 변하더니 급히 어디론가 움직였다.

소위건은 바닥에 누웠다.

"너희 마음대로 되지 않을 것이다."

미소를 흘리는 그의 눈은 점점 표독스럽게 변했다.

"내 단언하지, 조만간 모두 죽어나갈 거다. 왜냐……."

그는 한 사내를 떠올리며 미소를 머금었다.

"내가 그에게 너희의 존재를 알려줄 테니까."

第七章

첩보대

"포기하시오."

의자 팔걸이에 몸을 삐딱하게 기울인 노인이 볼 것도 없다는 듯 말했다.

맞은편, 눈에 빛을 띠던 사내가 납득할 수 없다는 듯 입을 열었다.

"다른 자도 아닌 전금방(電金坊)께서 찾지 못하는 자도 있소?"

"사람도 사람 나름이지. 유령이 된 자를 어떻게 찾는단 말이오?"

"그게 무슨 뜻이오?"

"에휴. 추방(追坊)아, 그 위에 놓인 서류 좀 들고 와보거라."

노인은 고개를 한쪽으로 돌리며 말했다.

그러자 탁자에 기댄 채 뭔가를 질겅질겅 씹던 깡마른 사내가 종이 뭉치를 들고 걸어왔다.

터억.

그가 탁자 위에 올려놓자 노인, 전금방은 곧장 입을 열었다.

"최근 십 년 동안 맹에 출입했던 사람들을 조사한 내용이오. 당신이 말한 인상착의부터 선별한 다음 말투, 습성, 그리고 마지막엔 그가 든 병기까지 조사했소. 그 결과……."

전금방은 한데 쌓인 서류의 중간 지점에서 종이 한 장을 꺼내더니 그의 앞으로 내밀었다.

그곳엔 이름 모를 사람들의 용모파기가 있었다.

"유력하다고 뽑힌 자가 무려 백 명이오."

"백 명?"

순간 맞은편의 사내, 묵객의 제자라고 스스로 일컫던 담명이 눈을 껌뻑거렸다.

곧 그는 탁자에 놓인 서류의 두께를 슥 하고 눈여겨봤다. 노인의 말대로 어림잡아 백 장은 되어 보이는 양이었다.

"이상하구려. 백 명이라 하더라도 유력한 자들이라면 응당 조사를 해야 할 것 아니오?"

잠시 당황하던 담명은 이내 당당한 태도로 돌변하며 말했다.

그 말에 전금방은 피식 웃으며 말했다.

"형장, 내 말의 의미가 무슨 뜻인지 모르겠소?"

담명이 머뭇거리며 고개를 갸웃거렸다.

그 순간 전금방이 말을 이었다.

"꺾인 검과 거대한 크기의 휘어진 도. 내 태어나 그런 생김새의 병기를 보긴 처음이오. 그런데 더 어이없는 건 조사를 해보니 그런 검과 도를 차고 있는 자가 백 명이나 된다고 하오. 그것도 아흔아홉도 아니고 백한 명도 아니고 정확히 백 명."

"그러니까 조사를 한번 해보라는 것이……."

"이쪽 업계에서!"

그는 조금 더 언성을 높이며 담명을 향해 말했다.

"암묵적으로 통용되는 말이 있소. 그게 뭔 줄 아시오?"

"뭡니까?"

"일부러 흔적을 남겨놓은 정보에선 손을 떼라."

담명은 그 말에도 여전히 영문을 모르겠다는 듯 상대를 바라봤다.

전금방은 답답한 듯 고개를 이리저리 흔들다 상대의 눈높이에 맞춰 대화를 했다.

"누군가 개입했소."

"누군가? 누가 말이오?"

"자세히는 모르지. 하나, 이거 하나만은 확실히 아오. 백 명이란 숫자에서 알 수 있듯 그들은 우리에게 경고를 주었소. 더는 접근하지 말라는 경고 말이오."

"설마……."

그 말에 담명은 이제야 이해가 간다는 표정을 지었다.

전금방은 고개를 끄덕였다.

"개방에서 손을 쓴 게요. 솜씨로 봐선 최소 당주급 이상일

테고."

"허!"

사내는 고개를 저었다.

개방이라니.

왜 그런 큰 조직에서 미리 손을 쓴 것인가.

대체 그가 누구이기에.

담명이 궁금한 어조로 물었다.

"개방에서 정보를 조작하다니요. 그런 일도 일어날 수 있습니까?"

"그러니까 희귀한 일이라 하지 않소."

전금방은 탁자를 톡톡 치며 말을 이었다.

"내가 전달할 것은 여기까지요. 괜히 다른 곳에 또 알아보려고 날뛰지 마시오. 그러다가 한밤중 소리 없이 사라지기 싫거든."

"정녕 알 수 있는 방법은 없습니까?"

그 말에 전금방은 눈살을 찌푸렸다.

손을 떼라고 경고하는데도 꺾일 의지가 보이지 않았기 때문이다.

오히려 눈을 보니 호기심이 더욱 강해진 듯했다.

그는 잠시 뜸을 들이다 말을 이었다.

"뭐, 방법이 있긴 하지."

"뭡니까?"

"당신 아버지께 부탁하는 것."

"……!"

"중원에서도 알아주는 귀하신 신분 아니오. 그분이 직접 맹을 찾아가면 아마 가능할지도 모르겠소."

순간 담명의 눈이 매서워졌다.

하지만 노인은 예상했는지 대수롭지 않게 말했다.

"그런 눈으로 보지 마시오. 의뢰를 받기 전에는 의뢰인을 먼저 조사하는 것이 우리 철칙이니."

드르륵.

그는 자리에서 일어섰다.

"가신단다. 배웅해 드려라."

그는 자신 쪽으로 주시하고 있는 장정들에게 말했다.

곧 둘은 담명 앞으로 다가왔다.

"가시죠."

그들의 말에 담명은 잠시 바닥에 시선을 두다 자리에서 일어섰다.

그의 머릿속에는 그 사내에 대한 궁금증이 더욱 치솟고 있었다.

'광휘, 대체 너의 정체가 뭐냐?'

*　　*　　*

아침이 채 밝아오지 않은 이른 새벽녘.

모두가 잠에서 깨지 않은 시각에도 장웅의 처소는 밝았다.

갑자기 불쑥 찾아온 일 장로 때문이었다.
"이것부터 보십시오."
대충 차려입고 의자에 앉은 장웅 앞으로 일 장로는 겹으로 접힌 종이 한 장을 내밀었다.
장웅은 곧장 그것을 펼쳐 들여다보았다.
"반 시진쯤에 본가로 도착한 첩지입니다. 내용을 보니 팽가의 대공자가 보낸 친서더군요."
내용을 읽어가던 장웅의 표정은 진지해졌다.
잠시 후 장웅이 친서를 내려놓더니 입을 열었다.
"이레 후 방문이라."
팽가의 친서.
예를 차리는 서문을 비롯해 여러 사족이 붙어 있었지만 이 첩지에서 언급하는 주요 내용은 하나였다.
이레 후, 팽가의 대공자가 장씨세가로 직접 방문하겠다는 것이었다.
"누가 올까요?"
대공자의 친서와 직인이 찍혀 있으니 그는 올 것이다.
중요한 건 그 외의 인물이었다.
그들이 보낸 첩지에는 그런 내용에 대한 언급은 없었다.
"다른 사람은 몰라도 팽인호(彭人豪)란 자는 올 것 같습니다. 그는 야욕이 있는 사람이니까요."
팽인호.
하북팽가를 대표하는 장로 중 한 명으로 하북에서는 모를 수 없는 중요한 인물이었다.

조정의 연례행사나 오대세가 연회가 있을 때 직접 움직인다고 알려져 있었다.

그의 행보에 관해 말들이 많았다.

그중 가장 많이 언급되는 부분이, 속내를 알 수 없는 중의적인 말투를 사용한다는 것.

오래전 장씨세가가 조정에 신임을 받고 있을 때 본가를 방문한 적이 몇 번 있었는데 그때 경험한 적이 있었다.

그것을 일 장로가 언급한 것이다.

"하긴 그럴지도 모르겠군요. 현 장씨세가는 석가장으로 인해 세력이 매우 비대해진 상황이 아닙니까. 뭔가 구실을 만들기도 좋아졌지요."

장웅은 현 상황에 대해 위기감을 느끼고 있었다.

지금이 가장 본 가의 부흥기임과 동시에 위기라는 것을.

하북 내에서 세력을 확장한다는 것은 넓은 의미로 보면 하북팽가와 대등해지겠다는 것을 뜻했다.

세가 늘어나면 세력이 커지고 그것은 힘이 세질 수 있는 기반이 되기 때문이다.

실질적으로도 그랬다.

석가장과 장씨세가의 영역을 모두 포함하면 하북팽가와 견주어도 크게 모자라지 않을 정도였다.

그것은 곧 그들의 반발을 불러올 수 있음을 상기했다.

"아버님은 뭐라 하셨습니까?"

장웅은 넌지시 장원태의 의중을 물었다.

"그들이 원하는 것을 주의 깊게 듣되, 어떤 요구를 하더라도 선불리 결론을 내리지는 말라 하셨습니다."

"음, 그렇구려."

"그럼 이 공자께서는……."

일 장로는 한 번 멈칫하다 재차 부드러운 미소를 지으며 말했다.

"어떤 생각을 가지고 계십니까?"

"……?"

"가주도 가주시지만, 공자께서도 생각하시는 바가 있지 않겠습니까?"

일 장로는 듣고 싶었다.

가주의 의견이 아닌 장웅의 생각을.

그가 이 사태를 어떻게 바라보는지, 그의 식견이 어느 정도인지 느끼고 싶었다.

"짐작입니다만."

이 공자는 잠시 고개를 숙여 생각에 잠기더니 입을 뗐다.

"이렇게 상황이 흐르고 보니 왠지 너무 잘 맞아떨어진다는 생각이 듭니다."

"그리 생각하시는 이유가 뭡니까?"

"흐음."

장웅은 잠시 생각을 되짚으려는 듯이 탁자를 손으로 더듬었다.

손가락을 몇 번을 움직이던 그가 입을 열었다.
"일 장로 밑에 있는 장로 두 분이 누구지요?"
"이 장로와 삼 장로입니다."
"맞습니다. 그분들이 계시지요."
그 말에 일 장로는 눈을 껌뻑였다.
여기까진 당연히 알고 있는 얘기였다.
"가정을 한번 해보겠습니다. 이 장로와 삼 장로가 싸워 이긴 사람이 일 장로가 될 수 있다고 말이지요. 물론 일 장로가 한 명이 아닌 두 명이 될 수 있는 상황도 가정해야겠지요. 한번 여쭙겠습니다. 일 장로는 그런 상황에서 이 장로와 삼 장로의 싸움을 말리겠습니까. 아니면 그대로 놔두겠습니까."
"당연히 말려야겠지요."
"왜 그런 거지요?"
"그들 중 싸워서 이긴 자가 저와 경쟁하게 되지 않겠습니까. 굳이 그런 상황을 만들 이유가 없지요."
"맞습니다. 일반적인 생각은 그렇지요. 하지만 팽가는 그러지 않았습니다."
순간 일 장로의 눈이 커졌다.
앞서 이 장로와 삼 장로라는 가정은 장씨세가와 석가장을 두고 얘기한 것이다.
"누가 이길지는 장담할 수 없지만 확실한 것은 석가장, 장씨세가 중 한쪽이 지는 싸움이란 점이었습니다. 그런데도 팽가는 말리지 않았습니다. 후에 세력을 넓히고 그들을 위협할 세력이 만들어지는데도 말이지요."

"그들이 이것을 원했다는 말씀이시군요."

"맞습니다. 그리고 그 사실을 뒷받침하는 이유가 하나 더 있습니다."

장웅은 말을 이어나갔다.

"제가 팽가를 만나러 갈 당시 팽가의 대공자는 황가장과 만나지 않았습니까? 왜 그들을 만나고 있었겠습니까. 자칫 싸움의 변수가 되어 교착 상태에 빠지거나 장기화될 수 있기 때문이 아니겠습니까."

장웅이 눈에 빛을 띠었다.

"명분이란 그런 겁니다. 싸움을 걸 수 있는 명분. 그간 방관했던 것은 그것이 필요했기 때문인 것 같습니다."

"하아."

일 장로의 머릿속은 천천히 정리가 되었다.

석가장의 공격이 왜 그렇게 매서웠는지.

당시 황가장을 만났던 팽가의 의중이 뭔지.

"이 문제는 아버님과 다시 한번 상의하겠습니다."

"네."

그렇게 그들은 자리에서 일어섰다.

그때였다.

문틈에서 목소리가 들려왔다.

"이 공자님."

"무슨 일이냐?"

"사람이 찾아왔습니다."

"이 시간에?"

문밖에서 들리는 말에 장웅은 잠시 고개를 저었다.

그러다 이내 눈에 이채가 맺히기 시작했다.

* * *

저녁이 되어서도 석가장 주변은 인파들로 북적였다.

석가장 인근은 관병들이 삼엄한 통제를 했고 장내에서도 무언가를 살피듯 민첩하게 움직이는 병사들이 보였다.

"안쪽을 더 살펴보거라."

지부대인 담대경은 창고 앞에 다가가 지시를 내렸다.

굳게 닫혀 있는 문은 병사들로 인해 곧 산산이 부서졌다.

이후 하나둘씩 창고 안으로 진입해 들어갔다.

"참, 이 녀석들이 어디에 숨겼단 말인가."

그는 눈살을 찌푸리며 중얼거렸다.

며칠째 제대로 된 단서가 나오지 않자 답답한 나머지 직접 찾아와 이렇게 지시를 내렸던 것이다.

"분명히 집채가 통째로 날아갔다고 했나?"

옆에 있는 한 병사를 향해 담대경이 물었다.

"그러합니다."

"추정되는 화약의 양은?"

"백 관(325킬로그램) 정도의 위력이라고 합니다."

"백 관? 그 정도를 썼다고?"
실로 어마어마한 양이다.
그 정도 양을 구했다는 것을 좀체 이해할 수 없었다.
'분명 이곳에 더 있어. 그 정도 양을 들고 있는 자들이라면.'
담대경의 표정은 더욱 굳어졌다.
화기를 찾지 못하면 이것은 괜한 오해로 번질 수 있는 정말로 심각한 문제인 것이다.
조정에서 가장 위험하게 생각하는 것 중 하나가 화기가 아닌가.
"반드시 찾아내! 땅을 파내서라도!"
그는 분주히 주변을 조사하는 병사들을 향해 소리쳤다.
그러던 그때였다.
안쪽에서 병사들이 나직이 말하는 소리가 들렸다.
"뭔가 있습니다."
"들고 오너라!"
그의 외침에 창고 안에 들어갔던 병사들이 우르르 몰려나오기 시작했다.
그런 그들의 손에는 이름 모를 거적때기나 오래된 고철들이 들려 있었다.
담대경의 표정이 일그러졌다.
"아버님."
그때였다.
옆에서 그를 부르는 소리가 들렸다.

그의 아들 담경이었다.
"왜 그러느냐?"
"중요한 분이 오신 것 같습니다."
"중요한 분?"
그는 고개를 돌려 옆을 보았다.
그 순간 병사들이 자리를 비킨 곳에 한 노인이 보였다.
"잘 있었는가?"
채색을 한 듯 화려한 비단 옷을 입은 자가 담대경을 보고 웃고 있었다.
하북 성도의 최고 책임자.
도지휘사였다.

*　　　*　　　*

"안에 계십니까?"
일출이 지나고 햇살이 비치는 아침쯤에 장웅은 광휘의 처소 앞에 와 있었다.
"광 호위, 안에 있습니까?"
드르륵.
두 번 정도 불렀을 때 문이 열렸다.
늘 그랬듯 광휘는 담담한 표정과 목소리로 그를 맞이했다.
"아, 이른 아침부터 찾아봬서 죄송합니다. 다름이 아니라 광 호위께 급히 소개해 드릴 분이 있어서 말입니다."

광휘가 담담히 그를 바라볼 때였다.

장웅이 뒤를 돌아보자 한쪽에 숨어 있던 중년인이 모습을 드러냈다.

물끄러미 바라보는 그와 덤덤하게 중년인을 바라보는 광휘.

그들의 시선에서 별다른 특이점이 없어 보였다.

"아시는 분이 맞으십니까?"

잠시 정적이 일던 중 장웅은 모셔 온 중년인을 향해 물었다.

그간 고대하고 기대했던 대답을 기다리면서.

"이 공자, 당신이 말했던 자는 아니오."

하지만 기대는 실망으로 바뀌었다.

중년인이 고개를 저은 것이다.

"예? 본 적이 없으십니까?"

"처음 보는 사람이오. 이런 자는 난 본 적도 없소."

"아……."

장웅은 당황한 표정을 지었다.

당연하다고 생각했는데 그리 말하니 어떻게 대응해야 할지 고민스러워졌던 것이다.

"그럼 난 객방에서 쉬고 있겠소. 비슷한 사람이나 짐작되는 사람이 있으면 알려주시오. 이상한 사람이나 보이지 말고."

그는 손을 한 번 내젓고는 자리를 떠났다.

무표정하게 서 있는 광휘가 장웅을 바라보았다.

"아, 죄송합니다. 다른 게 아니고 호위무사님과 친분이 있다고 하기에 우연히 모셔 왔었습니다. 한데 보니… 아니었나 봅니다."

장웅은 급히 얼버무리며 고개를 숙였다.

"방해해서 죄송합니다. 그럼 쉬십시오."

그는 그 말을 남기고는 급히 자리를 떴다.

광휘는 장웅을 바라보다 이내 몸을 돌려 문을 닫았다.

그렇게 일각 정도가 흘렀을 때였을까.

장포를 걸친 광휘는 다시 문밖으로 나와 어디론가 걷기 시작했다.

*　*　*

한정당으로 걷던 광휘는 정자 앞에 도착했을 때 걸음을 멈췄다.

주변을 한 번 둘러보던 그는 이내 옆에 놓인 나무 의자에 다가가 앉았다.

그러던 그때 뒤쪽에서 목소리가 들려왔다.

"그간 잘 지내셨습니까? 명호(明湖)입니다."

광휘는 대답하지 않았다.

그럼에도 명호는 그의 옆, 나무 의자에 다가가 앉으며 다시 한번 말을 붙였다.

"이 공자에게 말을 들었을 때 귀를 의심했었습니다. 정말 그 분이 있으실 거라곤 생각하지 못했으니까요."

그 말에 그제야 광휘가 입을 열었다.

"너는 잘 지냈더냐."

"저희야 잘 지내고가 어디 있겠습니까. 그저 살아가는 데 노력할 뿐이지요."

명호의 말에 광휘는 고개를 끄덕였다.

천중단 첩보대.

살수 암살단과는 성격이 다르고 하는 일도 다르지만 그들 역시 아픔을 가지고 살아가고 있다.

맹의 비밀을 지키기 위해 과거 몸을 담았던 문파나 세가로 돌아가지 못하는 부랑자 신세가 된 것이다.

"안타깝게 죽은 동료들에게 뭔가를 해줘야 된다고 생각했습니다. 그들이 아니면 제가 진즉 죽었을 테니까요."

"살아갈 방향을 정했으니 그나마 다행이다."

"조장님은 어떻게 지내셨습니까? 아니, 단장님이라고 불러야 합니까."

그 말에 광휘의 시선이 그에게로 향했다.

무심한 표정을 보던 명호는 급히 수정했다.

"죄송합니다. 단장이란 말은……."

"괜찮다. 괘념치 말거라."

광휘는 고개를 저으며 다시 정면으로 향했다.

한정당의 인공 호수는 언제나 그렇듯 아름다웠다.

"이 공자에게 나의 존재를 알렸느냐?"

이번엔 광휘가 먼저 입을 열었다.

"아닙니다."

"잘했다. 어느 정도 짐작은 하고 있는 것 같지만 자세히 알려 줄 필요는 없지. 괜한 기대만 쌓일 것이 아니냐."

그 말에 명호는 기대라는 말에 반박을 하려다 입을 다물었다.

실력이 뛰어나다는 말이 혹시나 그를 자극할 수 있을 것 같았기 때문이다.

명호는 늘 생각해 왔다.

만약 천하를 상대로 싸워야 하는 상황이 온다면 지체 없이 옆에 있는 사내를 고를 것이라고.

그에게 광휘는 그런 자였다.

살수 암살단뿐만 아니라 자긍심 강한 천중단, 모두가 인정한 유일한 자.

"짐작은 했었다. 방각 대사를 봤을 때 과거에 인연이 닿은 사람들을 볼 수도 있을 거란 생각을 말이다."

"……."

"그런데 어쩐 일로 여기에 왔느냐. 내 이름을 들었다면 굳이 나를 보러 오지 않았을 텐데."

그 말에 명호는 잠시 숙였던 고개를 들었다.

"방각 대사를 죽음으로 몰고 간 벽력탄에 대해서 말씀드릴 것이 있어서 왔습니다."

* * *

석가장 외관 건물에 자리 잡은 담대경은 줄곧 시선을 한곳에 두지 못했다.
평소 어떤 일에도 당당했던 그였기에 지금의 반응은 더욱 의아함을 자아냈다.
하지만 마주 앉아 있는 노인, 그의 신분을 안다면 충분히 납득할 수 있는 대목이었다.
장대풍(張大風).
정이품의 하북 성도의 군정장관(軍政長官)이자 도지휘사로, 석가장과 장씨세가뿐만 아니라 열 개가 넘는 지부를 담당하는 일대의 장(長)이었다.
막중한 권한을 가진 만큼 웬만한 일에는 그림자도 비추지 않았다.
그런 그가 담대경을 보기 위해 친히 석가장에 들른 것이다.
"소인이 먼저 찾아뵀어야 하는데… 죄송합니다."
담대경은 깍듯이 예를 표했다.
그의 모습에 장대풍은 천천히 고개를 저었다.
"아니네. 도성부가 발칵 뒤집힌 상황인데 자네인들 여유가 있었겠나. 그러니 성도 관할하에 있는 석가장임에도 직접 수사를 지시했을 테고."
성도 관할.
부드러운 말 속에 있는 날카로운 가시를 느낀 담대경은 급히 머리를 조아렸다.
"그럴 의도가 아니었습니다. 대인께서 혹시라도 이 문제로 기분이 상하셨다면……."

"내 말을 오해했나 보구먼. 난 자네가 이해된다는 뜻에서 했던 말일세. 나라도 그랬을 테니까. 아들이 흑도 무리에게 죽을 뻔했는데 부모로서 어찌 가만히 있을 수 있겠나."

장대풍은 자식의 정을 거론하며 그를 달랬다.

그러나 담대경의 낯빛은 여전히 어두웠다.

자신의 행동에 문제가 없었다면 그가 직접 이곳까지 발걸음을 할 이유가 있었겠는가.

"내가 이곳에 온 건 말일세."

마침 의문을 품던 차에 장대풍이 먼저 그 점을 입에 담았다.

"보고를 듣다 보니 그냥 자리에 있을 사안이 아니라고 판단해서였네."

딸칵.

그는 신중해지려는 듯 탁자 위에 놓인 차를 들어 한 모금 마셨다.

그리고 잠깐의 시간이 흐른 후 재차 말을 이었다.

"건물 하나가 통째로 날아갔다던데… 그 화기에 대해 자세히 들려줄 수 있겠나?"

* * *

"이 공자의 말로는 집채가 날아갔다고 했습니다. 보통의 건물이 아닌 전각에 필적할 정도로 큰 집채가요."

명호는 신중한 어조로 말을 이어나갔다.

"그 정도 크기의 집을 날리려면 화약의 양도 보통이 아니었을 겁니다. 단장님도 아시겠지만 양이 많아지면 화기를 기폭시키기가 더욱 힘이 듭니다. 기본적으로 그것을 담을 만한 관체(管體)가 있어야 하고 심약 같은 장치도 필요하지요. 당연히… 그것을 발동시키는 데 걸리는 시간도 고려해야 합니다."

명호의 표정은 더욱 진지해졌다.

"방각 같은 고수가 그런 낌새를 눈치채지 못했을 리 없습니다. 그런데 당했습니다. 그리고 이 공자의 말에 의하면 석가장주와 몇 마디 나누지 않았다고 하더군요. 그 말은 상대가 알아차리지 못할 만큼 빠르게 기폭시켰다는 얘긴데… 그런 일이 있을 수 있겠습니까?"

명호가 지적했듯이 방각의 죽음에는 의문스러운 점이 한두 개가 아니었다.

생각할 시간이 필요한지 광휘는 선뜻 입을 열지 않았다.

그러다 명호가 무슨 말을 꺼내려고 할 때 그제야 입을 열었다.

"일반적인 화기가 아니란 말을 하고 싶은 건가?"

"……."

"소지하고 있던 화약의 양이 막대할 수도 있지 않았겠는가?"

"그 점은 저도 인정합니다. 하지만 단장님, 만에 하나 일반적인 화기가 아니라면 혹시……."

"아니, 그럴 리 없다."

광휘는 말을 끊으며 단언하듯 말했다.

그리고 뭔가를 떠올린 듯 분노했다.
"그놈들은 모두 죽었다. 분명 내 손에 모두 죽었단 말이다!"

* * *

담대경이 말했다.
"더 많은 조사가 필요할 것 같습니다. 그리고 이것은 지금 드는 생각인데… 여러 정황들로 판단컨대, 평범한 화기는 아닌 것 같습니다."
"평범한 화기가 아니다?"
"예."
담대경은 숨을 고른 뒤 재차 입을 열었다.
"석가장의 집무실은 보통의 당(堂)보다 큰 건물이었습니다. 그런 건물이 한순간에 날아갔습니다. 조사를 해보니 무려 백 관에 달하는 위력으로 나타났습니다."
"백 관? 화약이 백 관이라고?"
"그렇습니다."
장대풍은 놀란 표정으로 담대경을 바라보았다. 그는 고개를 끄덕이며 차분하게 말을 이어갔다.
"만약 평범한 화기라 여기고 백 관의 화약을 썼다고 가정할 경우 크게 두 가지가 걸립니다. 첫 번째는 그들이 제조했을 경우인데 화약을 만들 재료는 이 근방에 없습니다. 물론 북경과 남경엔 있지만 조정에서 특별 취급 하고 있기에 결코 들고 갈

수 없습니다."

"음."

"두 번째는 그들이 그것들을 얻은 후 이곳으로 옮기는 방법의 문제입니다. 아시겠지만 관병들의 눈을 속이며 그만한 양을 이곳으로 들고 오는 것은 불가능합니다. 거쳐야 하는 관문이 너무나 많기 때문입니다."

"그건 그렇지."

"해서 평범한 화기는 아니라고 짐작을 한 것입니다. 보통의 성능보다 얼마만큼 월등한지, 위력이 얼마나 강한지는 정확히 알 수가 없지만 말입니다."

"흐음."

장대풍은 턱을 매만지며 잠시 생각에 잠겼다.

담대경의 말을 들으니 생각보다 사안이 더 심각할 것 같은 느낌이 들었기 때문이다.

"이 문제는 좀 더 신중한 조사가 필요할 것 같군."

"저도 그렇게 생각합니다."

"그런 의미에서……."

장대풍은 담대경을 지그시 응시하며 입을 열었다.

"자넨, 이 일에서 손을 떼도록 하게."

"대인?"

"자네의 말을 들으니 더욱 그래야 할 것 같네. 그 정도 위력이라면, 그리고 그것이 불측한 자들에 넘어갔다면 어떤 일이 벌어질지 생각도 하기 싫으니."

"하지만 대인, 제게 조금만 더 시간을 주시면 안 되겠습니까. 조만간 만족할 만한 보고를……."

"아니네."

장대풍은 냉정하게 말을 잘랐다.

"자네의 사정을 모르는 게 아니지만 사건이 사건인 만큼 이번 건은 절차에 따라 진행을 시켜야겠네. 만에 하나 소식이 잘못 전해져 감찰 기구에서 어사라도 파견하면 복잡해질 수 있어."

어사(御史).

천자를 대신하여 지방을 감찰하는 자들로 품계는 높지 않으나 중앙의 각 관서를 관찰하고 모든 관아들을 탄핵할 수 있는 강력한 권위를 지닌 사람들이었다.

담대경은 머뭇거리다 말했다.

"하지만 저희가 행하는 일이 그릇된 것이 아니라 제대로 된 조사를 하는 입장이지 않습니까."

그는 아들의 문제뿐만 아니라 이번 일 자체에 대해서도 의욕을 가지고 있었다.

잘만 해내면 엄청난 공을 세울 수 있는 사건이기도 했기 때문이다.

장대풍은 눈살을 찌푸렸다.

"어헛, 그 정도 자리에 있는 사람이 아직도 상황 파악이 안 되나?"

"대인……."

"화기야, 화기. 다른 것도 아닌 화기란 말일세. 자칫 오해가 생겨 조금만 비틀어져 보고가 되어도 목숨이 날아가는 사건이야. 역모에 비견될 사안이라고!"

역모란 말에 담대경의 눈이 커졌다.

그제야 자신이 취급하고 있는 이 일이 얼마나 조심스럽게 진행해야 하는 일인지 깨달은 것이다.

화기, 무림인.

이 두 가지는 황실에서도 특별하게 다뤄졌다.

적은 양과 적은 인원만으로도 황권을 뒤집을 수 있는 것들이기 때문이다.

관과 무림이 불가침이란 말이 생겨난 것도 바로 그런 이유였다.

장대풍은 담대경에게 그러한 사실을 다시 주지시켜 준 것이다.

"대인, 용서해 주십시오. 감히 그런 뜻으로 드린 말씀은 아닙니다."

"아네. 내 자네의 충정을 어찌 모르겠나. 그러니 넘겨달라는 것일세. 자네가 감당하기엔 어려운 사안이야."

장대풍은 자리에서 일어섰다.

"내일 관련된 서류를 정리해 도성으로 모든 이관시키게. 알겠나?"

그렇게 그는 자리를 떠났다.

담대경은 마음을 진정시키려 숨을 몰아쉬었지만 이마에 맺힌 땀은 여전히 홍건했다.

*　　*　　*

“좀 의아하군.”

잠시 이어졌던 침묵을 광휘가 깼다.

“그것이 궁금했던 거라면 굳이 날 만나러 여기까지 올 필요가 있었나. 장씨세가에 직접 방문하면서까지 말일세.”

광휘는 이 공자의 말에 곧장 발걸음을 한 명호의 의중을 이해하기 힘들었던 것이다.

살아가는 데 미련이 없는 자들.

누굴 만나는 데 익숙지 않은 자들이 바로 천중단 대원이었다.

“단장님을 만나면 꼭 물어보고 싶은 게 있었습니다.”

광휘의 의문스러운 눈길이 그에게로 향했다.

“그때 왜 맹주직을 거절하셨던 겁니까.”

“……!”

순간 광휘의 눈썹이 꿈틀댔다.

웬만해선 감정을 드러내지 않는 그였다. 그런 그가 지금 당황하고 있었다.

“맹주직은 현 무림맹주인 단리형보다 단장님이 먼저 제의를 받으시지 않았습니까.”

“명호.”

명호는 재차 한 번 말을 꺼내려 하다 멈칫했다.

광휘가 매서운 눈길로 그를 바라보았기 때문이다.
"예, 단장님."
"여기서 꼭 지나간 얘길 해야만 하는 건가?"
광휘가 눈살을 찌푸리며 그를 응시했다.
명호는 곧장 그 의미를 깨닫고는 시선을 내렸다.
그렇다.
맞는 말이다.
그가 맹주직을 거절했다는 것이 이제 와 무슨 소용인가.
그가 맹주직을 무슨 이유로 거절했는지는 천중단 대원이라면 다 알고 있는 사실인데.
"안다, 네가 무슨 생각으로 내게 물어봤는지. 하지만 난 지금 내 생활에 만족하고 있다."
명호가 사실 궁금했었던 것은 광휘의 사연이 아니라 그의 속마음이었다.
동료로 있던 암살단 대원은 맹주가 된 상황이건만, 이 공자에게 듣기로 그는 초야에 묻혀 살았다고 한다.
공을 더 많이 세운 자가 당연히 더 편하게 살아야 하는 것이 맞았다.
그런데 왜 그는 이렇게 사는 건지에 대해 묻고 싶었던 것이다.
"가자꾸나. 어차피 우리 사이가 곧 알려지겠지만 그래도 이 공자가 보면 곤란할 수도 있으니."
"예."
광휘와 명호, 둘은 자리에서 일어났다.

"가만."

그렇게 몇 걸음 움직이던 광휘가 무엇을 떠올렸는지 갑자기 명호를 향해 뒤돌아서며 말했다.

"네 출신이 어디라고 했었지?"

"사천당문입니다."

"그래, 이제 기억나는군. 암기를 잘 썼었지."

오대세가 중 하나인 중원의 명가 사천당문.

독과 암기는 중원 최고라 불리는 곳이었다.

"그럼 몇 가지 좀 물어보지."

광휘가 잠시 생각하더니 말을 이었다.

"암기는 어떤 자들이 쓰는 건가?"

"예?"

"암기를 쓰는 자들의 특징 말일세."

명호는 의아한 눈길로 광휘를 바라봤다. 그러다 곧 그가 아는 대로 입을 열었다.

"암기(暗器)는 숨겨진 병기입니다. 작고, 비밀스러우니만큼 치명적이지요. 손길이 섬세해야 하고 멀리 있는 사물을 맞혀야 하니 시각도 뛰어나야 합니다. 순간적인 공격을 요하기 때문에 순발력도 있어야 합니다. 마지막까지 목표를 놓치지 않는 집요함도 필요합니다."

"암기술을 익히기에 적합한지는 어떤 식으로 알 수 있는가? 그리고 재능이나 감각 같은 것은 어떻게 구별하는가?"

명호가 머리를 긁적였다.

대체 왜 이런 걸 묻는지는 모르겠지만 광휘 역시 생각하는 바가 많은 사람이다. 우선 답해주면 자신 역시 알 수 있으리라 여겼다.

“아무래도 집중력이 뛰어난 사람이겠지요. 아무리 강하게 던져도 집중하지 않으면 사물을 맞힐 수 없고 결국 부질없는 짓이 돼버리니까요. 재능이나 감각은 선천적으로 재주나 혹은 비상한 능력을 타고난 자에게 있습니다. 예컨대, 기(氣)라는 것을 암기에 실어 던질 수 있는 자들이지요. 무기에 내력을 담을 수 있으면 위력이 몇 배나 강해지지 않겠습니까.”

“그렇군.”

광휘는 고개를 끄덕이더니 잠시 뜸을 들인 후 말했다.

“남자만이 아니라 여인이 익힐 수도 있는 것인가?”

“남자든 여자든 상관없습니다. 남자는 근력과 지구력이 좋지만, 여자는 남자에게 없는 섬세함이 있으니까요. 오히려 살상 무기 중에서 암기는 가장 여인의 몸에 맞는 무기일 것입니다. 그 때문에 저희 당문에서는 여인이 가주가 된 적도 있었지요. 단 두 번뿐이지만.”

두 번뿐이지만 그것도 놀라운 일이었다.

여인이 무가의 가주가 된 것은 오대세가를 통틀어 당문이 유일했기 때문이다.

“흐음.”

광휘는 옅은 신음을 내뱉었다.

궁금증이 풀렸는지 딱딱하게 굳어 있던 얼굴이 본연의 무뚝뚝한 표정으로 변해 있었다.

"그런데 그런 걸 왜 물어보시는 겁니까?"

"아직 마지막 질문이 남았네."

광휘는 여전히 의아하게 바라보는 명호에게 가장 궁금했던 질문을 던졌다.

"자네, 누굴 가르쳐 본 적이 있는가?"

第八章 당가(唐家)

짹짹짹.

참새 소리가 들리는 아침.

한정당의 이름 모를 공터에서 두 남녀의 열정적인 목소리가 울려 퍼지고 있었다.

“핫! 하앗!”

“그렇소. 그런 식으로 걸으면서 계속 검을 내지르시오.”

장련은 묵객의 가르침대로 다리를 내밀며 검을 쭉 뻗었다.

그리고 또다시 한 발, 검을 앞으로 쭉 내밀었다.

그렇게 잘 나갈 것만 같던 장련이 어느 지점에서 몸을 비틀거렸다.

“아니, 다리를 굽혀선 안 되오. 그리고 하체를 먼저 사용해 움직여야 하오."

"이렇게요?"

"좋소. 허허허. 잘하고 있소."

장련을 가르치는 묵객의 표정에는 웃음이 끊이질 않았다.

연 이틀 그녀와 같이 있을 기회를 얻었다. 거기다 신경을 거슬리게 하던 호위무사도 보이지 않는다.

이 얼마나 바람직한 상황인가.

"찌르기는 했으니 이제 검을 좌측 방향으로 휘두르시오."

"이렇게요?"

휘청!

"맞소. 그렇게 하는 거요. 하지만 자세가 바뀌자 하체가 무너졌소. 다시 한번 해보면 잘하실 게요."

"네, 알겠어요."

휙.

장련은 검을 좌편으로 휘두르며 한 발을 내디뎠다.

"그렇소. 그거요."

묵객이 고개를 끄덕였다.

"감사해요. 그런데요. 잠시 쉬었다 하면 안 될까요?"

하악. 학.

장련이 어깨를 들썩이며 거칠게 숨을 내쉬었다.

"아! 미안하오, 소저. 좀 쉽시다."

묵객은 속으로 아차 했다.

날씨가 서늘한데도 불구하고 장련의 이마에 송골송골 맺힌

땀방울을 보지 못한 것이다.

'하체를 단련시킨 뒤 어떤 식으로 가르치는 게 도움이 될까?'

묵객은 한쪽에서 그녀를 쉬게 하고는 생각에 잠겼다.

그가 장련에게 지금 가르치고 있는 것은 검법이 아니었다.

검술을 펼치기 위한 하체의 힘을 기르는 중이었다.

'검법을 배우는 데 하체를 왜?'라는 생각을 하기 쉽지만, 사실 하체는 검술을 익히는 데 가장 중요한 것이라 해도 무방했다.

무공의 모든 힘과 순발력은 하체에서 비롯된다.

하체가 받쳐주지 못하면 상체에 힘이 실리지 않고 제대로 된 초식을 시도조차 할 수 없다.

'아, 꾸미지 않은 것이 더 예쁘구나.'

잠시 상념에서 빠져나온 묵객은 바위 위에 앉아 쉬고 있는 그녀를 넌지시 바라보며 생각했다.

아름다웠다.

뽀얗게 분을 바른 것보다 땀에 젖어 생기가 넘치는 장련의 모습이 그의 마음을 더욱 설레게 했다.

"아, 맞아요!"

묵객이 멍하니 바라보고 있을 때 장련이 자리에 급히 일어서며 말했다.

"무사님도 제게 무공을 가르쳐 준다고 준비하라고 하셨는데요."

"뭐요? 그 형장이?"

"네."

묵객이 미간을 찌푸렸다.

분명 방해하지 말라고 엄포를 놓았는데 말을 듣지 않았나 보다.

"소저, 그는 신경 쓰지 마시오."

"그래도 무사님이……."

"무릇 가르침이란 건 말이오."

묵객은 무게 있는 목소리로 말을 이었다.

"실력도 실력이지만 가르치는 방법 역시 무시할 수 없소. 형장의 무공이 뛰어난 것은 인정하나 누굴 가르치는 데는 부족한 점이 많소. 생각해 보시오. 말수도 적은 데다 과묵하기까지 한 그를 말이오. 그런 성격의 사내가 어찌 소저의 기분을 헤아리며 눈높이에 맞춰서 가르칠 수 있겠소. 그저 이런 인상만 쓰고 침묵하고 있겠지. 흡!"

묵객이 눈에 힘을 주며 장련을 노려보았다.

그 모습을 보던 장련은 풋, 하며 배시시 웃었다.

과장된 묵객의 표정에서 광휘가 생각난 것이다.

"그건 그래요. 워낙에 평소에도 말을 잘 안 하시니까요. 거기다 재능 없는 절 가르치려면 속도 많이 상하실 테고, 그러면 괜히 폐를 끼칠지도……."

"그렇소. 내 말이 그것이오. 그런데 소저가 재능이 없다는 말은 맞지 않소. 없기는커녕 넘치오."

"정말요?"

"정말이오."

묵객은 진지한 표정으로 맞장구를 쳤다.

장련은 확실히 소질이 있다.

그리고 지금은 그녀에게 이 사실을 알려줄 필요가 있었다.

무예의 입문 시기에 자신감은 대단히 중요하다.

재능이 없는 사람이라 하더라도 재능이 있다고 믿고 노력하면 정말로 없던 재능도 생겨나는 법인 것이다.

'그 작자는 그런 부분에서 글러먹었다니까.'

묵객은 자신의 교육 방침을 되새기며 다시금 흐뭇하게 웃음을 지었다.

스슥슥.

그때 풀잎 스치는 소리와 함께 인기척이 들려왔다.

장련보다 더 빨리 돌아본 묵객이 걸어오는 사람을 발견하고 미간을 찌푸렸다.

가뜩이나 경계하고 신경 쓰던 인물이 나타났기 때문이다.

"결국 오셨소?"

"……."

광휘, 그였다.

"참 의아하구려. 형장은 가르치는 것에 자신이 없어 보이던데… 굳이 여길 왜 온 것이오?"

묵객의 도발에 광휘는 별다른 대꾸가 없었다. 그저 장련을 바라보며 그녀에게 다가가고 있을 뿐이었다.

"무사님."

광휘가 지척까지 다가오자 장련은 고개를 숙였다.

"죄송해요. 공자께서 가르쳐 준다고 해서……."

"실례지만 손을 좀 볼 수 있겠소?"
광휘가 그녀와 마주 보며 말했다.
장련이 당황하며 광휘를 쳐다보다 자못 진지한 그의 얼굴에 압도되어 얼떨결에 손을 내밀었다.
콱.
"아……."
그리고 장련은 흠칫하며 광휘를 재차 바라봤다.
광휘가 자신의 손목을 단단히 잡은 것이다.
"이봐, 뭐 하는 짓이야!"
안색이 확 변한 묵객이 광휘에게 다가가려 했다.
하지만 광휘가 그녀의 손을 들어 자신에게 보이자 걸음을 멈출 수밖에 없었다.
"뭐가 보이시오?"
"뭐?"
"이 손에서 뭐가 보이는가 물었소."
눈초리가 매섭게 변하던 묵객이 더는 움직이지 않았다.
'당연히 예쁜 손이……'
보인다고 말을 하려 했지만 내뱉지 못했다.
설마하니 미치지 않고서야 그런 것을 묻지는 않을 터였다.
고민 끝에 묵객이 입을 열었다.
"지금 그녀에게 맞는 무공을 물어보는 것이오?"
"그렇소."
광휘가 장련의 손을 천천히 놓으며 말을 이었다.

"도(刀)나 부(斧: 도끼) 같은 단병기들은 손이 두꺼울수록 유리하며 악력 역시 중요하오. 강한 힘을 사용하기 때문에 반탄력을 견뎌낼 수 있어야 하오. 거기다 효과를 보기 위해선 시간도 많이 걸리지."

병기의 효용성을 거론하자 묵객은 잠잠해졌다.

그는 평시에는 다소 가벼운 구석이 있었지만 무공을 대하는 자세만큼은 누구보다 진지했다.

"형장, 장 소저가 익히고 있는 것은 검이오."

묵객의 대답에 광휘가 재차 물었다.

"그럼 이 손은 검을 다루는 게 맞다는 것이오?"

"그건……."

묵객은 다시 근심에 잠겼다.

장련의 손은 곱고, 가늘었다. 무가의 여식이라기보다는 고관대작의 규수처럼 고운 손이었다.

그렇기에 검을 쥐기에는 악력도 골격도 약했다.

검을 오래 쥐면 조금 나아진다고 하지만 그 역시 나아지는 것에 불과한 정도였다.

'그리고 저 예쁜 손이 흉하게 되는 것도 보기 괴롭고…….'

"…공자님?"

"아, 아니오."

문득 장련의 불안한 기색에 묵객은 즉각 고개를 저으며 말을 이었다.

"그럼 거기에 맞는 검술을 배우게 하면 되는 게요. 소저의 손가락이 가늘기는 하지만 월녀검법(月女劍法) 같은 여인을 위한 무공도 강호에는 드물지 않소."
"형장은 그 검법을 익히고 계시오?"
"찾아보면……."
"어디서?"
그리고 다시 침음해야 했다.
여인을 위한, 전문적인 고급 검술은 명문 세가의 비전으로나 내려오는 것이다.
묵객 역시 강호의 여러 검술을 보긴 했지만, 남에게 가르쳐 줄 만큼 배운 것은 아니었다.
묵객은 거기서 버럭 고함을 질렀다.
"그럼 형장은 뭐 어쩌자는 거요! 형장은 그런 검술을 알고 있기라도 하다는 거요!"
"검술은 아니지만 암기라면 어떻소?"
"암기술요?"
되물은 것은 장련이었다.
광휘가 고개를 끄덕였다.
"맞소. 소저가 익히기엔 암기술이 가장 적합하다 생각하오. 당연한 얘기지만 암기술은 암기술을 익힌 사람에게 배우는 것이 맞겠고."
"그러니까 요약하자면 형장의 말은……."
묵객은 입꼬리를 올렸다.
"암기술에는 자신이 있으니까 본인이 직접 가르쳐 주겠다는 말이오?"

"암기술을 가르치자는 것은 맞지만 가르치는 사람은 내가 아니오."

"……?"

묵객이 의문스러운 눈길로 바라보자 광휘가 고개를 돌렸다.

그때 뒤쪽에서 풀썩거리며 누군가 나무 사이를 걸어 나오고 있었다.

묵객은 별달리 당황하지 않았다.

조금 전부터 한 사내가 이곳을 지켜보고 있다는 것을 느낌으로 알고 있었다.

무명옷을 걸친 사내.

별달리 특색이 보이지 않는 중년인이 그들 앞에 섰다.

"허허허, 재밌구려. 재밌소. 행동을 보니 무슨 의도인지 알겠구려."

중년인의 행색을 살피던 묵객은 어이없다는 듯 웃으며 말을 이었다.

"좋소. 그럼 이렇게 합시다. 누가 더 암기술을 잘 쓰는지 겨뤄, 이긴 자가 장련 소저를 가르치기로 말이오. 물론……."

그는 광휘를 바라보며 말을 이었다.

"진 자는 장련 소저 근처에 얼씬도 하지 않아야 할 것이고 눈에 띄지도 않아야 할 것이오."

"……."

광휘는 잠시 장련을 슬쩍 바라봤다.

그러다 다시 조금 떨어져 있는 명호에게로 걸어갔다.

"한번 해보겠나?"

명호는 미소를 머금으며 답했다.

"저자가 그 묵객이란 자입니까?"

"그렇네."

"칠객이라……. 하긴, 한창 들뜰 시기이긴 하지요."

명호는 미소를 지으며 거의 들리지 않는 목소리로 읊조렸다.

"한 수 보여주고 오겠습니다."

"저기요."

장련은 연신 눈을 껌뻑이며 사내 셋을 번갈아 바라보았다.

처음엔 묵객이 가르치겠다고 얘길 했다가 자신이 무공을 펼치는 것을 본 후론 그도 한 발짝 물러서는 자세를 취했었다.

그런데 지금은 자신을 누가 가르칠지 정하는 대결로 변하니 어찌해야 할지 몰라 했다.

"걱정 마시오, 소저. 제대로 된 실력 차이를 보여주겠소."

짧은 사이, 옆에 있는 긴 나뭇가지를 꺾던 묵객은 호언장담하며 앞으로 나섰다.

'명호라고 했지?'

묵객 역시 강호에 몸담은 지 오래된 자.

도법뿐만 아니라 만약의 상황을 대비해 권법 같은 무공 수련도 게을리하지 않았다.

그중 도법 다음으로 가장 공을 들이며 연마했던 것이 검법과 암기술이었다.

그랬기에 사내가 누구든 그는 자신이 있었다.

적어도 이름도 모르는 사내에게 진다는 건 자존심이 허락지 않았다.

"먼저 제안하겠소. 저기 가장 멀리 떨어진 노송의 중앙 지점에 나뭇가지를 던져 맞히는 것이오. 어떻소?"

묵객은 구 장의 거리(이십칠 미터)에 있는 나무 한 곳을 가리키며 명호를 향해 물었다.

"뭘 하든 좋소."

명호는 별다른 감정 없이 고개를 끄덕였다.

'끼리끼리 모인다더니… 이놈도 저놈처럼 건방지긴 매한가지구먼.'

묵객은 속으로 이를 바득바득 갈았지만 내색하지 않았다.

어차피 여기서 실력 차를 보여주면 모든 게 깔끔해지는 거니까.

뚝. 뚝. 뚝.

묵객은 기다란 나뭇가지를 삼등분했다.

한 자(삼십 센티미터) 정도 되는 길이의 나뭇가지가 삼등분으로 나뉘어 그의 손아귀에 들어갔다.

"시작하지."

처억.

묵객이 나뭇가지 하나를 잡아 들었다.

그러고는 지체 없이 손을 휘둘렀다.

패애애액— 콱!

나뭇가지는 단 한 번의 흔들림 없이 노송의 등허리에 정확히 박혀 들어갔다.

"아!"

장련이 감탄을 터뜨렸다.

먼 거리를 너무나 손쉽게 맞힌 데다 나뭇가지가 부러지거나 비틀리지도 않고 굵은 노송을 정확하게 꿰뚫었기 때문이다.

묵객은 득의양양하게 말했다.

"이건 그냥 던진 거요. 그리고 두 번째는 조금 다르게……."

휘익.

묵객이 나뭇가지 하나를 재차 던졌다.

쾌애애액— 콱!

이번에도 처음 던진 위치로 정확히 박혀 들어갔다.

하나, 똑같으면서도 달랐다.

이전에 던진 나뭇가지가 노송에 조금 박혀 들어갔다면 이번에는 굵은 노송을 절반이나 뚫고 들어간 것이다.

"보이시오? 같은 힘으로 던졌지만 결과는 이렇소. 참고로 알려 드리자면 암기술은 속도와 정확성도 준비하지만 회전 역시 중요하오. 그래야 지금처럼 같은 힘으로도 더 좋은 결과를 낼 수 있소. 마지막으로……."

묵객은 집중하려는지 잠시 동작을 멈췄다.

그는 느릿한 동작으로 하나 남은 나뭇가지의 끝을 매만지다가 어느 순간 빠르게 던졌다.

괘애애애애— 뻑!

나뭇가지는 울음소리를 내듯 이전과 다른 속도로 날아가 노송에 박혀 들어갔다.

그러고도 멈추지 않았다.

시야에 완전히 사라져 버린 것이다.

"아!"

장련의 입에서 감탄이 또다시 터져 나왔다.

보고도 눈을 의심할 만한 장면이었다.

묵객이 던진 나뭇가지가 노송을 완전히 관통해 버린 것이다.

조금의 힘으로도 부러질 법한 나뭇가지였는데 말이다.

"암기에 기(氣)를 담을 줄 알면 이렇게 변하기도 하지."

묵객은 만족스러운 듯 자신이 나뭇가지를 던진 지점을 바라보며 말했다.

조금 전의 것은 기(氣)를 온전히 담은 나뭇가지였다.

검으로 치면 검기를 발출한 것과 같은 상승무공을 쓴 것이었다.

그러니 노송의 굵기보다 가는 나뭇가지가 그곳을 파고들어 갈 수 있었다.

"이제는 형장이 보여줄 차례요."

묵객이 조금 전 보인 자신의 암기술에 대해 만족해하며 천천히 몸을 틀었다.

처참하게 구겨졌을 상대의 얼굴을 떠올리며 고개를 돌린 것이다.

그런데…….

"솜씨 잘 보았소."

중년인의 얼굴엔 담담한 시선만 존재할 뿐이었다.

'뭐지? 이놈?'

묵객은 살짝 미간을 찌푸렸다.

조금 전 자신의 암기술을 충분히 감상했을 터였다.

그럼에도 그는 너무나 차분해 보였다.

마치 이 정도는 충분히 예상했다는 것처럼 능청스럽게 행동하고 있는 것이다.

'특별히 강해 보이지 않는다. 그런데도 왜 저리 침착한 거지?'

어디에서나 흔히 볼 수 있는 평범한 얼굴.

거기다 체격도 그리 크지 않고 등도 조금 굽어 있었다.

'그래, 당황을 하고 있는 게다. 마지막 내기를 실은 나뭇가지를 보고 얼어붙은 걸 게야.'

뚝.

묵객이 이런저런 생각을 하고 있을 때 그도 긴 나뭇가지를 꺾었다.

그러고는 묵객이 서 있던 지점 즈음에 걸어가더니 나직이 입을 열었다.

"나도 암기에 대해 몇 마디 해보겠소."

뚝.

명호가 말 도중에 나뭇가지 위쪽을 조금 꺾었다.

네 치(십이 센티미터).

손을 편 정도의 길이였다.

"형장께서 처음 보여주신 건 이거였지요?"

명호는 말이 끝나자마자 손에 든 것을 대충 던졌다.

콱!

빠르진 않았지만 직선으로 날아간 나뭇가지 조각은 묵객이 던진 노송의 바로 위에 박혀 들어갔다.

"흔히 말하는 가장 일반적인 형태의 암기술이오. 곧고 정확하게 던지는 기술, 그리고……."

뚝.

명호는 조금 전과 똑같은 크기로 나뭇가지를 꺾었다.

휙.

그리고 던졌다.

패애액!

나뭇가지 조각은 똑같은 자리에 날아가며 그대로 박혔다.

이전과 달리 조금 더 박혀 들어가 있었다.

"형장과 같이 나도 회전력을 넣었소. 말씀하신 것처럼 회전으로 물체를 관통하기 위함이오. 주로 호신갑을 장비한 관병이나 외문기공으로 몸을 보호하는 자에게 유용하오. 하지만 이것 또한 일반적인 형태의 암기술에 지나지 않소."

뚝.

명호는 나뭇가지를 꺾었다.

이번에는 기존보다 조금 더 길게 부러뜨렸다.

거의 한 자에 가까운 길이였다.

"암기술은 지금부터 시작이오. 무릇 응용된 형태로 쓰임은……."

휙.

"아!"

보던 장련이 눈을 부릅떴다.

나뭇가지가 바람에 날리듯 이상한 방향으로 움직였던 것이다.

이리저리 배회하던 나뭇가지는 곧 노송에 박혔다.

그리고 놀랍게도 그가 이전에 던진 자리에 정확히 박혀 들어갔다.

"비표(飛鏢)란 암기를 던질 때 사용하는 방식이지. 던지는 위치와 암기가 생긴 형태에 따라 회전하는 방향도 각기 달라지오. 이건 적들이 엄폐물 뒤에 숨어 있거나, 한 줄로 서서 보이지 않는, 뒤에 있는 자를 쓰러뜨릴 때 사용하면 좋소."

묵객의 표정이 조금씩 굳어지기 시작했다.

너무나 자연스럽게 던지면서도 요점을 짚어 말하는 그의 행동에 불안감이 들기 시작했던 것이다.

"그리고 마지막으로 재밌는 걸 보여줄 테니 잘 보시오."

뚝. 뚝. 뚝. 뚝. 뚝. 뚝. 뚝. 뚝. 뚝. 뚝.

명호는 나뭇가지를 중지 정도의 길이로 부러뜨리기 시작했다.

아직 길이가 제법 남아 있는지라 열 개가 넘는 조각이 만들어졌다.

'서, 설마… 저건.'

묵객이 처음으로 당황했다.

직감적으로 감이 온 것이다.
지금 그가 하려는 것이 뭔가 평범한 것이 아님을.
처억.
명호가 이전과 달리 독특한 자세를 취했다.
그러다 이내 몸을 세차게 움직이며 손에 든 것을 전부 던져댔다.
휘이이이이잉.
나뭇가지 조각들이 허공에 비산했다.
그렇게 흩어지는가 싶더니 다시금 한데 모아지다 노송에 박혀 들어갔다.
다다다다다다다닥!
"……!"
"……!"
장련과 묵객은 동시에 눈을 부릅떴다.
눈앞에 벌어진 일을 눈으로 보고도 한동안 이해할 수 없었던 것이다.
열 개가 넘는 나뭇가지의 조각.
그것들이 노송의 뿌리부터 위쪽까지 정확히 일렬로 꿰뚫은 것이다.
하지만 묵객이 놀란 것은 정작 다른 이유였다.
박혀 들어간 조각들이 시야에서 사라졌다.
그 말은 자신과 마찬가지로 내기를 담은 뒤 던졌다는 것이다.
기(氣)를 운용할 줄 아는 절정고수.

아니, 그 이상일지도 몰랐다.

"앞으로……."

명호는 돌아보며 묵객을 향해 말했다.

"많은 적들을 처리해야 할 때가 있을 것이오. 그럴 경우 상황을 모면할 회심의 일격이 필요한 법이지. 물론 그때도 지금처럼 기(氣)를 담을 필요까지 없소. 어떻게 생각하시오, 묵객 나으리?"

명호의 말에 묵객의 표정은 삽시간에 굳어졌다.

그의 말에는 자신에 대한 훈계가 들어 있었다.

암기의 중요한 점은 내기를 담는 것이 아니라 정확성과 필요에 의한 판단력에 있다는 것을.

'대체 이 괴물은 뭐지?'

묵객의 눈썹이 파르르 떨렸다.

아무리 생각해도 이 상황을 이해하기가 힘들었다.

"혹시… 귀하의 성이 당(唐)이오?"

"부끄럽소만."

명호. 당명호가 부정하지 않고 가볍게 포권했다.

그 때문에 묵객은 다시금 침음하고 말았다.

암기술의 명가라 불리는 당가의 사내가 왜 이곳에 있다는 말인가.

거기다 당가 중에서도 펼칠 수 있는 자가 거의 없다던 만천화우(萬天花雨)란 무공을 쓰는 자가 말이다.

"그럼 이제……."

묵객이 정신을 차리지 못하고 멍하니 바라볼 때였다.

광휘가 기다렸다는 듯 그를 향해 느릿한 어조로 입을 열었다.

"자리 좀 비켜주시겠소? 이왕이면 눈에 띄지 않는 곳으로 말이오."

第九章 의심

신시(申時: 오후 네 시)를 가리키는 햇빛 아래.

장련은 명호의 가르침을 받으며 수련에 몰두하고 있었다.

규칙은 간단했다.

손에 쥔 돌멩이를 던져 오 장 밖, 나무에 걸어놓은 둥그런 표적지에 맞히기만 하는 되는 것이다.

'이번에도…….'

표적지를 노려보던 장련이 손에 돌멩이를 들고 심호흡을 했다.

어느 때보다 그녀의 얼굴에는 긴장감이 치솟고 있었다.

그렇게 심호흡을 하던 그녀가 천천히 손을 들어 올리는 순간.

휘익!

돌멩이는 그녀의 손을 떠났다.

패애애애액—

처음은 불안하게 시작했다.

위로 조금 솟아오르며 균형을 잡지 못하는 것처럼 보였다. 하지만 돌멩이는 곧 제자리를 찾고는 직선으로 날아갔다. 그러고는 딱 하는 소리와 함께 바닥에 떨어졌다.

"아! 맞혔어요!"

그 모습을 본 장련이 일순간 소리쳤다.

기쁨을 주체하지 못하는지 환희가 가득한 얼굴로 자리에서 방방 뛰기까지 했다.

"봤죠, 정확히 맞히는 것? 무사님도 보셨죠? 그렇죠?"

장련은 아무런 표정을 짓지 않는 광휘를 향해 거듭 확인했다.

한 번은 우연일 수도 있다는 명호의 말에 무려 다섯 번을 연달아 맞혔다.

거기다 이번에는 암기를 던지는 것처럼 검지와 엄지에 끼우기까지 했다.

그러니 기쁨이 더욱 클 수밖에 없었던 것이다.

"잘하셨소."

명호는 칭찬 섞인 말을 한마디 내뱉었다.

"그렇죠, 사부님? 저도 이제 할 수 있어요. 마음만 먹으면 언제든 할 수 있다고요."

장련은 너무나 기뻐했지만 광휘는 여전히 반응이 없었다.

오히려 뭔가 불만스러운 표정으로 명호를 향해 입을 열었다.

"몇 번은 더 검증해 봐야 되는 것 아닌가?"

"무사님!"

장련이 반사적으로 목소리를 높이고는 광휘를 노려보았다.

둘의 모습을 번갈아 보던 명호는 옅은 미소와 함께 고개를 저었다.

"충분히 잘하신 겁니다."

"보셨죠, 무사님? 사부님께서 잘했다고 하시잖아요."

광휘는 뭔가 말을 꺼내려는듯 입술을 벌리다 이내 시선을 돌렸다.

명호가 말했다.

"장련 소저, 오늘은 이쯤 해도 될 것 같소."

"고맙습니다. 부족한 소녀를 가르치시느라 너무나 고생하셨어요."

"아니오. 그보다 묵객이란 분께는 잘 좀 말해주시오. 괜히 오늘 일로 불편함을 가질 수도 있으니."

"네, 그럴게요. 그리고 이해하실 거예요. 워낙 마음이 넓은 분이니. 그럼 소녀는 미뤄두었던 업무 때문에 먼저 일어날게요."

장련은 명호를 향해 예를 표한 후 광휘를 당당히 쳐다보았다.

그는 여전히 무뚝뚝한 표정으로 서 있었다.

그 모습을 보던 장련은 왠지 모를 승리감에 어깨를 들썩이고는 자리를 떠나갔다.

툭툭.

명호가 엉덩이를 털며 너럭바위에 앉았다.

그의 앞으로 광휘가 천천히 다가오며 말을 건넸다.

"어떤가?"

"예상은 했지만… 실제로 보니 실감이 나는군요."

"……?"

"장련 소저 말입니다. 절박해 보였습니다."

명호는 모호한 답변을 했다.

광휘가 그의 대답에 잠시 침묵하자 이내 명호가 속내를 털어 놓았다.

"암기술을 가르치다 보면 어느 순간 알게 됩니다. 이 사람이 어떤 마음을 품고 암기를 던지는지, 어떤 방식으로 암기를 던질 건지 그런 것 말입니다. 대체적으로 편안한 마음으로 암기를 던질 때는 잡는 위치를 바꾸어 암기를 던집니다. 정확도를 높이기 위해선 그 방법이 가장 쉽기 때문이지요."

그는 재차 말을 이었다.

"그런데 암기는 그대로 두고 자세와 동작을 바꾸는 사람이 있습니다. 마음의 여유가 없는 사람일수록 더욱 그러한 경향이 두드러지지요. 그런 상황을 미루어 보면 장련 소저는 지나치리만치 마음의 여유가 없는 사람에 속합니다."

"그래서……."

광휘가 운을 띄우며 말을 이었다.

"네 말은 장련 소저가 암기술을 익히기엔 적합하지 않다는 것인가?"

"아닙니다. 오히려 반대지요."

그는 광휘를 향해 고개를 들었다.

"단장님은 사천당가가 강호를 대표할 만큼 성질이 드세다는 소문을 알고 계시지요? 사실 소문이 어느 정도 맞는 것이, 한 순간이라도 집중력을 잃지 말아야 하는 것들을 다루기 때문입니다. 암기도 그렇고, 독(毒)도 그렇지요."

그는 설명을 계속 이어나갔다.

"암기를 잘 던지는 사람들은 많습니다. 하나, 암기로 이름을 날리는 자들 중에는 잘 던지는 사람보다도 심지가 굳은 사람이 더욱 두각을 나타내곤 합니다. 본 가에서는 더더욱 그렇습니다. 일격 필살, 한 수에 적을 사살해야 하기 때문입니다."

"일격 필살이라……."

광휘가 읊조리듯 말했다.

"표적은 움직입니다. 예측할 수 있는 범주는 늘 벗어나게 마련이지요. 훈련이 아닌 실전은 더욱 그러합니다."

"……."

"그럴 때 가장 중시되는 건 상황을 이해하는 눈입니다. 넓게 볼수록 생각의 반경이 넓어집니다. 모든 사물들을 암기로 활용할 수 있습니다. 그렇기에 저는 장련 소저가……."

그는 웃었다.

"좋았습니다."

명호의 설명에 광휘는 별다른 대꾸를 하지 않았다.

그가 인정했다면 그런 것이다.

암기에 관해선 그보다 뛰어난 자는 보질 못했으니.

"익히면 주위 사람들에게 폐는 끼치지 않겠군."

"그렇게 만들어야지요."

광휘는 별다른 말 없이 눈앞에 펼쳐진 경관을 바라보았다.

멀리서 여러 집채들과 울창한 나무들이 보였다.

칼부림이 만연한 강호이지만 이곳만큼은 정말로 따스하고 평화로웠다.

"상황이 이리되니 이 공자에겐 참 할 말이 없어질 것 같습니다."

명호가 운을 띄우며 자리에서 일어났다.

광휘가 말했다.

"적당한 말로 잘 둘러대게."

"모르는 사람이라 했는데 어떻게 둘러댑니까?"

"그건 자네가 잘 알아서 해야지. 정보를 다뤘으니 그 정도는 쉽지 않은가."

"그런가요?"

명호는 광휘를 향해 슬쩍 미소를 흘렸다.

왠지 기분이 좋았다.

옛 동료와 함께 있을 수 있다는 것이, 그리고 그 사람이 광휘이기 때문에 더 그랬다.

"궁금한 게 있는데 물어봐도 되겠습니까?"

"뭔가?"

"장련 소저와 언제부터……."

"……?"

"아, 아닙니다."

명호는 급히 말끝을 흘리며 고개를 저었다.

"아, 아닙니다. 후후."

광휘의 미간이 조금 좁혀졌다.

그의 말이 마치 '허허, 그때가 그런 때지'라며 웃어대던 맹의 늙은이들처럼 미묘하게 느껴졌기 때문이다.

"음, 일단 괜찮은 암기 하나 만들어봐야겠습니다."

광휘가 조금 전 무슨 말을 하려 했냐고 물으려 할 때였다.

이를 눈치챈 명호가 더 빠른 대답으로 그의 질문을 막으며 자리를 떴다.

* * *

한정당이 내려다보이는 언덕.

그곳에 몸을 납작 엎드린 채 광휘와 명호를 주시하는 인물이 있었다.

'저놈 저거, 역시 고수였어.'

묵객은 말없이 물러난 뒤 곧장 이곳에 똬리를 틀었다. 그러고는 장련이 수련하는 모든 과정을 지켜봤다.

당가의 고수답게 몇 가지 간단한 지도를 하자 장련의 웃음이 부쩍 늘어났다.

물론 거리가 너무 멀어 그의 눈엔 정확히 어디가 어떻게 달라졌는지는 알 수 없었다.

그저 장련이 좋아하는 모습을 보고 그렇구나 짐작만 할 뿐.

'대체 저 괴물은 어디서 튀어나온 거지?'

그는 초조했다.
얍삽한 광휘란 놈과 투닥거리는 와중에 재수 없는 불청객이 한 명 더 끼어들었다.
치사하게 두 명이서 편을 짠 것이다.
'고단수 자식. 분명 여자 좀 많이 울려본 솜씨야, 저 녀석!'
광휘에 대한 묵객의 심증이 점차 굳어졌다.
그는 그간 뛰어난 호색가들을 많이 만나보았다.
그중에는 별것 아닌 걸로도 엄청 돋보이는 자들이 있었는데, 바로 광휘 같은 녀석들이었다.
적은 말수, 담담한 말투.
여인에게는 별 관심이 없는 무뚝뚝한 얼굴을 하다가 패를 내밀어야 할 때 온화한 척하며 상대에게 신뢰감을 준다.
"아, 천하의 묵객이 무명소졸에게 발리다니……."
묵객은 머리를 쥐어뜯으며 그대로 땅에 처박혔다.
이젠 보통의 방식으론 안 된다.
확실한 전략을 세운 뒤 저들을 무찔러야 하는 것이다.
"사부님."
"응?"
마른 잎사귀 사이에 머리를 처박고 있던 묵객이 고개를 돌렸다.
그곳엔 한동안 자리를 비웠던 담명이 눈을 껌뻑이고 있었다.
"어헛, 왔느냐?"
찰나의 순간, 묵객은 표정을 지웠다.

내색을 하지 않기 위해서인지 뒤이어 몸을 뒤집고는 능청스럽게 기지개를 켰다.

"날이 참 좋군. 이런 날에는 이렇게 누워 있어줘야지."

날씨가 좋아 누워 있었다는 것을 강조하기라도 하듯 운을 뗐다.

그런 뒤 짐짓 아무런 일도 아니라는 표정을 지으며 자리에서 일어났다.

"혹시 내 얘길 들었느냐?"

"예?"

"발… 아, 아니다."

담명의 반응에 묵객은 가슴을 쓸어내리며 황급히 화제를 돌렸다.

"그래, 조사해 보라는 건 알아봤느냐?"

"예."

"어떤 놈이더냐? 예상대로 여자 꽤 울려본 호색한이 맞았지?"

"호색한요?"

"응? 아, 아, 아니다. 일단 얘기를 해보거라."

얼떨결에 속내를 드러낸 묵객은 급히 수습을 하며 원래의 화제로 돌렸다.

"결론적으로 말씀드리자면… 알아내지 못했습니다."

담명은 고개를 갸웃거렸지만 이내 조사한 내용을 읊기 시작했다.

"…하오문에서도?"

"네, 부탁한 사람 말로는 누군가가 의도적으로 흔적을 지운 것처럼 여겨진다고 했습니다만……."

그 뒤 담명은 자신이 조사했던 내용을 털어놨다.

내용을 전부 들은 묵객은 천천히 팔짱을 꼈다.

"음……."

백 명.

확실히 뭔가 있었다.

저런 도(刀)와 검(劍)은 자신도 생전 처음 보는 것이니까.

'뭐, 과거가 있는 호색한이라면 여자들의 연줄을 동원해서 정보를 숨겼겠지……. 암, 가능하지. 가능하고말고. 비열한 데다 잔인한 짓도 서슴지 않았을 놈이니.'

묵객이 점점 더 심각하게 골몰하자 담명은 담명대로 예삿일이 아니라는 생각을 가졌다.

결국 그는 결정했는지 묵객을 향해 말했다.

"사부님, 더 깊이 파볼까요?"

"뭐?"

"정말로 제 모든 인맥을 동원하면 방법이 없지는 않습니다. 사부님이 원하시면……."

"그래, 그게 좋겠군. 이 건은 너에게 맡기마. 그리고 말이다."

묵객은 왠지 계면쩍어져서 말을 돌렸다.

"괜찮은 암기술이 담긴 비급 하나 구해 올 수 있느냐? 아, 아니지. 괜찮은 정도가 아니라 누가 봐도 놀라운 암기술이 담긴 비급 말이다."

"암기술요? 갑자기 그것은 왜……."
"쓸데가 있어서. 넌 그만한 능력이 있지 않느냐, 나의 제자야."
제자란 말에 담명의 얼굴에 화색이 돌았다.
무공에 대한 칭찬이 아니지만 여하튼 칭찬에 인색한 묵객이 모처럼만에 인정을 해주었기 때문이었다.
"뭐, 스승님의 제자야 맘먹고 구하려면 구할 수 없는 것이 있겠습니까."
그래서 그런지 그는 함박 미소를 지으며 말을 받았다. 담명의 얼굴이 밝아지자 묵객 역시 표정이 풀어졌다.
"화려한 암기술이어야 한다. 누가 봐도 '이 정도면 대단하군'이란 감탄이 나오게. 참고로 내가 익히는 거 하나만큼은 자신 있으니 그런 건 걱정 말거라."
"알겠습니다. 그럼 내일 아침… 당가로 출발해 그럴 만한 비급이 있는지 알아보겠습니다."
"당가는 왜?"
묵객이 떨떠름한 얼굴을 하자 담명이 말했다.
"당연히 당가부터 살펴야지요. 암기는 당가, 사천당문이 중원 제일이지 않겠습니까."
"그놈의 사천당문!"
묵객은 빽, 하고 반사적으로 소리쳤다.
그 모습에 담명이 당황하며 눈을 껌뻑였다.
왜 그가 격렬한 반응을 하는지 영문을 몰랐기 때문이다.
"됐다, 됐어. 일단 암기술은 나중으로 하고……. 볼일 생기면

부를 테니 가보거라."

묵객은 손짓을 하며 조금 전 자신이 있던 곳으로 돌아갔다.

목을 쑥 집어넣고 바닥을 더듬거리던 그의 모습은 우스꽝스럽기 그지없었다.

'응? 어디 갔지?'

아래를 내려다보던 묵객은 눈을 비비며 다시 봤다.

조금 전 광휘와 명호가 있었던 곳에 그들이 보이지 않았던 것이다.

주위를 훑었지만 보이지 않았다.

그사이 어디론가 사라진 것이다.

"한데, 사부님."

명호는 할 말이 있는지 여전히 그 자리에 서 있었다.

"너, 아직 안 갔냐?"

묵객은 그런 그를 보고선 눈을 부라렸다.

"사실 그것 말고도 다른 용무가 있어서 온 겁니다."

"또 무슨 용무?"

"장씨세가 가주께서 사부님을 찾으십니다. 중요한 손님이 사부님을 보고 싶어 한다던데요."

"중요한 손님?"

"지부 대인의 아들 담경이라는 사람입니다."

"담경?"

묵객의 표정이 점차 아리송해졌다.

지부 대인이란 얘기를 들으니 그 양반이 자신하고 뭔 관계가 있던가 싶어진 것이다.
"얼핏 듣기로는… 석가장에서 폭발한 화기에 관한 것이라고 하는 것 같았습니다만."
"이런."
묵객은 거기서 얼굴이 굳어졌다.
왠지 싸한.
아주 심상치 않은 냄새가 느껴진 것이다.

* * *

묵객이 대전에 도착했을 때 이미 올 사람들은 모두 들어찬 상태였다.
묵객은 가주와 장로, 이 공자와 장련에게 묵례를 해 보이고 낯선 청년에게로 얼굴을 돌렸다.
"담경이라고 합니다."
"묵객이라 하오."
그는 자신의 제자인 담명과 비슷한 이름에 왠지 정겹다는 느낌을 받으며 예를 차렸다.
"그럼 이제 묻고 싶은 것을 물어보십시오."
묵객이 한쪽으로 비켜서자 장원태가 입을 열었다.
이에 담경은 곧장 묵객에게 시선을 돌리며 입을 열었다.
"대협, 석가장과 싸웠던 그 당시의 일에 대해 좀 더 자세히 물어봐도 되겠습니까?"

묵객은 흔쾌히 고개를 끄덕였다.

"그거라면 무엇이든지."

"그럼……."

담경은 잠시 말을 고르다가 입을 열었다.

"듣기로 대협께서는 방각 대사가 집무실에 들어간 뒤, 석가장주와 몇 마디 나누었다고 하셨습니다. 그런 다음 그가 갑자기 화기를 기폭시켰고 폭탄을 터뜨렸고요. 혹시 석가장주가 어떤 식으로 폭약을 기폭시켰는지 알 수 있겠습니까?"

그의 질문에 장내에 있던 사람들의 시선이 일제히 묵객에게 향했다.

당시 방각 대사의 죽음도 있었고 묵객에게 도움을 받은 처지라 자세히 묻지 않았지만 사실 그들도 그 화기에 대해 궁금한 점이 많았다.

"음……."

묵객이 길게 뜸을 들였다. 지부 대인의 아들 담경이 이곳으로 발걸음을 한 것을 보면 자신의 생각보다 훨씬 중요한 사안이 걸려 있는 듯했다.

그는 당시의 사건을 하나도 빠짐없이 떠올리기 위해 곰곰이 뇌리를 더듬었다.

"당시 석가장주는 서탁 아래에서 무언가를 매만졌소. 그러자 바닥 밑이 드르륵하며 움직였고, 이내 진동 소리와 함께 코를 자극하는 향이 났었지. 뭔가 타들어가는 소리도 들렸었소."

묵객은 주위를 천천히 훑으며 말을 이었다.

"다섯 번 정도의 호흡이 지났을까. 그 뒤 화기가 터졌소. 체감상 훨씬 더 빠른 것 같지만……."

그 말에 장내는 웅성이기 시작했다.

그토록 빨리 폭약을 터뜨릴 줄은 전혀 몰랐던 것이다.

'불가능해.'

그들 중 이 상황을 유난히 집중해서 듣고 있던 광휘의 눈이 점차 가늘어졌다.

기본적으로 폭약을 터뜨리려면 불씨에 불을 지피는 도화선이 필요하다.

그리고 도화선을 통해 불꽃이 심지까지 타들어가는 데는 제법 긴 시간이 소요된다.

심지를 짧게 만들어 기폭시키는 방법도 있지만 그렇다 쳐도 다섯 호흡은 너무 지나쳤다.

일반적인 방법으로는 그 정도 시간 안에 터뜨리기란 결코 불가능하기 때문이다.

"그런데 그건 왜 물어보는 거요?"

묵객은 약간 경계하듯 말했다.

방각 같은 절정고수를 허망하게 죽게 만든 화기이니, 신중해질 수밖에 없었다.

"실은, 이번 사건은 저희 가친께서 직접 선두에 나서 조사를 진행하던 중이었습니다. 보통의 화기가 아닌 만큼 분명 석가장의 뒤에 배후가 있을 것이라 보았기 때문이지요. 그런 와중에 생각지도 못한 인물이 개입했습니다. 그로 인해 저희들은 이 사건을 더는 진행시킬 수 없게 되었습니다."

"그게 누구요?"

장원태가 의문 어린 시선을 던지며 말했다.

담경은 잠시 뜸을 들이다 입을 열었다.

"성도의 장(長), 도지휘사십니다."

웅성웅성.

생각지도 못한 직함이 나오자 저마다 한마디씩 주고받기 시작했다.

"석가장은 도성이 관할이니 도지휘사가 하는 건 당연한 것 아닙니까?"

옆에서 듣고 있던 일 장로가 궁금증을 참지 못하고 입을 열었다.

그런 의문이 들 수밖에 없는 것이, 석가장은 도지휘사의 영향 아래에 있었다.

관할로 따지면 도성부가 아니라 성도에서 일을 맡아야 함이 당연했다.

"그건 맞습니다만… 그들은 단순히 사건에 개입한 것만이 아닙니다. 저희 아버님께 사건을 이관해 달라고 하셨습니다."

"사건을 이관해 달라?"

장원태가 운을 떼자 담경은 곧장 말을 이어갔다.

"혹시 모르실 분이 있어서 알려드리자면 이런 일이 터지면 사건 이관보다는 합동수사가 일반적입니다. 화기 문제뿐만 아니라 석가장 잔존 세력들이 존재하는 상황. 협조를 구해 그들을 일망타진하는 데 힘을 기울여야 하는 것이지요. 그런데 도지휘사께서는 사건을 이관시키고 이번 사건에서 손을 떼라고 하셨습니다. 그 말을 다르게 보면, 놈들을 보더라도 더 이상 손대지 말라는 의미 또한 되는 겁니다."

그의 말에 담경을 바라보는 시선들이 다시금 의문스럽게 변해갔다.

그가 무슨 말을 하려는지 그 속내를 쉽게 짐작할 수 없었기 때문이다.

담경은 그런 의문을 해소하기 위해 차근하게 대화를 이어갔다.

"사건을 모두 넘기라는 것, 석가장 잔존 세력을 캐내지 말라는 것. 의심스러운 정황이 너무 완벽하게 맞아떨어집니다. 마치 어떤 자들이 이 일에 깊숙이 관여하고 있는 것처럼요."

"어떤 자들? 그들이 누구요?"

담경의 말에 집중하던 장원태가 물었다.

"조정의 높은 직위를 차지하고 있고 도지휘사와 연줄이 있는 곳. 그리고 하북에서 강력한 영향력을 행사하는 곳. 거기가 어디겠습니까?"

"하북이라면……."

"네, 하북의 팽가입니다."

* * *

광휘는 처소로 들어온 뒤 곧장 생각에 잠겼다.

대전에서 늘어놓았던 담경의 말이 다른 사람보다 조금 더 각별하게 다가왔기 때문이다.

'화기라.'

확실히 평범하지 않은 폭약이다.

보통의 화기는 심지에 불이 붙고 난 뒤 폭발에 이르는, 상당한 시간이 걸리는 데 반해 묵객이 말한 폭약은 마음먹은 순간 곧장 기폭시킬 수 있을 정도로 빨랐다.

그러니 방각도 대응하지 못하고 죽은 것이 아니겠는가.

'하지만 폭굉은 아냐. 폭굉이라면 낌새는커녕, 인식하지 못할 정도로 더 빨라야 한다.'

개량된 벽력탄.

적은 양으로도 반경 다섯 장 정도는 삽시간에 날려 버리는 가장 강력한 화기.

은자림이 가지고 있던 그 벽력탄은 이것과 비교도 할 수 없을 정도였다.

벽력탄 안의 심지를 잡아당기는 순간 폭발이 일어나기 때문이다.

천하의 십대고수 백중건조차도 피하지 못하고 당한 까닭은, 강한 위력도 위력이지만 그 엄청나게 빠른 기폭 속도의 탓이 컸다.

"계십니까?"

화기에 대해 그렇게 한창 고민하고 있을 때였다.

문틈으로 사내의 목소리가 들렸다.

“무슨 일인가?”
광휘가 밖으로 곧장 걸어가 물었다.
그곳엔 하인으로 보이는 청년 한 명이 서 있었다.
“처음 보는 사내인데… 호위무사님을 찾고 있습니다. 매우 중요한 일이라 하던데요.”
“…….”
“어떻게 할까요?”

청년이 광휘를 장씨세가 외원 밖으로까지 안내했다.
광휘는 의구심이 들었지만 묻지 않았다.
중요한 일이라 생각한 것이다.
“여깁니다.”
청년은 광휘를 이곳에 데려다준 뒤 곧장 주변을 훑었다.
주위에는 아무도 없었다.
광휘가 의문스럽게 보자 그도 난처했는지 머리를 긁적였다.
“분명 여기에 있겠다고 하셨는데… 죄송합니다.”
“괜찮소. 가보시오.”
“예.”
청년은 계속 머리를 긁적이다 이내 돌아온 방향으로 되돌아가기 시작했다.
바닥을 한참 동안 내려다보던 광휘는 청년이 그곳을 완전히 벗어나고 나서야 고개를 들었다.
“나오시오.”

아무도 없는데 무엇을 본 것일까?

한데, 놀랍게도 인기척이 있었다.

풀썩거리는 소리와 함께 한 사내가 천천히 걸어왔던 것이다.

그런데 자세가 매우 부자연스러워 보였다.

한 발로 총총 뛰는 모습이 그랬다.

차림새 역시 그간의 마음고생을 보여주듯 지저분했고 얼굴도 처연해 보였다.

"오랜만이오, 형장."

사내의 말에 광휘의 눈이 가늘어졌다.

앞으로는 보지 않을 거라 여긴 인물이 그곳에 서 있었기 때문이다.

소위건이었다.

그는 한쪽의 다리만으로 뛰다 곧 단단한 외벽에 몸을 의지했다.

"어이구, 다리 한쪽이 없으니 힘들어 죽겠군."

몸을 기댄 그는 그제야 되었다는 듯 한숨을 내쉬었다.

지켜보던 광휘의 눈빛이 불편함에서 호기심으로 변했다.

소위건.

대체 어떤 일을 겪었기에 그런 모습을 하고 나타났을까 했던 것이다.

"그리 보지 마시오. 이렇게 살아 있는 게 어디요. 나는 오래 살 거요. 흘흘흘."

그는 이해할 수 없는 말을 광휘에게 흘렸다.

그러고는 재차 광휘에게 말을 걸었다.

"그리고 오해도 마시오. 내 당신의 말을 흘려들었던 게 아니오. 오히려, 더없이 충실히 따르려 했소. 결국 이렇게 되었지만 말이오."

광휘는 감정이 느껴지지 않는 눈으로 그를 응시했다. 소위건은 그 눈길이 부담스러운지 한숨을 푹 쉬었다.

"내가 형장을 찾아온 것은 한풀이 때문이 아니오. 원망은 더더욱 아니지."

"그럼 무슨 일로 온 건가?"

드디어 광휘가 입을 열었다.

"정보를 팔러 왔소. 돈 되는 정보 말이오."

소위건은 광휘의 냉담한 기색을 느끼자 급히 말을 이었다.

"들어보면 구미가 당길 게요. 내 장담하지."

그리고 진지한 표정으로 말을 이었다.

"석가장의 배후를 알고 있소. 지금 화기 때문에 석가장 주변이 떠들썩하다지요? 아마도 그들을 조사하다 보면 그것도 연관되어 있겠지요."

"……."

"어떻소? 궁금하지 않소? 그들이 대체 누구인지 막 흥분되지……."

"팽가 아닌가."

"헉!"

소위건은 헛기침을 하며 눈이 휘둥그레졌다.

어찌나 놀랐는지 완전히 모든 신체가 경직된 채로 미동조차 하지 않았다.

"돈 되는 정보는 아니군. 그럼."

광휘가 미련 없이 뒤돌아섰다.

소위건은 여전히 당황한 눈으로 멍하니 있다 광휘가 멀어지려 하자 급히 그를 불렀다.

"혀, 형장. 멈추시오! 아직 할 얘기가 남았소."

다행히 그 말에 광휘가 걸음을 멈췄다.

그러자 소위건은 재차 말을 이었다.

"그럼 나를 이렇게 만든 자들을 아시오? 죽립을 쓰고 움직이는 여섯 무사들이었소. 하나같이 뛰어났고 매서웠지."

"……."

광휘는 흥미가 일었는지 천천히 뒤돌아섰다.

소위건은 이것이 자신의 마지막 기회라 생각하며 자신이 겪었던 얘기를 털어놓았다.

갑자기 나타난 여섯 명의 죽립 무사들에 관해.

한참 동안 듣던 광휘가 마지못한 표정으로 고개를 끄덕였다.

"참고할 정돈 되는군."

"참고가 아니오. 미리 알고 있으면 대비할 수 있는 매우 귀중한 정보요. 해서 말인데 대협……."

소위건은 슬며시 광휘를 바라봤다.

그에겐 지금 꺼낼 말이 무엇보다 중요한지 광휘의 눈치를 더욱 신중히 살피다 말을 이었다.

"돈 좀 있소?"

"……."

"……."

"……."

第十章

팽가의 방문

이레가 지난 이른 아침.

황 노인은 아침 일찍 외원 밖에 나와 주변 정리를 하고 있었다.

오늘 장씨세가로 올 귀한 손님을 맞기 위함이었다.

"거기 나무 좀 손질하고… 그래, 거기. 학(鶴)아, 너는 길목을 다시 한번 쓸거라."

"예, 어르신."

황 노인의 말에 대여섯 명의 하인들은 일사천리로 움직였다.

그렇게 일각이 지났을 때쯤.

깔끔하게 정리된 외원 입구를 보며 굳어 있던 황 노인의 표정이 그제야 펴졌다.

"이 정도면 됐겠지?"

그는 재차 주변을 살피고는 허리를 폈다.

그러고는 등을 두드리며 뒤돌아서려는데 달그락하는 소리가 저편에서 들려오기 시작했다.

힘 있는 명마 두 필과 화려한 금박 무늬의 마차.

그것을 확인한 황 노인은 마차가 멈출 때까지 기다리다 다가갔다.

끼이이익.

"오랜만에 뵙습니다, 공자님."

마차 문이 열리고 기골이 장대한 사내가 내리자 황 노인은 예를 차렸다.

사내는 황 노인을 보며 활짝 편 얼굴로 응대했다.

"황 노인, 오랜만이오."

팽가운.

팽가의 대공자인 그가 이곳까지 직접 방문한 것이다.

터억.

그리고 뒤이어 한 명이 더 내렸다.

호위무사로 생각하며 시선을 옮기던 황 노인의 눈이 급격하게 커졌다.

예상치도 못했던 여인이 활짝 웃고 있었던 것이다.

"안녕하세요."

황 노인은 입을 다물지 못하고 그녀를 쳐다보았다.

뭐라 얘기가 나오지 않을 만큼 넋을 놓아버렸다.

하북 최고의 미녀, 하북 제일미라고 불리는 너무나도 유명한 팽가의 월 소저였다.

'아!'

황 노인은 곧 상념에서 빠져나오며 정신을 차렸다.

그러고는 그녀를 향해 급히 예의를 차린 뒤 말했다.

"들어가시지요. 모두 기다리고 계십니다."

*　　*　　*

장씨세가는 시끌벅적했다.

하북 제일 무가라는 팽가에서 직접 장씨세가를 찾아왔다는 얘기 때문이었다.

칠 년 전 장씨세가를 방문한 이래로 처음 있는 일이었다.

그런 상황에 팽가를 대표하는 대공자와 대공녀가 직접 왔으니 호기심과 놀라움이 클 수밖에 없었다.

그리고 세가 내에서 더욱 회자되는 것이 있었다.

바로 월 소저에 관한 얘기였다.

하북 제일의 미녀라 불리는 그녀가 모습을 드러냈으니 뭇 남성들의 마음이 흔들릴 수밖에 없었다.

그 때문인지 대전 앞은 그녀를 보기 위해 몰려온 사람들로 발 디딜 틈이 없었다.

'저 여인이구나, 그 유명한…….'

팽가를 맞이하기 위해 기다리고 있던 이 공자는 팽월을 보는 순간 시선을 빼앗겼다.

화려한 의상뿐만 아니라 그녀의 모든 것이 신경을 자극했다.

하지만 이 공자는 강한 거부감도 동시에 느꼈다.

시원하게 올라간 눈매와 눈동자.

반달처럼 생겼지만 눈꼬리가 길어 눈짓만으로도 상대를 자극하게 만들었다.

듣기로 약관의 나이 정도라고 들었는데 지나칠 정도로 완숙미가 느껴졌다.

거기다 북방 미녀의 특징인 긴 다리와 날씬한 체구는 의상으로 가리고 있어도 도드라져 보였다.

"팽가운이라 합니다."

대전 중앙에 선 팽가운이 호탕한 목소리로 예를 표했다.

자신감 있는 표정과 당당한 기개가 명가의 자식이라 불리는 데에 손색이 없을 만큼 훌륭했다.

"소녀, 팽월이라 하옵니다."

교태가 가득한 목소리가 대전 안에 있는 장로와 당주들의 시선을 사로잡았다.

팽가운과 팽월이 들어왔지만 대부분의 시선이 그녀에게로 향한 것만 보아도 알 수 있었다.

하지만 장원태는 가주다웠다.

전혀 흔들림 없는 신중한 표정으로 두 사람을 맞이했다.

"가주 장원태요. 정말 오랜만에 귀한 발걸음을 하셨소."

뒤이어 이 공자와 장련이 나섰다.

"장웅이라 합니다."

"장련이라고 해요."

그 말에 팽가운, 팽월은 그들에게 한 번 더 예의를 차렸다.

"소저, 오랜만이오."

"처음 뵙겠습니다, 공자님."

뒤이어 주요 장로들과 인사를 나눴다.

그사이 팽월은 어느 한 곳을 계속 힐끔힐끔 보더니 인사가 끝날 때쯤 그를 향해 질문을 던졌다.

"대협께서는 존함이 어찌 되시는지요?"

"묵객이라 하오."

멍하니 바라보고 있던 묵객은 짐짓 표정 관리를 하며 담담하게 말했다.

"어머, 말로만 들었는데 실물로 보게 되네요. 과연 소문처럼 눈길을 끄네요."

"소인도 뵙고 싶었소이다. 이리 보니 소저 역시, 소문이 오히려 부족하다 느낄 정도로 아름답소."

"천하의 묵객께 그런 얘길 들으니 너무나 기분이 좋네요."

그윽한 시선으로 그를 바라보자 묵객은 또다시 넋을 잃고 말았다.

"큼큼."

장원태가 기침을 할 때쯤에야, 헤벌쭉하던 그는 머리를 세차게 흔들었다.

그사이.

이번엔 팽월이 다른 사내를 바라보고 있었다.

인사를 나누지 않았던, 장련 옆에 있던 낯선 무인이었다.

"혹시 이번에 차우객잔에서 협잡질을 일삼던 흑도 고수들을 물리쳤다던 대협이신가요?"

팽월의 말에 팽가운이 고개를 돌렸다.

그 역시 이번 석가장과 장씨세가의 싸움에 대해 들은 것이 있었다.

그랬기에 관심을 보인 것이다.

한편, 그들과 다른 호기심으로 이를 바라보는 사람이 있었다.

과연 평소 목석같이 담담하던 그가 팽월이란 여인을 어떤 식으로 대할지 그 반응이 궁금해진 장련이었다.

"그렇소."

광휘의 첫 대답은 예상외로 간결했다.

그래서 그랬던 건지 팽월은 한마디 더 말을 붙였다.

"정말 대단하세요. 그리 위험한 흑도 고수들을 어떻게 쓰러뜨릴 수가 있나요? 혹시… 실례가 안 된다면 별호가 어떻게 되는지 알 수 있을까요?"

"잊었소."

이번에도 광휘는 짧게 말했다.

너무나 간소한 대답이 나오자 팽가운은 멋쩍은 미소를 지었다.

이 정도에서 그칠 법하건만 팽월은 또다시 질문을 했다.

"그럼 본명이라든지… 아니면 명호라든지요."

"호위무사요."

"네?"

"장씨세가의."
월 소저가 짐짓 당황한 표정을 내비쳤다.
의도적으로 대답을 회피한다는 느낌을 받은 것이다.
그녀뿐만 아니라 안에 있던 사람들 모두가 그랬다.
"과, 광휘란 분이오."
어찌할 바를 몰라 하던 삼 장로가 급히 말했다.
하지만 이미 난처한 얼굴로 변한 월 소저의 표정을 바꿀 수는 없었다.
'풋, 참 한결같아.'
장련은 급히 입을 틀어막으며 겨우 웃음을 참았다.
혹시나 조금 다른 반응을 보일까 했었는데, 사람을 대할 때 늘 그랬던 것처럼 똑같이 행동하고 있었다.
누구에게나 한결같은 반응.
장련은 평소 그런 반응이 못마땅했지만 왠지 이상하게 오늘은 그것이 싫지가 않았다.
"네, 반가워요. 장씨세가 호위무사님."
내색하지 않으려는지 다시금 밝아진 얼굴로 월 소저가 입을 열었다.
그런 그녀에게 광휘는 작은 묵례로 응할 뿐, 특별한 행동은 보이지 않았다.
"큼큼, 한데… 무슨 일로 이리 누추한 곳까지 오신 것이오?"
팽월의 무안함을 느낀 것인지 장원태가 화제를 급히 돌렸다.
그러자 팽가운 역시 그 장단에 맞춰 예를 표하며 입을 열었다.

“다름이 아니라 이번에 팽가에서 큰 행사가 열려 초청할 겸 하여 방문을 했습니다. 한 달 전, 팽석진(彭石進) 장로가 조정에서 큰 공을 세워 당상관으로 승진하였습니다. 그런 의미로 장씨세가 내외분을 초대하려고 이렇게 왔습니다. 물론 석가장 일을 현명하게 대처하신 공도 함께 나누고자 합니다.”

형부의 당상관(堂上官).

형정을 주관하는 형부의 장관인, 고위직 중의 고위직이다.

그들은 한 성의 사법과 감찰을 주관하는 안찰사(按察司)에게 명령을 내리는 직위로, 권한으로 따지면 막중할 정도의 힘을 가지고 있었다.

“흐음.”

장원태가 잠시 뜸을 들였다.

며칠 전 지부 대인의 아들이 도성에 관한 음모를 얘기하고 간 상황이다.

그런 상황에 연회 초청이란 것이 달갑게 여겨지지 않은 건 당연했다.

장로들도 같은 생각이었는지 표정이 좋지 않았다.

“알고 있습니다. 석가장의 일로 아직 마음이 편치 않으신걸요. 그럼에도 들른 것은, 사실 그런 의미가 아닌 다른 뜻이 있습니다.”

팽가운이 목소리를 낮추며 말하자 장내의 시선이 한데 모아졌다.

그의 입에서 다들 무슨 얘기가 나올지 궁금해했다.

잠시 시선을 내렸던 팽가운은 고개를 들며 입을 열었다.

"가친께서 가주님을 뵙고 싶어 하십니다. 아시겠지만 작년부터 가친께서 거동이 불편할 만큼 많이 편찮으십니다. 의원들 말로는 내년을 넘기기가 힘들다고 하는군요."

그 말에 장원태는 당황한 듯 입을 열었다.

"내년? 팽가의 가주께서 병환이 있으셨다는 말은 내 진작 들었소만 그 정도였소?"

"네, 올해부터 급속도로 나빠지셨습니다."

팽가운은 낙심한 얼굴로 고개를 숙였다.

장원태는 혼란스러웠다.

연회란 얘기를 꺼낼 때만 해도 정중히 거절하려 했었다.

담경에게 들은 바로는 장씨세가에 뻗친 암수가 팽가장에도 닿아 있다는 뜻이었으니까.

그런데 이제 보니 이건 그런 문제가 아니었다.

팽가의 가주가 아프다는 얘기를 들으니 고민이 더욱 깊어졌다.

"어쩌다가 가주께서……."

장원태는 기억하고 있었다.

한때 가세가 급속도로 기울었던 무렵, 장씨세가는 상권을 지키는 무사들도 고용하기 힘든 상황에 처했다.

그 당시 앞장서서 관과의 관계를 돈독히 하고, 분쟁이 일어날 것 같은 곳은 미연에 방지해 주며 도와준 사람이 바로 팽가의 가주가 아니었던가.

석가장의 일로 장씨세가의 상황이 악화되자 장원태가 즉각

하북팽가에 사 장로를 보내 도움을 청한 것도 이런 과거의 인연이 있기 때문이었다.

"아시겠지만 석가장 일이 조금 걸리오만……."

장원태는 걱정되는 부분을 언급했다.

장씨세가는 석가장의 재산, 상권 등 산재해 있는 문제를 하나둘씩 해결해 가고 있었지만 처리가 완전히 끝난 것은 아니었다.

거기다 석가장 잔존 세력들이 있었다.

가주와 가문의 중요 인물들이 내원을 비울시, 가장 걱정되는 것이 바로 그들이었다.

"그 점은 걱정하지 마십시오. 가주께서 자리를 비우고 계신 동안 팽가의 사람들이 그 자리를 메울 것입니다."

"…허, 팽가의 호걸들께서 본 가의 경비까지 서주신다는 말이오?"

"불편함을 알고도 저희가 청한 것입니다. 당연히 이 정도는 해야지요."

"어찌 생각하는가?"

그는 의중을 물었다.

장로들은 저마다 동의 의사를 내비쳤다.

이에 장원태는 결정을 내렸다.

"그럼 찾아뵙겠습니다. 정정하실 때는 누구보다 장씨세가에 후한 손길을 내밀어 주신 분이니까요. 연회는 언제라고 하셨습니까?"

"내달(다음 달) 초하루(첫날)에 있을 예정입니다."

"사흘 후로구려."

왠지 일이 급박하게 돌아간다는 생각을 하며 장원태는 고개를 끄덕였다.

"알겠소. 그러도록 하겠소."

대전 안의 대화는 길지 않았다.

장원태가 결정을 내리자, 팽가운과 팽월은 몇 마디 더 감사의 인사를 나누고 자리에서 일어난 것이다.

"가주, 따로 서재로 불러 좀 더 대화를 나누시는 게 좋지 않겠습니까?"

"그럴 필요까진 없네."

일 장로가 조심스레 첨언했지만 장원태는 거절했다.

팽가운은 걱정스러운 소식을 전하러 왔다.

이럴 때엔 친분을 만들겠다고 억지로 붙잡는 것보다 마음 편하게 쉬게 해주는 것이 더 좋은 법이었다.

"하지만 팽가의 대공자는 좀처럼 만나기 어려운 사람인데……."

일 장로는 못내 아쉬워했지만 장원태는 미소만 지었다. 그는 자리에서 일어나며 팽가운과 팽월에게 가볍게 읍을 해 보였다.

"혹시 장로들께서 필요한 것이나 궁금한 것이 있다면 따로 장련을 통해 말하시오. 내 장련에게는 따로 말해두었소."

그리 말하고 돌아서는 장원태를 보며, 일 장로가 감탄하며 고개를 끄덕였다.

'과연, 젊은 사람은 젊은 사람끼리 만나는 것이 더 좋지. 거기다 련 아가씨는 현명하니 말도 가려서 할 것이고.'

그렇게 다들 대전을 빠져나갔다.

"예서 뭣들 하고 있나! 일들 하지 않고!"

황 노인은 누구보다 먼저 대전 밖으로 나가 장사진처럼 죽 늘어선 사람들을 빠르게 물렸다.

혹여 불경스럽게 보일까 염려한 그의 조치였다.

* * *

"죄송하게 되었소. 석가장의 처리 문제로 내원을 비워둘 수가 없어서……."

대전 밖을 나간 장웅은 팽월과 걷기도 전에 그녀의 이해를 구했다.

장웅은 지금이 정중히 거절해야 될 때라고 판단했다.

왠지 그녀에 이끌려 자신의 실수라든지 약점이라든지 잡힐 수 있다고 판단한 것이다.

"너무해……."

팽월은 울상을 지으며 섰다.

하지만 이내 웃음을 다시 지었다. 사실 장웅보다 더 기다렸던 사람이 있었기 때문이다.

"공자님."

묵객이 나오자 그녀는 웃으며 다가갔다.

"아, 월 소저."
그녀를 본 묵객의 입이 찢어질 듯 커졌다.
설마하니 그녀가 자신을 기다리고 있을지 생각도 못 한 얼굴이었다.
"이 공자는……."
"일이 바쁘다고 하시고는 먼저 가셨어요."
"어헛, 그렇소? 하긴, 한창 바쁠 시기요. 나도 얼굴을 보기 힘들 정도니까."
잠시 뒤 둘은 그렇게 한적한 곳으로 걸어갔다.
교목을 가꾸거나 심부름을 받고 움직이던 하인들이 힐끔힐끔 쳐다볼 만큼 월 소저의 아름다움은 눈길을 사로잡게 했다.
그래서 그런지 묵객의 시선도 월 소저에게로 가 있었다.
"좋네요."
묵객이 고개를 갸웃하며 그녀를 바라봤다.
"장씨세가요. 유서 깊은 상계 집안이라서 그런지 건물들도 크고 주위 경관들도 관리가 잘되어 있잖아요."
"역시 그렇지요? 나도 처음에 왔을 땐 참으로 좋았소."
묵객은 말을 하면서도 그녀에게서 시선을 떼지 못했다.
가까이 다가가자 뚜렷하게 보이는 이목구비가 가슴을 뜨겁게 뛰게 만들었다.
거기다 걷는 모습.
여느 사람과 다르지 않게 순수하면서도 소박하게 걷는다.
그런 단순한 걸음걸이임에도 불구하고, 슬며시 손을 잡아주고 싶을 정도로 여려 보였다.
그 때문인지 어느덧 노골적으로 변한 묵객은 그녀를 뚫어지게 쳐다보고 있었다.
"후훗."
그런 그의 시선에 팽월은 웃음을 보였다.
"험험. 오늘은… 날씨가 지나치게 좋군."
순간 무안해진 묵객은 시선을 돌리며 딴청을 피웠다.
"그런데요, 공자님. 저, 궁금한 거 있어요."
"뭐든 말씀하시오. 내 모든 사실을 이실직고하리다."
"푸훗. 웃겨요."
"그렇소? 허허허."
묵객은 어색하게 웃었다. 그런 모습을 잠시 바라보던 그녀가 입을 열었다.
"공자께선 왜 이곳에 와 있는 거죠?"
"그거야……."
묵객의 대답은 첫 질문부터 막혔다.
장련을 언급하려던 그는 짐짓 눈을 껌뻑였다. 이내 난처한 표정을 지으며 그는 급히 화제를 돌렸다.
"당연히 석가장 때문이지 않겠소. 장씨세가를 명분이 아닌 힘으로 억압하려고 했으니 정파 무인이 어찌 가만히 볼 수 있겠소."
"정말요? 아… 멋져요."
"허허헛. 그렇소?"

그는 또다시 헤벌쭉 웃음을 지었다.

한 번 맞장구를 쳐주니 그는 세상을 얻은 듯 행복해 보였다.

"그럼, 앞으로는 어떻게 하실 건가요?"

"……?"

"석가장은 이미 정리가 되어버렸는데."

팽월의 두 번째 물음에 묵객은 또다시 주춤거렸다.

방각을 죽였던 화기.

그것을 건넨 원흉을 찾아야겠다는 생각을 하다 팽가의 여식인 팽월을 보자 어찌 말을 해야 할지 당황한 것이다.

계속 대답을 요구하는 눈길을 보내자 그는 알려진 사실을 거론하는 것으로 질문에 대답했다.

"정리가 되었어도 절차란 게 있지 않겠소. 석가장의 잔존 세력들이 끝나지 않은 상황이니."

"그럼, 끝나면 장씨세가를 떠나실 건가요?"

"그, 그건……."

이번에도 주춤거렸다.

방각의 죽음이 떠올랐던 것이다.

"흇… 뭐든 말하라고, 이실직고하겠다고 하시면서 제대로 대답해 주는 게 하나도 없네요."

"그렇구려. 내 어쩌다가 생각이 많아졌는지……. 사실 내가 좀 그런 면이 있기도 하오."

묵객은 벌게진 얼굴로 헛웃음을 지었다.

"기회가 되면 팽가로도 방문해 주세요. 언제고 제가 대협을 한번 모시고 싶어요."

"아! 물론이오. 불러만 주신다면 언제든 가겠소."

이번에는 묵객이 자신 있게 말했다.

그 말에 팽월의 눈이 초롱초롱한 빛을 띠었다.

"그럼 그날 오셔서 잠시 쉬다 가시는 건 어때요?"

"그날이라면……."

"사흘 뒤요."

앞서 연회를 연다던 그날을 팽월이 거론했다.

"그건 예의가 아닌 것 같소."

그 순간 묵객은 걸음을 멈추며 팽월을 바라봤다.

그러자 팽월 역시 걸음을 멈췄다.

"장씨세가 사람들은 아직 마음이 편치 않은 상태요. 석가장으로 인해 많은 사람들이 죽었고 또한 아직까지도 그 공포에서 벗어나지 못하고 있소. 큰 힘이 못 되더라도 이럴 때는 그들 옆에 있는 것이 예의라 생각하오."

"…소녀가 생각이 짧았군요."

그녀는 급히 사과를 했다.

묵객은 재차 고개를 저었다.

"아니오. 괜히 협의를 논하는 척하지만 실은 있어 보이기 위해서 한 말이니 이해하시오."

묵객과 팽월은 다시 걷기 시작했다.

내원 안의 좋은 경관이 계속 이어져 둘의 마음은 더욱 들떴다.

"말씀하시는 걸 보니 이것 하나는 알겠네요."

알 수 없는 모호한 말에 묵객의 시선이 그녀에게로 향했다.
“영웅호색은 아니라는 것?”
“허어, 그게 무슨……?”
“좋아하는 사람이 이곳에 있죠?”
묵객은 굳었다. 농담으로 받아치려다가 일순 정곡을 찔린 것이다.
“봐요. 이렇게 놀라잖아요.”
팽월은 배시시 눈을 가늘게 뜨고 웃었다.
묵객은 험험 하고 목을 가다듬다가 기어들어 가는 목소리로 간신히 말했다.
“어떻게 아셨소?”
“느낌이죠, 여자들만의.”
“허어, 대단하구려.”
묵객은 순순히 인정했다.
팽월이 눈부시게 아름답고 사내의 시선을 끄는 여인인 것은 사실이지만, 단지 그것일 뿐 그가 마음에 둔 여인은 이미 따로 있었다.
“의외네요. 강호의 소문으로는…….”
“소문도 틀리지 않소.”
“……?”
“하나, 이제부터는 좀 다르게 살까 하오. 평생 이렇게 떠돌아 다니며 살 순 없지 않겠소. 물론 옆의 미꾸라지 한 마리부터 처리하고 난 뒤에나…….”

"미꾸라지요?"

"아, 그게……."

순간 묵객은 자신의 실수를 깨닫고는 머리를 긁적였다.

"뭐, 그렇다는 거요."

팽월은 살짝 눈을 가늘게 떴지만, 곧 묵객이 원하는 대로 화제를 돌렸다.

"한 가지 묻죠. 그럼 소녀가 공자님을 보고 싶으면 장씨세가에 와도 될까요?"

"나를 말이오?"

"그래요."

그 말에 묵객은 고개를 갸웃거리다 이내 고개를 끄덕였다.

"언제든지 환영하겠소."

* * *

팽가운은 대전을 나온 뒤 장련과 함께 한정당으로 향했다.

광휘는 그런 그들에게서 몇 발자국 뒤로 물러서서 묵묵히 따라 걸었다.

"그간 마음고생이 많았겠소."

한정당에 들어서자 조용히 침묵을 지키던 팽가운이 입을 열었다.

"의도는 아니었지만 상황이 난처하게 흐른 것에 대한 사과를 하고 싶소. 세가의 이 공자가 납치된 사건도 그렇고… 아버님대에서는 서로 도움을 주고받았거늘, 본 공자는 오히려 귀 세가에 폐를 끼친 기분이오. 장련 소저를 볼 낯이 없소."

팽가운의 머쓱한 얼굴에 장련은 밝은 얼굴로 대답했다.

"너무 신경 쓰지 마세요. 우리가 사는 강호가 그렇잖아요. 공자께서 처하신 입장도 이해하고 있어요."

"허."

팽가운은 가볍게 놀랐다.

장련에게 말을 꺼낼 때는 약간의 원망도 각오했다. 그런데 예상외로 반듯한 대답이 나왔다.

무엇보다 그녀의 입에서 강호란 말이 나올 줄은 생각도 못했다.

"강해지셨구려."

"그래 보이나요?"

"그렇소."

"다행이네요. 노력하고 있는 중인데……."

장련이 싱긋 웃자 팽가운은 그제야 미소를 띠었다.

'사람을 편안하게 만들어주는 사람이군.'

장웅이 납치된 일에 대해서는 그 자신이 누구보다 많이 신경을 쓰고 있었다.

그래서 그런지 장씨세가에 들어설 때부터 드문드문 답답함을 느꼈었다.

솔직히 사과를 하고 싶었지만 그는 오대세가의 대공자다.

그리고 얼마 후에는 가주가 될 사람이다.

그런 이는 본인이 사과를 하고 싶어도 함부로 할 수 없는 것이다.

"그리 말해주시니 고맙소."

"별말씀을요. 그보다 팽가 공자께서는 무술 대회에 참여 안 하나요?"

"무술 대회?"

"호북(湖北)에서 열리는 것 말이에요."

이맘쯤 되면 그런 대회가 열린다.

전국 강호인들을 모아놓고 하는 무술 대회.

물론 각지에서 열리긴 하는데 그중에서 호북에서 열리는 것이 가장 큰 대회였다.

"본인은… 아직 나설 실력이 되질 않소."

"설마요. 팽 공자님이 아니면 누가 실력이 되겠어요. 최근에 강호를 이끌 일곱 명의 후기지수 중 한 명으로 거론되셨잖아요."

"아직 많이 부족하오. 특히 대사형에 비하면……."

"아, 그분 말인가요. 팽가의 별이라는?"

팽가에는 두 개의 별이 있다고 알려져 있었다.

팽오운(彭五雲). 팽주환(彭州換).

두 명 다 백대고수이며 그중 한 명은 오수(五秀)라는 칭호가 붙어 있다.

오수는 오대세가의 최고 실력자를 가리킨다.

"노력은 하는데 쉽지 않구려. 원체 실력이 있으신 분들이지 않소."

"잘되실 거예요. 정말로요."

팽가운은 잠시 장련을 바라보았다.

자신이 알던 연약한 그녀가 아니었다.

물론 어릴 때 본 기억만으로 판단하진 않았지만, 적어도 그때와 지금은 완전히 달라 보였다.

겁에 질린 모습을 생각해 왔는데.

오히려 자신이 위로받고 있지 않은가.

"제 얼굴에 뭐가 묻었나요?"

"아, 아니오."

빤히 쳐다보던 팽가운은 순간 당황한 표정을 지으며 고개를 돌렸다.

그러고는 뒤따라오던 광휘를 슥 바라보더니 말을 걸었다.

"한데, 장씨세가 호위무사. 그대는 정말 별호가 없소?"

광휘가 걸음을 멈추며 그를 바라봤다.

무슨 말이라도 할 법했지만 광휘는 그저 그를 빤히 쳐다볼 뿐이었다.

팽가운은 살짝 얼굴을 찌푸렸지만, 다시 길을 걷기 시작했다.

그리고 조금 분위기가 가라앉자 장련을 향해 말을 걸었다.

"한데 장련 소저, 본가로 돌아가기 전 내 부탁이 하나 있는데 들어줄 수 있겠소?"

"부탁? 뭔가요?"

장련은 고개를 갸웃거리며 그를 바라봤다.

"술 한잔하시겠소?"

"네?"

"가볍게, 가볍게 한잔했으면 하오."

"……."

* * *

한정당 인공 호수가 보이는 정자 위에 급히 술상이 차려졌다.

잠시 뒤 준비를 마친 하인들이 빠졌고 팽가운과 장련은 정자에 마주 보며 앉았다.

"경관이 참 좋소."

팽가운이 한정당 주위를 둘러보며 먼저 운을 뗐다.

여유로운 미소가 그의 얼굴에 감돌고 있었다.

"춥지 않으세요?"

장련은 걱정스럽게 물었다.

두꺼운 장포를 입은 자신과 달리 그는 외의를 걸치지 않은 상태였다.

초겨울에 들어선 날씨답게 쌀쌀했지만 그가 추위를 타는 기색은 없었다.

"팽가는 장씨세가와 같은 하북이라지만 날씨는 이곳과 조금 다르오. 우선 팽가는 지대가 높소. 지대가 높은 만큼 추위도 매섭다오. 이 정도는 추위도 아니오."

하북은 넓다.

팽가는 하북 내에서도 북쪽에 자리 잡고 있었다.

같은 하북이지만 장씨세가와 날씨 차이가 나는 것은 그 때문이다.

"그래서 무골(武骨)이 많은 거군요."

"그것도 하나의 이유지요."

유독 팽가에 무골이 많이 태어나는 것도 그런 영향을 빼놓을 수 없었다.

지대가 높은 만큼 추위를 견디는 데 능했다.

그리고 산악지대이기에 짐승들의 출몰도 잦았고, 그런 동물들을 잡거나 피하려면 신체 조건도 좋아야 했다.

또르르륵.

팽가운은 자신의 잔에 술을 채웠다. 그러고는 곧장 잔을 들어 입에 털어 넣고는 말했다.

"사실 이렇게 밖으로 나오는 것도 오랜만이오. 일전에 황가 쪽에 볼일이 있어 나온 일 말고는 주로 본가에만 머물러 있소."

"아, 그때 황가 쪽 사람 말인가요."

장련은 몇 달 전 차화산에 잠시 머물던 팽가운을 기억했다.

황 노인에게 듣기론 당시 그는 황가영이란 여인과 같이 있었다고 했다.

"그런데 그때 가영 소저와는 어떻게 만나게 되신 거예요?"

"말하자면 좀 기오. 하지만 남들이 생각하는 그런 일은 아니었소. 별다른 감정의 교류가 없었다는 말이오."

"왜요? 그분도 뛰어난 미인으로 알려져 있잖아요."

"미모야 월이 때문인지 여인을 대할 때 그다지 중요한 덕목으로 여기진 않소. 그리고 본인이 그 여인을 맘에 들어 하지 않는 결정적인 이유가 있소."

"어떤……."

"말이 너무 많아."

"풋."

장련은 터진 웃음에 급히 고개를 숙였다.

예상치 못한 얘기라서 그런지 더욱 참기가 힘들었다.

"왜 그러시오? 난 진지하오."

팽가운은 그런 장련을 보며 눈에 힘을 주었다.

그럴수록 장련은 웃음을 참기가 힘든지 고개를 절레절레 흔들었다.

담소가 이어지자 점차 분위기가 무르익었다.

그런 와중에도 장련은 술을 마시지 않았다.

팽가운도 그런 그녀를 향해 술을 마시라 권유하지 않았다.

"날도 좋은데 한 가지 제안을 해도 되겠소?"

잠시 인공 호수를 바라보던 팽가운이 시선을 장련에게 돌렸다.

"네, 그럼요."

"좋소. 그럼 한 번씩 서로 궁금한 것을 물어보기로 합시다. 묻는 사람에게 답변할 때는 진실만을 말해야 합니다. 그리고……."

팽가운이 눈을 좀 더 크게 뜨며 말했다.

"만약 대답을 못 하는 자는 술을 마시는 것으로요."

장련은 비어 있는 자신의 술잔을 바라보았다.

이내 장련은 흔쾌히 동의했다.

"좋아요. 대신 정말 진실만을 말하기로 해요."

"팽가의 이름을 걸고 약속하리다."

그녀는 마다할 이유가 없었다.

그간 팽가에게 궁금한 것이 너무나 많았기 때문이다.

한데, 마침 그에게 궁금한 것을 질문할 수 있는 기회가 생겼다.

"첫 질문을 내가 하겠소."

"좋아요."

장련은 잔뜩 기대 어린 시선으로 그를 바라보았다.

"소저는 어떤 남자를 좋아하시오?"

"예?"

장련은 눈을 껌뻑였다.

전혀 예상치 못한 질문을 그가 던진 것이다.

팽가운은 장련이 멍한 표정으로 자신을 바라보자 느릿하게 대답했다.

"대답을 하지 않으시려면 한 잔 드시오."

"흐음."

장련은 미간을 찌푸렸다.

잠시 고민을 하던 그녀는 이내 술을 따라 한 잔 마셨다.

"푸아."

장련은 술이 쓴지 인상을 잔뜩 구겨댔다.

'귀엽구나.'

그런 장련을 바라보던 팽가운은 미소를 지었다.

좋아하는 남자를 묻는 아주 단순한 질문이다.

그럼에도 대답을 하지 않고 술을 마시는 그 모습이 왠지 순수해 보였다.

"그럼 이번엔 제 차례네요."

팽가운은 슬며시 미소를 띠며 고개를 끄덕였다.

"말씀하시오."

"앞으로 팽가에선 장씨세가와 마찰 없이 지낼 생각인가요?"

"당연히 그렇소. 장씨세가와 마찰 없이 돈독히 지낼 생각이오."

"정말로요?"

"그렇소."

너무나 간단하게 대답하자 장련은 눈을 껌벅였다.

그러다 다시 밝아졌다.

술을 못 마시게 한 건 아쉽지만 왠지 지금 그의 말은 그녀를 기분 좋게 만들었다.

장씨세가와 싸울 생각이 없다는 의중을 팽가의 대공자가 직접 말한 것이기 때문이다.

"그럼 이번엔 나요."

팽가운은 입을 열었다.

"혹시 장련 소저 맘에 품고 있는 연정이 있소?"

장련은 얼굴이 점차 붉어졌다.

그러고는 시선을 이리저리 옮기더니 술을 따라 급히 한 잔 들이켰다.

"푸아."

"허허허."

팽가운은 고개를 저었다.

설마하니 이번에도 술을 마실 줄은 생각지 못한 얼굴이었다.

"좋아요. 그럼 이젠 또 소녀가 여쭐게요. 만약에 팽가와 장씨 세가가 마찰이 일어난다면 팽가운 공자님이 직접 나서서 중재해 주실 수 있나요?"

"흐음."

그 말에 팽가운이 잠시 대답을 미루었다.

그 뒤 팔짱을 끼며 뭔가 고민에 잠긴 듯 인상을 썼다.

"한 잔 드세요. 후후후."

장련은 예상했다는 듯 말을 이었다.

석가장 뒤에 있는 자들이 하북팽가라 의심되는 상황.

그런 상황에서 팽가운이 자신의 질문에 답변을 해줄 거라 생각지 않고 있었다.

그런데…….

"그러겠소."

"네?"

"그러겠다고 말이오."

"아……."

장련은 귀를 의심했다. 설마하니 정말로 그가 대답을 할 거라곤 전혀 예상하지 못했다.

"정말로요?"

"장부는 일구이언하지 않소."

"아……."

진심인 것 같았다.

거짓말일지도 모르지만 장련의 눈엔 그가 그런 사람으로 보이지 않았다.

"그럼 이번엔 내가 묻겠소."

술병을 든 팽가운이 갑자기 몸을 일으켰다. 그러곤 장련의 술잔을 가득 채우기 시작했다.

쪼르르륵.

술잔에 술이 다 차자 그가 자리에 앉고는 장련을 응시하며 말했다.

"나는 어떻소?"

"……?"

"남자로서 말이오."

"……!"

장련은 잠시 멍하니 그를 바라봤다.

바보도 아니고 이 정도로 노골적으로 묻는데 그 의미를 모를 수가 없었다.

이제껏 흔들림 없이 정면으로 직시해 오던 그의 눈길이 갑자기 의식되기 시작했다.

장련은 이내 바닥으로 시선을 내리고 잔을 잡고는 천천히 들어 올렸다.

덜덜덜.

하지만 갑작스러운 상대의 고백에 두근거렸기 때문인지, 먼저 마신 두 잔의 술 때문인지 제대로 잡지 못했다.

손가락 틈 사이로 술이 천천히 흘러내렸다.
스윽.
그녀가 술잔을 잡지 못하자 팽가운은 다시 몸을 일으켰다.
과하다 싶어 그만하게 하려 한 것이다.
하지만 그보다 더 빠르게 움직이는 자가 있었다.
터억.
뒤에서 누군가 그녀의 술잔을 가로챘던 것이다.
"무사님."
말없이 침묵하던 광휘였다.
벌컥!
그는 아무런 대화도 없이 들고 있던 술잔을 단번에 입에 털어 넣었다.
탁.
그러고는 곧장 상 위에 올려놓았다.
"사내로군."
짧은 순간 당황한 얼굴로 변하던 팽가운이 이내 미소를 흘렸다.
갑자기 끼어든 불청객이었지만 그는 기분이 상하지 않았다.
그는 짐짓 장련의 붉어진 얼굴을 한 번 쳐다본 후, 광휘를 향해 말을 이었다.
"그럼 호위무사, 당신이 말해보시오."
"……."
"그대가 장련 소저를 대신해 마셨으니 질문을 받아주겠소?"

"무사님, 저분은……."

그 말에 장련은 고개를 저었다.

그의 성격상 이런 것에 나서지 않는다는 걸 알았기 때문이다.

"물어도 된다 하니 그럼 묻지."

하지만 장련은 곧 놀랄 수밖에 없었다.

이제껏 침묵을 지키던 광휘가 기다렸다는 듯 입을 연 것이다.

"소위건은 왜 죽였나?"

第十一章
암기 제작

"소위건이라면… 차우객잔에서 출몰한 흑도 놈을 말하는 건가?"

표정이 잠시 굳어지던 팽가운이 운을 뗐다.

갑작스러운 하대와 거친 말투 때문인지 꽤 오랫동안 침묵하다 입을 연 것이다.

"그건 당신이 더 잘 알 테지."

"뭐?"

또다시 광휘의 적대적인 말투가 이어지자 팽가운의 눈길이 다시 매섭게 변했다.

광휘는 그런 그의 시선을 담담히 받아내고 있었다.

"무사님."

분위기가 급속히 얼어붙자 장련이 광휘를 불렀다.
그런 말을 꺼낸 이유를 듣고 싶었기 때문이었다.
하지만 그녀의 물음에 광휘는 대답하지 않았다.
그사이 팽가운이 입을 열었다.
"내가 더 잘 안다니? 대체 자네는 무슨 말을 하고 있는 건가?"
"공자님."
장련이 이번엔 팽가운을 불렀다.
하지만 그 역시 그녀의 부름에 대답하지 않았다.
그저 신경이 곤두선 상태로 그들은 한참 동안 서로를 응시할 뿐이었다.
쉬이이잉.
동쪽에서 불어온 바람에 광휘의 장포가 펄럭이던 순간이었다.
"허허허."
팽가운이 너털웃음을 터뜨리며 정적을 깼다.
하지만 웃고 있는 그의 표정은 어딘가 매우 불편해 보였다.
마치 누군가를 의식해 감정을 억누르려는 듯한, 그런 느낌을 자아내고 있었다.
"아무래도 오늘은 여기까지 해야겠소, 장련 소저."
그는 고개를 절레절레 흔들다 장련을 향해 말을 이었다.
"공자님……."
"사흘 뒤, 본 가로 오시면 직접 마중 나가겠소."
"……."
"그럼 그때 보십시다."

장련이 무슨 말이라도 건네려고 했지만 그는 곧장 자리에서 일어섰다.

그러고는 정자를 내려갔다.

"가만."

팽가운이 걸음을 멈췄다. 뭔가 문득 생각이 났는지 그는 광휘를 향해 고개를 돌렸다.

"생각해 보니 자네의 말엔 모순이 있군. 그대 말대로라면 소위건을 누군가 죽였고 그로 인해 날 의심하게 되었다는 것인데… 소위건을 살려준 건 정작 자네가 아닌가?"

"……."

"그럼 가장 유력한 사람은 자네이니 스스로를 먼저 돌아봐야지. 마치 도둑이 제 발 저리는 것처럼 남부터 의심할 게 아니라!"

마지막 한마디는 호통에 가까웠다.

마치 이제껏 참았던 앙금을 모두 쏟아내듯 격한 소리였다.

"……?"

광휘는 눈썹을 꿈틀대며 한층 더 집요한 눈길로 그를 바라보았다.

얼굴을 파르르 떨던 팽가운은 휙 뒤돌아 정자를 빠져나갔다.

"……."

공터엔 침묵이 흘렀다.

인공 호수의 물소리와 고요함만이 자리 잡은 것이다.

꽤 침묵이 이어질 때쯤 장련이 입을 열었다.

"왜 그런 말을 하셨어요?"

화를 낼 것처럼 보이던 그녀는 의외로 차분했다.

팽가의 대공자라는 중요한 손님의 기분을 상하게 해서 내보냈는데도 말이다.

광휘는 포권을 하며 사과했다.

"소저껜 미안하게 되었소."

"아뇨, 사과하실 필요 없어요. 무사님께서 그리 하셨다면 분명 그만한 이유가 있을 거예요."

"……."

"무사님은 그런 분이니까요. 그렇죠?"

장련이 나긋한 목소리로 말을 이었다.

그녀의 눈빛과 목소리는 여느 때와 달리 한층 더 진지하게 변해 있었다.

"아직은 단순한 심증뿐이오. 밝혀진 증거도 없소."

그녀의 신뢰 어린 눈빛을 바라보던 광휘가 말을 이었다.

"하나, 내 생각이 맞다면 팽가의 사람들과는 가까이하지 않는 게 좋겠소."

"……."

"장씨세가에 곧 위기가 찾아올 것 같아서 하는 말이오. 석가장 때와는 비교도 할 수 없을 만큼."

* * *

팽가운과 팽월은 사람들 예상보다 더욱 빨리 장씨세가를 떠났다.

그들이 장씨세가를 떠날 때 본가의 장로와 당주들이 모두 마중 나가며 응대해 주었다.

그리고 늘 그랬던 것처럼 각자의 맡은 일에 열중하기 시작했다.

깡! 깡! 깡!

늦은 오후.

장씨세가 외원 남쪽에 자리한 철방(鐵防)은 늘 그렇듯 망치질 소리로 시끄러웠다.

장씨세가의 유일한 대장간인 이곳에서 모든 철제도구들이 탄생한다.

한 가지 아쉬운 부분이라면, 그것들이 병기가 아닌 대부분 농기구란 사실이지만.

"거, 내가 이렇게 하지 말라고 하지 않았나!"

주변을 어슬렁거리던 장년인 한 명이 청년 앞으로 다가가 다그치듯 말했다.

구양범(歐陽範)이란 자로 이곳 철방을 십 년째 관리해 오는 사람이었다.

"거, 목탄을 더 넣은 다음에 땜질을 해야지."

담금질을 할 때엔 온도가 중요하다.

하여 목탄의 양을 조절해 적당한 온도를 맞춘 뒤 쇠를 꺼내야 한다.

그런데 청년은 대충 눈짐작으로 넣고는 담금질을 해댄 것이다.

"죄송합니다. 다시 하겠습니다."

청년은 목탄을 화로로 밀어 넣었다.

그런 그를 보던 장년인은 혀를 차고는 다른 곳으로 이동했다.

"힘을 더 줘야지! 이봐, 이봐. 날이 평평하지도 않잖아. 결을 봐. 이렇게 굳으면 숫돌도 못 갈게 된다고. 재료가 남아도는가?"

이번엔 망치질을 하고 있는 사내를 붙잡고 한 소리를 했다.

인상 좋은 사내는 머쓱한 표정으로 고개를 숙였다.

"신경 쓰겠습니다."

"허 거참. 쯧쯧. 매일 이렇게 얘기하는데도 제대로 듣질 못하니 원."

구양범은 형편없다는 듯 눈을 찌푸리며 고개를 돌렸다. 뜨거운 불길 때문인지 옆에만 있어도 몸이 축축해졌다.

"내가 보기엔 잘하고 있구먼."

"응?"

구양범은 불쑥 끼어드는 목소리에 옆을 바라보았다.

그곳엔 이름 모를 중년인이 조금 전 자신이 꾸지람을 주었던 사내 옆에 서서 팔짱을 낀 채 내려다보고 있었다.

"앞으로 그렇게 하게. 자네 나이 때 이 정도면 훌륭하네. 물론 가급적이면 좀 더 담금질에 신경을 쓰고."

"귀하는 뉘시오?"

구양범은 짐짓 경계를 하며 중년인을 향해 물었다.

"손님이오."

"허."

구양범이 어이없다는 듯 실소를 흘리다 진지한 어조로 말했다.
"어디서 대장간 좀 차렸나 본데, 이보시오. 지금 이 청년이 무엇을 실수한지 아시오?"
"그럼 당신은 이 청년이 왜 실수를 한 건지는 알고 있소?"
"뭐요?"
구양범은 눈을 껌뻑였다.
갑작스러운 지적에 당황한 것이다.
"망치질이 문제가 아니라 망치가 문제요."
그 순간 중년인이 말했다.
"형태가 긴 농기구를 만들려면 적어도 망치 무게가 네 근(斤)은 되어야 형태를 바로 만들 수 있소. 한데 저 망치를 들어보시오. 척 보기에도 네 근도 나가지 않소. 이래 가지고 무슨 병기를 만들겠소."
"아……."
구양범은 어이없는 표정으로 그를 바라보았다.
망치를 들어보지도 않고 어찌 무게를 판단한단 말인가.
그래도 혹시나 싶어 사내의 망치를 들어보았다.
"어?"
그의 말이 맞았다.
무게가 생각보다 가벼웠다.
그러자 중년인의 목소리가 또다시 들려왔다.
"그리고 담금질로 쇠의 강도나 성질을 조절하려면 오랜 숙련이 필요하오. 하면 목탄 역시 중요한 법인데 그것부터 바로잡은 뒤 담금질을 가르쳐 줘야 하는 게 순서가 아니겠소?"
"그, 그건……."
중년인이 자신의 말도 지적하자 구양범은 당황했다.
이름 모를 중년인의 표정에 뭔가 비범함이 담겨 있다고 느낀 것이다.
수군수군.
그의 반응과 달리 지켜보던 청년들의 반응은 뜨거웠다.
난데없이 나타난 한 사내가 매일 잔소리와 지적만을 해대던 구양범을 이론으로 단번에 눌러 버린 것이다.
"이보시게! 지금……."
그리고 뭐라고 한마디를 내뱉으려고 할 때였다.
"구 노인, 정말 오랜만이오. 잘 계셨소?"
옆쪽에서 청년이 환한 웃음을 지으며 걸어오고 있었다.
"아, 이 공자님. 여긴 어인 일로."
구양범의 머리가 숙여졌다.
"부탁을 할 것이 있어서 말이오."
"말씀만 하십시오."
"오늘 하루, 여기 철방을 좀 빌립시다."
"예? 이곳을요?"
"그렇소."
장웅의 말에 구양범은 잠시 머뭇거리다 고개를 끄덕였다.
"예, 그러십시오. 한데, 무슨 일인지 여쭈어도 되겠습니까?"
"아, 이분이 만들 것이 있다고 해서요."

그 말에 구양범의 눈이 가늘어졌다.

앞서 지적한 것도 그렇고 옆에 있는 중년인에게 이미 자존심이 상한 것이다.

"이 공자님, 사실 대장간이란 것은 말입니다. 도구도 그렇지만 괜히 이상한 물건이라도 만들면 소문이 날 수 있습니다."

"그건 걱정 말게."

"……?"

"이분은 사천당문 사람일세."

"사천당문!"

"당가, 암기술의 명가!"

청년들은 저마다 한마디를 내뱉었다.

당문은 암기를 제조한다. 장병기나 단병기를 만드는 일은 상대적으로 적지만, 그렇다고 그들의 제조 실력을 의심하는 이는 아무도 없었다.

가늘고 작은 것을 만드는 작업은 크고 굵은 것을 만드는 것보다 훨씬 더 세심함을 요구하기 때문이다.

구양범은 잠시 놀란 눈으로 바라보다 고개를 숙였다.

얼굴이 붉어진 그는 더는 묻지 않고 뒤돌아섰다.

"다들 밖으로 나가거라."

그 말에 안에 있던 청년과 사내 몇 명이 철방을 나왔다.

그리고 무안해진 구양범도 급히 고개를 숙이며 그곳을 빠져나갔다.

그들이 모두 나가자 장웅이 입을 열었다.

"오늘 하루는 아무도 들이지 못하게 했습니다. 그러니 맘 편히 쓰시지요."

"고맙소."

"아닙니다. 련이가 다룰 무기를 만드는 것이 아닙니까. 당연히 해드려야지요."

명호가 장련이 쓸 암기를 만들기 위해 대장간이 필요하다고 요구하자 장웅은 흔쾌히 승낙했었다.

하여 그 길로 곧장 이곳에 왔던 것이다.

"한데 말입니다."

장웅이 명호를 보며 말했다.

"입단속 잘하라고 하셔서 더는 묻지 않으려 했는데 너무 궁금해서 말입니다."

"……?"

"광 호위의 나이가 어떻게 됩니까."

명호는 고개를 갸웃거렸다. 나이를 왜 묻는가 싶어서였다.

"그냥… 그냥 개인적인 일이지만 저에게는 나름 중요해서 말입니다."

그 순간 명호가 희미하게 웃었다.

의미를 더듬어 가다 보니 그의 속내를 짐작한 것이다.

"나보다는 나이가 적소."

"그건 당연한 것이 아닙니까?"

"무슨 소리요!"

명호가 눈에 힘을 주며 말을 이었다.

"내가 올해 서른셋이오."

이 공자는 아무 말도 하지 않았다. 그러나 내심 크게 당황했다.

명호는 아무리 봐도 마흔은 넘어 보이는 얼굴이었기 때문이다.

"그, 그렇군요. 일 보십시오. 저는 조금 잊었던 용무가 있던 터라."

"응?"

장웅은 허둥지둥 밖을 나갔다. 그 뒷모습을 보며 명호는 머리를 긁적였다.

"뭔가 매우 불쾌한 느낌이 들었는데……."

명호는 이내 상념을 접고는 주위를 둘러봤다.

그리고 목탄과 한쪽에 비치되어 있는 모루, 대갈마치 등을 점검했다.

그는 곧 두 팔을 걷었다.

"그럼 만들어볼까."

화르르르.

명호는 한쪽에 자리 잡고는 목탄을 한 움큼 쥐어 화로에 집어 던졌다.

불의 세기를 확인하며 손바닥 크기보다 조금 큰 쇠를 꺼냈다.

그가 만들 것은 비수(匕首)였다.

그것도 당가의 암기 제조법이 들어간 특수한 비수.

"망치의 무게가 계속 걸리는군."

암기는 섬세하다.

들어본 망치가 네 근 반의 무게. 암기를 만들려면 세 근 반의 무게가 가장 적정했다.

"조금 더 신경 써줘야지."

그는 주위 망치들을 한 번씩 들어본 후 가장 적당한 망치를 가져왔다.

"잘하면 나중에 국수를 먹게 될지도 모르는 일이니까."

그는 웃으며 풀무질로 쇠를 달구기 시작했다.

* * *

"내게 볼일이 있다고?"

황 노인은 광휘의 거처에 들어오며 말했다.

그는 오늘 고생한 하인들을 모아 조촐하게 음식을 나눠 먹다가 이리로 발걸음을 한 것이다.

"팽가에 대해 좀 궁금해서 말이오."

그의 말에 황 노인은 광휘의 맞은편 의자로 걸어가 자리에 앉았다.

"어떤 게 궁금한가?"

"가문의 실권을 휘두를 수 있는 인물로 어떤 이들이 있소?"

황 노인은 광휘의 말에 살짝 콧잔등을 찡그렸다.

지부 대인 아들이 다녀간 뒤로 팽가에 대한 경계심이 부쩍 높아진 상황이었다.

광휘 역시 그들이 신경 쓰이는 듯 보였다.

"팽가는 말이네."

그는 잠시 뜸을 들인 후 말을 이었다.

"가주가 쓰러지고 난 뒤 일 장로 팽인호가 실권을 틀어쥐었네. 본래 대공자가 전권을 행사해야 할 터이지만 아직 젊은 나이라 그런지 가문 내의 영향력이 크지 않은가 보네. 가주의 직계 아들은 총 세 명인데 팽가운이 가장 나이가 많은 첫째고, 그 아래로 팽우인(彭宇仁), 팽종헌(彭鐘軒)이 있네. 공녀로는 팽월이 있고, 아래에 팽사영(彭似英)이 있지."

그는 기억을 더듬으며 말을 이어갔다.

"그리고 방계 쪽 사람이지만 큰 영향력을 발휘하는 사람이 있네. 가주의 둘째 첩의 자식인 팽오운이란 자일세. 팽가운의 대사형이기도 한 그는 팽가에서 무공이 가장 뛰어나다고 알려져 있네. 셋째 첩의 자식인 팽주환도 요주의 인물일세. 무공도 강할뿐더러 팽가에 대한 자부심이 매우 대단하다더군."

"방계라……."

광휘가 말끝을 흐렸다.

황 노인의 말을 언뜻 듣기로는 직계의 힘보다 방계 쪽 힘이 더 강해 보였기 때문이다.

황 노인은 그런 광휘의 생각을 읽었는지 그 부분에 대한 설명을 이어갔다.

"자네가 의아한 부분이 뭔지 아네. 방계 쪽 사내들의 무공이 직계 쪽보다 상대적으로 뛰어나다는 것이지. 보통은 방계 쪽 사람들의 힘이 커질 기미가 보이면 세가 내에서 그들을 쫓아내는 게 수순이네. 하지만 그러지 않은 건 두 가지 이유 때문이네."

황 노인의 말에 광휘가 귀 기울였다.

"첫째로는 가주가 오래전부터 아팠다는 거네. 둘째는 가주가 자리를 비운 사이 일 장로 팽인호란 자가 실권을 틀어쥐었다는 거고."

"……."

"참고로 팽인호란 자는 방계 쪽 사람이네. 그러니 세가의 힘의 중심이 방계 쪽으로 이동할 수밖에."

그 뒤 황 노인은 몇몇의 인물들에 대해 더 말했으나 앞서 말한 인물처럼 중요한 자들은 아니었다.

대충 설명을 끝낸 뒤, 황 노인이 물었다.

"한데 무슨 일이 있는가?"

"그냥 한 번은 알아둬야 할 것 같아서 말입니다."

"혹시……."

황 노인은 운을 떼다 고개를 저었다.

광휘의 표정이 심상치 않은 것이, 왠지 섬뜩한 느낌이 든 것이다.

"아니지. 그래도 명색이 오대세가인데……."

"명분은 만드는 것이 아니겠습니까?"

그 말에 황 노인의 표정이 어두워졌다.

왠지 그 말에 많은 의미가 담겨 있다는 것을 느낀 것이다.

"자네, 정말 팽가가 그럴 것이라 보는가?"

"가능성은 있다고 봅니다."

"끄응."

황 노인은 앓는 소리를 내고 말았다.

길게 한숨을 내쉰 그가 자리에서 일어났다.

"알겠네. 정말 의심할 만한 상황이 오면 내게 귀띔해 주게. 나도 내 나름대로 준비해야 할 것들이 있으니까."

광휘가 말없이 고개를 끄덕였다.

부쩍 어두워진 황 노인은 그런 광휘를 바라보다 밖으로 나갔다.

"……."

광휘는 의자에 앉아 한동안 생각에 잠겼다.

그는 팽가 쪽 인물들을 묻기는 했지만 그들의 성품이나 성격까지 묻지는 않았다.

괜히 선입견이 들어가 판단을 그르칠 수 있다는 생각이 든 것이다.

차라리 직접 겪어본 다음에 결정하는 것이 더 나으리라고 생각했다.

어차피 조만간 모두 보게 될 테니까.

터억.

광휘는 자리에서 일어나 지도가 그려진 한쪽 벽으로 갔다.

그러고는 한 지점을 손으로 찍었다.

"위치가……."

석가장이 소유한 영역 중에 가장 문제가 될 수 있는 곳.

그들이 보유한 태영상단이었다.

장씨세가와 인접해 있었지만 팽가와도 인접해 있는 거리였다.

만약 그들이 독한 마음을 먹고 이곳을 달라고 하면 분쟁이 될 수 있는 지역이 이곳이었다.

"아냐, 팽가는 명가다. 힘으로 밀어붙이는 석가장과는 달라."

광휘는 생각했다.

그들이 대체 어떻게 나올 것인가에 대해.

분명 어떤 약점을 잡아 장씨세가를 압박할 것이다.

'장씨세가를 상대로 도모하려는 이유가 뭘까…….'

광휘는 다시 자리에 앉았다.

그는 이번엔 다른 쪽으로 시각을 돌려보았다.

소위건의 죽음을 물었을 때.

팽가운은 분명 당황한 기색이 있었다. 하지만 눈빛으로 사람의 모든 감정을 읽기란 쉽지가 않다.

심계가 깊어 다른 사람들 앞에서 태연히 거짓을 말하는 이도 있다.

명문세가에서 녹록잖은 교육을 받은 자라면 그런 것은 더할 것이다.

물론 정말로 이 일과 상관이 없는 자일 수도 있었다.

"술을……."

기억을 더듬다 장련이 기억나자 광휘는 급히 입술을 매만졌다.

정자에서 장련이 마시기 힘들어하던 술을 가로채던 순간이 기억난 것이다.

'발작은 일어나지 않았다. 완전히 치유된 건가.'

이상한 기분이다.

술을 먹고도 아무런 느낌이 없다니.

이건 마치 천중단에 들어가기 전으로 돌아간 듯한 그런 느낌이 아닌가.

"이대로만, 이대로만 있을 수 있다면… 얼마나 좋을까."

그는 불현듯 긴, 아주 긴 한숨을 내쉬었다.

* * *

그 시각.

장웅의 거처엔 장련이 함께 자리하고 있었다.

그들 역시 이번 팽가 사람들에 관한 얘기를 나누고 있는 중이었다.

"그래, 팽 공자와는 얘기를 잘 나누었느냐."

"네, 그랬었는데… 끝이 좀 안 좋았어요."

"끝이?"

장웅이 고개를 갸웃거렸다.

그러자 장련은 별일 아니라는 듯 미소를 보였다.

괜히 그 말을 하게 되면 누군가의 허물도 같이 말해야 했던 것이다.

"그런데 오라버니는 왜 팽월 소저와 만나지 않았어요?"

"그러면 안 될 것 같아서."

"네?"

"왠지 모르겠지만 다가섰다간 다칠 것 같은 느낌을 받았다.

지나치게 화장을 짙게 한 것도 그렇고."

"보통 여인들도 그 정도는 해요."

"너는 그렇게 안 하지 않느냐."

"저야 뭐, 해도 크게 다르지 않으니까……."

"후후후."

장웅은 기분 좋게 웃어 보였다.

"그런데 이번 연회 말이다."

"네, 오라버니."

"아버님께서 매우 신경을 쓰고 계신다."

"그럴 거예요. 그저 단순한 연회는 아닌 것 같아요."

"내 생각도 그러하다. 여러 이유를 들며 우리를 압박해 올 것 같구나. 일단 석가장의 문제부터 잡으려고 하겠지."

"네."

장련은 고개를 끄덕였다.

역시나 석가장의 문제가 걸렸다.

그들과의 싸움에서 승리했지만, 석가장이 소유한 것들에 대한 처분은 의외로 다를 수 있었다.

상단에서 그들이 관리하는 곳에 대한 권한을 요구할 수 있다는 말이다.

물론 그들이 이번 싸움에 개입했다고 가정할 경우에 한해서지만.

"가장 중요한 인물은 일 장로 팽인호란 자다. 팽가의 가주가 쓰러진 뒤 모든 일 처리는 그가 하고 있으니까."

"조심해야겠군요."
"항상 모호하고 예상치 못한 행동을 하는 자이니, 행동을 조심하자꾸나."
"네."
장련은 대답한 후 잠시 침묵하더니 고개를 끄덕였다.
"오라버니 말을 들으니 왠지 이해가 되네요."
"무슨 일이 있느냐?"
"제 호위무사님 말이에요. 팽가 쪽 사람들을 가까이하지 않는 게 좋다고 하셨거든요."
"정말 그리 말했더냐?"
"예."
"허어."
장웅은 잠시 시선을 바닥에 내렸다.
그리고 의아한 표정으로 한동안 생각에 잠겼다.
생각보다 문제가 복잡하게 돌아가는 듯했다.
처음 생각하길, 팽가가 화기를 석가장에 건네준 것은 어찌 되었든 싸움을 빨리 끝내기 위함인 줄 알았다.
하여 그들에게 석가장이 보유한 상단이나 영토를 내어 주는 수준에서 그칠 것이라 보았다.
그런데 지금 보니 그런 단순한 문제가 아닌 것 같았다.
"흐흠. 그래, 그가 그렇게 말했다니 팽가의 움직임이 정말로 심상치 않게 느껴지는구나."
장웅은 말을 이었다.

"너는 팽가에서 무슨 일이 일어나더라도 광 호위 옆에 붙어 있거라."

"무사님 옆에요?"

"그래, 그가 있으면 안전할 테니까. 팽가든, 누구든 간에."

장웅은 단언하듯 말을 이었다.

"그가 옆에 있다면 말이다."

* * *

사흘 뒤.

한정당 안은 장련의 고함 소리로 쩌렁쩌렁했다.

두 시진 뒤 팽가로 떠난다는 얘기에 아침부터 명호가 그녀를 불러냈던 것이다.

"좋소. 다시 한번 해봅시다."

"네!"

휘이익.

엊그제부터 돌멩이에서 나뭇가지를 던지는 수련으로 전환한 장련이었다.

장련이 날카로운 나뭇가지를 빠르게 꽂고는 재차 자세를 잡았다.

그러다 둥그런 표적지를 향해 곧 손을 움직였다.

"핫!"

피이익.

반듯하게 날아가던 나뭇가지가 표적에 정확히 들어맞았다.

이전처럼 떨림도 없이 정말 정확히 박혔다.

"또 맞혔어요!"

장련은 기뻐하며 활짝 웃었다.

명호가 고개를 끄덕였다.

"잘하셨소!"

그러고는 광휘를 향해 재차 말했다.

"봤죠? 무사님? 또 맞힌 거요?"

그녀의 눈짓에 광휘는 고개를 약간 끄덕였다.

그때 지켜보던 명호가 한 발짝 나서며 장련을 향해 말했다.

"소저, 이제 이것을 드릴 때가 왔소."

"뭘요?"

장련의 궁금증 어린 시선이 명호에게 향하는 순간 그는 자신의 가슴에 손을 집어넣었다.

그러고는 그녀 앞으로 내밀었다.

"아!"

장련은 곧장 감탄을 터뜨렸다.

너무나 영롱하게 빛나고 있는 비수 하나.

그리고 둥그런 팔찌가 그의 손 위에 올려 있었다.

"앞으로는 이것으로 수련을 하시오. 이 팔찌는 비수를 끼우는 것이오. 팔찌를 손목에 차고 이 비수를 결합한 뒤에 사용하시면 되오."

"고마워요, 사부님."

그녀는 예를 표하며 그것을 받아 들었다.

그러고는 하늘을 올려다보다 화들짝 놀라며 말했다.

"벌써 이렇게 시간이… 그럼 저는 떠날 채비를 하러 갈게요."

장련은 다시 한번 감사의 예를 표하며 한정단을 떠났다.

잠시 뒤 팔짱을 낀 채 지켜보고 있던 광휘가 입을 열었다.

"어떤가."

"평가할 것이 있겠습니까. 아직 장련 소저에게 어떠한 것도 보지 못한 상태이지 않습니까."

칭찬만을 쏟아냈던 명호의 입에서 의외의 대답이 흘러나왔다.

하지만 광휘는 이미 짐작하고 있었는지 고개를 끄덕였다.

"자네의 말대로, 표적은 움직이지."

"그렇습니다."

그는 잠시 뜸을 들이다 말을 이었다.

"하지만 그렇기에 이런 때일수록 칭찬을 많이 해줘야 합니다. 그래야 단장님이 말씀하시던 그 내기라는 것을 사용하는 모습을 볼 수 있지 않겠습니까."

명호가 가장 기대하고 있는 부분이었다.

정말로 장련이 내기를 다룰 수 있는 것인지.

이제껏 암기술에 입문한 사람들 중에서는 단 한 명도 보지 못했기 때문이다.

광휘가 시선을 길가로 돌리며 말했다.

"그건 그렇고… 자네도 가지."

"어딜 말입니까? 팽가 말입니까?"

"할 일도 없지 않은가."

"…단장님, 저 단장님이 생각하시는 것보다 훨씬 더 많은 일을 하고 있습니다."

"그럼 그때 보지."

광휘는 대답도 듣지 않고 곧장 한정당을 떠났다.

명호는 당황한 얼굴로 광휘를 바라보다 그가 보이지 않을 때쯤 머리를 긁적이며 말했다.

"팽가라… 별로 달갑지는 않은 곳인데 말이지."

*　　*　　*

"좋아, 이번에는 이렇게."

묵객은 나뭇가지를 작게 부러뜨리고는 다시금 눈앞의 표적에 집중했다.

그날 이후부터 그는 멀리 떨어진 나무를 향해 나뭇가지를 던지는 수련을 계속 하고 있었다.

패애애액.

턱!

던진 나뭇가지는 좌우로 비상하다 어느 순간 뚝 떨어지더니 목표 지점에 정확히 파고들었다.

회선표.

명호가 뒤에 가려져 있는 적을 처리할 때 쓴다고 언급했던 암기술을 너무나 완벽하게 해낸 것이다.

"이젠 마지막이다. 이것만 하면 끝나……."

하지만 묵객의 표정은 여전히 어두웠다.

아직 가장 중요한 관문이 남아 있었기 때문이다.

뚝. 뚝. 뚝. 뚝. 뚝. 뚝. 뚝. 뚝. 뚝.

그는 나뭇가지를 열 조각 넘게 부러뜨려 한 손에 나뭇조각들을 한가득 모았다.

이전 명호가 했던 방식과 똑같았다.

"그런 다음 손가락 사이에 끼우고."

묵객은 손가락 사이를 벌려 조각난 나뭇조각들을 끼웠다.

자세는 엉성했지만 그 따위는 그가 신경 쓰는 것이 아니었다.

"제길, 그놈은 삽시간에 끼웠는데… 왜 난 할 때마다 잘 안 되는 거야."

투덜거리던 그는 곧 손가락 사이에 나뭇조각들을 모두 끼워 넣었다.

'멋있게 해야 한다, 그놈보다 더 멋있게.'

묵객은 자못 진지해졌다.

그는 어느 때보다 경직된 표정으로 멀리 떨어진 나무에 시선을 고정했다.

"만천화우!"

사사사삭.

묵객이 소리치며 손을 움직였다.

그의 손을 지나 삽시간에 튀어 오른 암기들이 제각기 하늘로 비상했다.

그리고 일순간 한데 모이더니 목표했던 나무에 정확히 박혀 들어갔다.

"으하하하, 성공이다!"

성공했다.

물론 그때의 사내처럼 균형을 잃지 않고 일렬로 박혀 들어가지는 않았지만 말이다.

"그래, 일단 이렇게 비슷하게 흉내는 낸다. 그런 다음 그와 비무를 한번 하자는 거지. 그 뒤에는 아주 박살을 내버리는 거다! 그렇게 이긴 다음 이렇게 외친다."

그는 눈에 힘을 주며 상상했다.

'자리 좀 비켜주시겠소? 이왕이면 눈에 띄지 않는 곳으로 말이오!'

지난번에 크게 눌렸던 것을 고스란히 되갚아주는 상상을 하던 그는 이내 만족스럽게 웃었다.

완벽하다.

제대로 붙으면 당가 놈에게 질 리가 없으니 이보다 완벽한 계획은 없었다.

"저, 사부님……."

묵객은 등 뒤에서 들려오는 목소리에 뒤돌아보았다.

담명이 그곳에서 우두커니 서 있었다.

"너, 언제 왔느냐."

"지금 왔습니다. 그런데……."

그는 조심스럽게 물었다.

"괜찮으십니까?"

"물론 괜찮다. 아주 괜찮아."

묵객은 말을 이었다.

"그런데 무슨 일로 날 찾아왔느냐?"

"세가 사람들이 모두 기다리신답니다."

"지금?"

"네. 오늘 떠난답니다."

묵객은 잠시 눈을 껌뻑이더니 이내 표정을 일그러뜨렸다.

"제길, 지금 당장 가서 박살내 주려고 했는데! 운이 좋군."

"예?"

"아니다. 뭐 아직 시간은 많으니까."

담명에게 계속 영문 모를 말을 해대던 묵객은 고개를 끄덕이며 말을 이었다.

"가보자꾸나."

* * *

거처에 돌아와 광휘는 한동안 쓰지 않아 구석진 곳에 놓아둔 구마도와 괴구검을 챙겼다.

그러다 이상한 기분에 멈칫했다.

자신의 병기를 만지는 순간 오래 떨어져 있던 것처럼 이질감이 느껴졌기 때문이다.

장씨세가로 오기 전에는 더 오랜 시간을 손대지 않았었다.

그런데 그때보다도 지금이 더 어색하고 불편한 느낌이 들었다.

"아무쪼록… 쓸 일이 없었으면 좋겠군."

잠시 생각에 잠겼던 광휘는 등과 허리춤에 구마도와 괴구검을 걸고는 거처를 걸어 나왔다.

광휘가 외원 입구로 향할 때였다.

한동안 얼굴을 보이지 않던 사내가 저 멀리서 다가왔다.

"대협."

능자진이었다.

그는 지금까지 수련을 하다가 온 것인지 온몸이 땀으로 흥건했다.

머리카락이 젖어 있을 정도였으니 얼마나 많은 땀을 흘렸을지 짐작이 갔다.

"무슨 일이오?"

광휘가 입을 열었다.

"팽가에서 돌아오시거든 다시 한번 지도를 부탁해도 되겠습니까?"

그의 목소리에 경건함과 진심이 묻어 나왔다.

거짓 없는 간절함이 느껴졌다.

"눈앞에 벽이 하나 있는데 왠지 넘어설 기미가 보이지 않아서 말입니다. 사실 그것이 벽인지 아닌지도 잘 모르겠습니다."

광휘는 그가 어떤 상태인지 알 것 같았다.
그는 깨달음을 목전에 두고 있었다.
하지만 그 부분을 어떻게 도약해야 하는지 모르고 있었다.
"언제든지."
광휘가 짧게 말하자 능자진이 곧장 고개를 숙였다.
"감사합니다."
"그리고……."
광휘가 그를 향해 다시금 말을 이었다.
"초식을 펼칠 때 최대한 힘을 빼보시길 바라오."
"……?"
"초식은 항상 양날의 기운을 품고 있소. 때론 거칠게 몰아치는 초식도 힘을 뺄 때 위력을 발휘할 때가 있고, 부드럽게 이어지는 초식에 힘이 가득 들어가야 할 때가 있는 법이오."
능자진은 자신도 모르게 고개를 끄덕였다.
정작 적을 향해 몰아칠 때는 힘을 빼고, 부드럽게 이을 때는 힘을 주어라.
전혀 다른 시각으로 바라보는 광휘의 의중에 느끼는 바가 있었던 것이다.
"대협의 말씀, 깊이 새기겠습니다. 몸 건강히 잘 다녀오십시오."
능자진은 정중히 포권을 해왔다.
그리고 그는 그길로 자리를 벗어났다.
외원 밖으로 가는 방향이 아닌 연무장이 있는 쪽이었다.
"뛰어난 검수가 될 것 같구나."

광휘는 느꼈다.
우직함.
목표를 분명하게 세우고 정진하는 그의 노력.
능자진에게서 그런 느낌을 받았다.
잠시 주변을 서성이던 광휘는 다시금 걷기 시작했다.

장씨세가 외원에 많은 사람들이 몰려 있었다.
팽가로 가는 모습을 보기 위해 마중 나와 있는 사람들이었다.
이번에 팽가로 직접 가는 사람을 모두 아홉이었다.
가주와 장련, 장웅과 일 장로, 그리고 이 장로, 삼 장로였다.
그리고 묵객과 광휘, 명호도 있었다.
그들은 환대를 받으며 장씨세가를 떠나 팽가로 향했다.

第十二章 연회

"뭐, 정보가 없다?"

방 안에서 검을 손질하던 호군이 천천히 뒤돌아섰다.

호철은 죽립을 깊게 눌러쓴 채 고개를 숙였다.

"그렇습니다."

"개방을 통했는데도 찾지 못했다는 말이냐?"

"그건 아닙니다."

"그럼 왜, 대체 이유가 뭐냐? 천하의 개방에서 찾지 못할 이유가."

호군의 시선은 더욱 의문으로 변해갔다.

그런 그의 시선을 잠시 살피던 호철이 대답했다.

"찾아보겠다고 한 열흘 뒤, 오늘 불가(不可)하다는 통보를 해

왔습니다."

"불가?"

호군이 눈을 부라렸다.

그가 노골적으로 당황한 기색을 보일 만큼 개방의 태도는 놀라웠다.

"개방에서 불가하다니. 이 무슨 소린가. 누가, 누가 감히 그런 소릴 했다더냐."

"법개(法丐)입니다."

호군은 당황했다.

하남 총타에 머물며 전국에 널린 개방의 대소사에 직접 관여하는, 실질적인 개방의 머리.

오결 제자인 당주급보다 더 막강한 권한을 가진 그가 직접 나서서 통보를 내린 것이다.

"이유가 뭐라 하더냐. 그 정도 되는 자가 불가하다는 통보를 해왔다면 이유가 있지 않겠느냐?"

"그것 역시 묻지 말라 하셨습니다."

"허허허."

이해할 수 없는 그들의 행동에 호군은 더욱 당황했다.

처음 있는 일이다.

의뢰했던 대상의 존재를 알려주기는커녕 묻지도 말라고 한 적은.

그것도 육결 제자가 직접 나서서 이렇게까지 나올 줄은 생각도 못 한 것이다.

"흥미롭군. 매우 흥미로워. 그래, 그래야지. 그래야 재미가 있지."

잠시 당황했던 호군은 마음의 안정을 되찾았는지 다시 진열된 검을 닦기 시작했다.

사실 당황했던 조금 전에도 그는 묘한 미소를 계속 띠고 있었다.

죽립 무사가 나가고도 그 미소를 계속 머금고 있었다.

끼이익.

문 뒤에서 다시금 소리가 들려왔다.

한동안 보이지 않던 석도명이 목옥 안으로 들어온 것이다.

"가져왔습니다."

그의 얼굴에는 두려움이 가득했다.

눈앞에 있는 사내 때문이었다.

"본 장이 보유했던 땅 문서와, 상권과 관련된 증명 서류들입니다. 한번 봐주십시오."

촤라락.

그는 탁자 위에 서류를 올려놓고는 고개를 숙였다.

그렇게 조금 지났을까.

호군이 동작을 멈추고는 뒤돌아서며 말했다.

"우선 편히 앉으십시오. 좋은 얘기를 굳이 서서 하실 필요가 없지 않습니까."

"예, 감사합니다."

드르륵.

석도명은 그의 말에 따라 자리에 앉았다.

호군이 탁자 앞으로 걸어갔다.

그러고는 그곳에 엉덩이를 걸치며 서류를 훑었다.

"오호… 놀랍군요. 석가장은 지금 관에서 내려온 병사들이 주위를 감싸고 있다고 하던데 어떻게 들고 오신 겁니까?"

"저희 부자는 예전부터 중요한 서류들을 본 장이 아닌 다른 곳에 둡니다. 물론 본가에 있는 것도 많긴 하지만 그래도 제법 많은 것들을 건질 수 있습니다."

"좋습니다. 훌륭합니다."

호군의 칭찬에 몸을 떨던 석도명은 조금씩 마음을 추스를 수 있었다.

그가 살려줄지도 모른다는 생각이 든 것이다.

"그런데요."

"예엡!"

석도명이 들고 온 서류를 훑어보던 호군이 입을 떼자 석도명은 흠칫 몸을 움츠렸다.

"굳이 왜 벽력탄을 써야 했던 겁니까?"

"예? 무슨 말씀……."

"보고받기로는 석가장주가 집무실에 들어온 고수 두 명을 죽이기 위해 그랬다고 들었습니다. 하면 왜 한 명만 죽고 묵객만은 살아남을 수 있었을까… 그게 궁금해서 말입니다."

석도명은 눈을 굴렸다.

어떤 말을 해야 그의 기분이 상하지 않을지 고민에 고민을 거듭했다.

이내 생각을 정리한 석도명이 입을 열었다.

"아무래도 무공 때문인 것 같습니다. 묵객이라면 칠객이라 불리는 고수이지 않습니까. 그러니 벽력탄이 터지는 와중에도……."

"그건 아닙니다."

호군은 단호하게 말했다.

표정 또한 매우 날카로웠다.

"우린 그렇게 성능이 낮은 벽력탄을 건네 드리지 않았습니다만."

"그래도 백대고수이지 않습니까. 일류고수를 넘어서는 아주 뛰어난……."

"백대고수도."

그는 눈을 흘기며 말을 이었다.

"터지면 죽습니다."

"아!"

석도명은 급히 자신의 입을 틀어막았다.

뭔가 의미심장한 말에 겁에 질려 버린 것이다.

슥. 슥. 슥.

그사이 서류를 모두 검토한 호군이 고개를 끄덕였다.

"좋군요. 이 정도도 괜찮군요."

뒤이어 그는 탁자로 내려와 석도명과 시선을 맞췄다.

"이렇게 오셨는데 말입니다. 제가 소장주를 위한 호흡법을 하나 가르쳐 드려도 되겠습니까?"
"호흡법? 무슨……."
"수련에 도움이 되실 겁니다. 앞으로 살아가는 데도요."
석도명은 눈을 껌뻑이다 고개를 끄덕였다.
그가 좋은 것이라 하니 그러고 싶어졌다. 아니, 왠지 그래야 할 것 같았다.
"예. 배우겠습니다."
"자, 우선 천천히 숨을 들이마셔 보십시오."
호군이 석도명 뒤로 이동해 어깨를 잡았다. 그리고 한 지점을 문지르며 말을 이었다.
"후우. 후우우."
"그렇습니다. 그렇게 숨을 쉬십시오. 일단은 숨을 깊게 마시는 연습부터 해야 합니다. 더욱, 내뱉으십시오."
"후우……. 후우우……."
"그렇습니다. 그런 다음 마시십시오. 더, 더욱요."
"그렇게 말입니까? 후우. 후우우… 후우… 욱!"
숨을 깊게 들이마시던 석도명이 괴이한 소리를 내며 몸을 뒤틀었다.
자신의 목을 죄는 팔목 때문이었다.
그는 팔목을 잡아채 밀어내려 했다.
하지만 그것은 꿈쩍도 하지 않았다.
단단히 고정된 채로 그의 목줄을 틀어막고 있었던 것이다.
"조금만 참으면 됩니다……. 곧 편안해질 겁니다."

덜덜덜.

석도명의 발길질에 탁자가 흔들렸다.

동시에 그는 몸을 이리저리 뒤틀며 바들바들했다.

그러다 움직임이 천천히 느려지더니 탁자 역시 더는 움직이지 않았다.

"편히 가십시오."

석도명은 곧 축 늘어졌다.

의식 없는 흰자위가 그의 죽음을 알리고 있었다.

드르륵.

그때 문틈으로 죽립 무사 두 명이 들어왔다.

"처리해라."

호군은 옷깃을 바로잡으며 다시 벽으로 이동했다.

그러고는 한쪽에 놓인 천을 들고 털어댔다.

진열해 놓은 검을 다시 매만지기 위해서였다.

드르륵.

그때 또다시 방문이 열렸다.

"무슨 일이냐?"

호군은 뒤돌아보지 않고 말했다.

"좋은 일요."

놀랍게도 비딱한 대답이 들려왔다.

하지만 호군은 화내지 않았다.

오히려 밝아진 얼굴로 고개를 돌렸다.

"오랜만이네요, 오라버니."

그곳엔 절세의 미녀가 서 있었다.

백분 가루를 얼굴에 조금 진하게 바른 듯했지만 그것이 없었더라도 그녀는 무시하지 못할 매력을 뿜어냈을 것이다.
호군의 눈빛이 그것을 말해주고 있었다.
어떠한 수련도, 깨달음도, 치명적이며 뇌쇄적인 미(美) 앞에선 무의미했다.
사람을 끌어당기는 눈망울과 매끄럽고 반듯한 입술.
흰 피부와 여린 몸짓에서 오는 고혹적인 자태.
호군은 그런 몸짓에서 결코 거부할 수 없는 이끌림을 느끼고 있었다.
"오라버니, 계속 그렇게 빤히 보면 무안해져요."
그의 말에 자신의 실수를 깨달은 호군은 고개를 저었다.
"미안하구나. 아무리 수련을 해도 고쳐지지 않으니. 그래, 지금 왔느냐?"
"조금 전에요."
"흠."
호군의 눈매가 가늘어졌다.
석도명을 죽이던 자신의 모습을 봤다고 생각하니 거북한 느낌이 들었다.
하지만 그녀는 아무렇지 않게 자리에 앉고는 탁자 위에 놓인 서류를 훑어보았다.
석도명이 가지고 왔던 서류들이었다.

"알아봤던 것하고는 조금 다르네요. 절반은 회수하지 못했어요."

"본가에도 보관하고 있었다고 하더구나."

"뭐, 괜찮아요. 일이 틀어져서 아무것도 구해 오지 못한 것보다는 낫잖아요. 이 정도로도 명분은 충분히 확보할 수 있으니까요."

그녀가 말하는 도중에도 호군은 그녀에게서 시선을 떼지 못했다.

"오라버니, 제가 여길 왜 왔는지 아시죠?"

"잘 모르겠구나."

"거짓말, 아시면서."

그녀는 옅은 웃음을 흘리며 말을 이었다.

"비연 단주에게 들었어요. 석가장주 때문에 일을 망쳤다는 걸요."

"그렇다더구나."

"좀 답답해요. 해야 할 일도 많은데 뜻하지 않게 장씨세가가 이겼으니 더 그런 것 같아요. 빨리 끝낼 수 있는 문제를 이렇게 꼭 끌어야겠어요?"

호군은 표정을 굳히며 말했다.

"이 문제는 그리 간단한 문제가 아니다."

"왜요? 제 생각엔 간단한 문제인 것 같은데요. 장씨세가 주요 인물 몇 명만 처리하면 될 것 같은데……."

"우린 명가의 자식이다. 명분이 있을 때에만 움직이는 것이다. 거기다."

그는 그녀를 응시하며 말을 이었다.

"그 호위무사란 자는 소위건도 싸움을 피했던 자. 좀 더 신중히 움직여야 한다."

여인은 웃었다.

왠지 진실해 보이지 않는 웃음이었다.

호군의 그 생각은 정확히 들어맞았다.

"사실 그자가 두려우신 거죠?"

"사매!"

순간 반쯤 열린 문으로 죽립의 사내 한 명이 들어왔다.

하지만 여인은 전혀 기죽지 않았다.

그녀는 석도명이 가져온 서류를 가리키며 말했다.

"명분은 여기 있어요. 그런데도 오라버니는 아직까지도 명분 타령이죠. 그건 겁을 먹은 게 아닌가요? 오라버니, 제 말이 틀렸나요?"

"사매! 그만하지 못하겠……."

"그만하거라."

예상외로 호군이 다그친 건 그녀가 아닌 호철이었다.

그 모습을 본 그녀, 팽월의 표정은 진지하게 변했다.

"오늘 우리 본가로 장씨세가가 와요. 묵객은 제가 맡겠어요. 영웅호색이라 하니 요리하기가 쉬울 테죠. 그사이 오라버니는 적당한 기회를 잡아 그 호위무사를……."

그녀, 팽월은 곱게 눈을 흘기며 말했다.

"죽이세요."

*　　　*　　　*

끼이이익.

화려한 쌍두마차 두 대가 성문 앞에 멈춰 섰다.

곧 마차 문이 열렸고 화려한 복장을 한 사람들이 땅을 밟았다.

"오호."

가장 먼저 내린 묵객이 주변을 살피곤 감탄을 내뱉었다.

실로 압도당할 만큼의 거대한 문.

그 옆으로 날카롭게 깎인 산채가 길을 막고 있는 구조였다.

아무리 팽가가 하북에서 위맹을 떨치는 무림세가이고 기거하는 식솔들이 많다지만 그 인원으로 이처럼 산을 깎을 수는 없다.

그렇다면 인위적으로 만든 것이 아닌, 자연적으로 생긴 산에 성문을 지었다고 봐야 했다.

"굴곡진 언덕 일부분을 파내 외성문으로 만든 것이라네."

"그렇군요."

몇 번 팽가에 와본 적 있는 장원태가 묵객의 짐작을 확인해 주었다.

"어디서 오셨소?"

묵객과 장원태가 말을 나눌 때쯤 성문을 지키던 사내들이 그들 앞으로 다가갔다.

장원태가 한 발 나서며 말했다.

"장씨세가에서 왔소."

"장씨세가?"

"그런 세가가 있었나?"

사내의 말에 그 뒤에 있던 다른 사내가 생전 처음 듣는다는 표정으로 중얼거렸다.

그 모습에 일순간 장씨세가 사람들의 표정이 굳어졌다.

삼 장로는 특히 표정 관리가 안 될 만큼 얼굴이 일그러졌다.

"수문장님, 그분들은……."

그때 다른 무사 한 명이 급히 뛰어오며 그의 귓가에 무어라 속삭였다.

잠시 뒤 도집을 쥔 사내는 주위의 행색을 재차 훑어보기 시작했다.

화려한 의복을 입은 노인 셋.

같은 식구로 보이는 남녀 한 쌍, 그리고 잘생긴 사내와 평범한 중년인이 눈에 들어왔다.

여인 옆에 서 있는 사내에게로 시선이 향할 때쯤.

그는 눈썹을 찡그렸다.

지나치게 큰 대도와 기이하게 꺾인 검 자루 때문이었다.

"쯧쯧쯧. 참 상계 집안이란……."

그는 들릴 듯 말 듯 읊조리고는 고개를 절레절레 저으며 뒤돌아섰다.

그 뒤 뒤돌아 나가며 옆에 있는 무사를 향해 한마디를 던졌다.

"이분들을 중정(中庭)으로 안내해라."

팽가의 중정 안은 실로 거대했다.

일반적인 무림 세가라면 연무장 열 개 정도를 만들 수 있는 광활한 공간을 정원으로 만들어둔 것이다.

하앗! 하핫! 야핫!

구령에 맞춘 사내들의 함성 소리가 중정을 들썩이며 울려 퍼졌다.

중정 중앙을 중심으로 십(十)자를 그으면 네 면으로 나뉜다.

백석이 깔린 그곳에서 웃통을 벗은 수십 명의 사내들이 교관의 훈련을 받고 있었다.

"허어, 날씨가 이리 추운데도 저리 열정적이니."

한편 중정 중앙, 정자에선 스무 명에 가까운 사람들이 둘러앉아 그 모습을 지켜보고 있었다.

팽가의 사람들 외에도 전혀 다른 복장을 입은 사람들이 앉아 있었는데 연회 초청으로 미리 방문한 사람들이었다.

그들은 훈련을 하는 사내들의 모습을 누구보다 이채롭게 바라봤다.

"정말 기백 하나만은 오대세가 중 제일이라 할 만합니다. 팽가가 왜 팽가인지 알게 해주는 장관이구려."

정문을 기점으로 정자 우측에 앉은 노인이 운을 뗐다.

눈길을 끄는 고운 청의 비단.

그리고 옷섶 끝에 그려진, 화려하게 수놓인 남궁(南宮)이라는 문양은 그가 어느 세가인지 여실히 보여주고 있었다.

"과찬을. 남궁세가의 정묘함을 따라가기엔 턱없이 모자랍니다. 그러니 체력이라도 길러야 하지 않겠습니까."

안휘성(安徽省)을 전부 휘어잡고 있는 남궁세가.

그곳을 대표해서 발걸음을 한 장로 남궁백(南宮伯)의 말을 팽가운은 부드럽게 받았다.

그는 가장자리 중앙에 앉아 있었다.

"허허. 대공자께서 이 사람의 얼굴을 세워주시는구려. 언제 뵈어도 참 사려 깊은 분입니다. 그렇지 않습니까, 장로?"

남궁백은 재차 웃으며 고개를 옆으로 돌렸다.

팽가운의 좌측 의자에서 찻잔을 들던 노인은 순간 동작을 멈췄다.

그는 이내 찻잔을 내려놓더니 푸근한 웃음을 띠며 말했다.

"물론입니다. 이런 분이 우리를 이끄시니 팽가가 더 발전할 수 있는 게지요."

팽가의 일 장로인 팽인호.

가주가 쓰러진 뒤 대공자와 함께 팽가를 움직이는 노인이었다.

그가 응원의 한마디를 곁들인 것이다.

하지만 그의 칭찬에도 팽가운의 표정은 밝지 않았다. 오히려 더 불편해졌는지 시선을 다른 곳으로 돌려 버렸다.

"그런데 남궁세가의 가주께서는 본 가와 연이 깊으시니 오시리라 기대했습니다만, 초가보(草家堡)에서도 발걸음을 해주실 줄은 몰랐습니다. 무림 대회의 일로 바쁘실 줄 알았건만."

팽인호는 정자 좌편에 자리 잡은 장년인을 향해 입을 열었다.

그곳엔 세 명이 서 있었고, 한 명은 앉아 있었는데 복장이 조금 독특했다.

회색 옷깃에 흑색과 남색이 섞인 무복처럼 보였던 것이다.

"대공자께서 본 가를 친히 방문하셨으니 오는 것이 당연하지요"

초영숭(草永崇)은 미소를 지으며 말을 받았다.

그는 초가보의 일 장로로 누구보다 빨리 이곳에 참석했던 사람이었다.

초가보는 육대세가란 말이 거론될 정도로 현재 중원에서 오대세가 다음으로 가장 회자되는 세가다.

특히 초가보의 한 무인이 명실공히 백대고수라 이름을 날리면서부터 더욱 명성이 높아졌다.

'저자가 칠웅의 하나라는 초진운(草進雲)이구나.'

팽가운은 초영숭 뒤, 시선을 내리며 말없이 서 있는 사내를 바라보았다.

칠웅(七雄).

장차 중원을 이끌어갈 뛰어난 후기지수 일곱을 가리키는 말.

팽가운 자신과 함께 매번 거론되는 자이기에 왠지 더 신경 쓰였다.

초영숭이 말했다.

"그나저나 월 소저를 보니 초련(草連)을 데려오지 않은 것이 잘했다는 생각이 듭니다."

"그게 무슨 말이신가요?"

팽월이 눈을 가늘게 뜨며 초영승을 향해 물었다.

"이리 미모가 출중하시니 아무래도 좀 서로 비교가 되는 상황이 오지 않겠습니까. 허허허."

"어머, 무슨 과찬을. 초련 소저야말로 호북 제일미라는 명성이 자자하시던데 어찌 소녀를 감히 대겠어요."

"허, 그 소문은 사실 내가 낸 것이라오. 대단할 것이 없으니 그런 이름이라도 얻어보고자 말이오."

초영승의 너스레에 팽월은 웃음을 터뜨렸다. 서로서로 위명을 겸손으로 낮추며 가볍게 대화하자 분위기는 화기애애해지고 이야기는 점차로 물꼬를 터 갔다.

"아, 오셨습니까."

그러던 그때 팽인호가 갑자기 자리에서 일어섰다.

팽가운이 그런 그를 보다 흠칫했다.

꽤 많은 인원이 정자 안으로 걸어왔기 때문이다.

드르르륵.

인원들의 복장을 본 팽가운은 놀란 얼굴로 자리에서 일어섰다.

말없이 우측에 앉아 있던 팽월의 식구들도 그를 따라 황급히 일어섰다.

아니, 그뿐만이 아니었다.

남궁세가, 초가보 노인도 함께 자리에서 일어선 것이다.

"그간 잘 지내셨소?"

팽인호가 이끌어 온 선풍도골, 선인(仙人)의 풍모를 풍기는 노인이 밝은 미소와 함께 인사를 건넸다.

"바쁜데도 불구하고 지관(知觀) 진인께서 발걸음을 해주시다니, 본 가의 영광입니다."

'저분은!'

뒤이어 내려오던 팽가운의 표정이 굳어졌다.

노인의 복장에 다섯 개의 매화 꽃잎이 그려진 것을 확인한 것이다.

화산파 매화검수.

당대의 검도를 대표하는 고수가 나타나자 이목이 쏠리는 건 당연했다.

팽인호의 인사에 지관 진인은 화답했다.

"팽가에서 연회를 여니 이런 경사스러운 날에 어찌 빠질 수 있겠소. 가주께서 편찮으시다 하니 진작 위무를 드리러 왔어야 했건만."

"감사드립니다. 한데 뒤에 오신 분들은……."

"아."

노인은 아차 하며 뒤를 바라보며 말했다.

"본 파의 이대제자들이오. 검이야 좀 쓰오만 아직 우물 안 개구리들이라 하북의 오호단문도(五虎斷門刀)를 통해 견식을 넓혀 게으름이나 좀 막으려고 데려왔소."

"화산파를 대표하는 후기지수들이시군요. 반갑소이다. 본인은 팽인호라 하며 본 가의 일 장로를 맡고 있습니다. 내 집처럼 편히 있다가 가십시오."

"운월이라 합니다."

"운수라 합니다."

"운비라 합니다."

팽인호는 뒤에 있는 세 명의 사내들과 인사를 주고받았다.

그러던 그때 그들 뒤에 있던, 전혀 다른 복장의 노인이 말을 걸어왔다.

"장로, 이거 섭섭하구려. 나도 있소."

팽인호는 등 뒤로 고개를 돌렸다.

어깻죽지와 가슴 사이에서 날고 있는 새.

허리 쪽에 녹색 수실로 서른여섯 개의 봉우리와 산초를 그린 옷이었다.

"허어. 청운(靑雲) 도장께서도 걸음 하셨구려. 이거 참 먼 곳에서 어려운 걸음을 하셨소이다."

"개인적인 은혜도 있고 여러모로 신경을 써주셨으니 와야 하지 않겠소. 청성은 은혜를 결코 잊지 않으니까."

뒤이어 팽인호는 청운 도장의 소개에 따라 이대제자들과 인사를 했다.

"오라버니, 일 장로가 정말 대단하긴 하군요. 대체 언제 구대문파와 친분을 쌓았는지."

그 모습을 지켜보던 팽월은 팽가운을 보며 말했다.

"으음."

팽가운은 애써 미소를 보이고는 뒤쪽을 바라보았다.
팽가의 장로들이 저마다 고개를 끄덕이며 팽인호를 바라보고 있었다.
'당신이 원한 게 이런 것이었던가…….'
초가보와 남궁세가.
오래전부터 하북팽가와 연이 닿아 있는 곳이다.
하여 연회를 위해서 그들을 불러들이는 건 어렵지 않았다.
하지만 팽인호는 더욱 많은 사람들을 불러들였다.
대공자인 자신에게 상의도 없이 구대문파인 두 곳을 불러들인 것이다.
그게 무엇 때문인지는 명확했다.
"청성이야……."
"화산이라니……."
좌중은 조용해졌다.
수련에 몰두하던 팽가의 무인들조차 모두 동작을 멈추고 그들을 바라보는 것만 보아도 알 수 있었다.
어찌 보면 서로 간의 영향력을 과시하는 자리.
팽가운이 초가보와 남궁세가라는 큰 세력을 참석시키는 큰 일을 해냈다면, 팽인호는 그보다 훨씬 거대한 세력인 구대문파 중의 두 곳을 끌어들였다. 팽가운이 그간 한 노력과 공적은 속절없이 덮여 버리게 된 것이다.
"오, 백 장로. 남궁세가에서도 여길 왔구려."
"이거 얼마 만이지요?"

"횟수를 세기도 민망하구려. 참 오래되지 않았겠소."

청운 도장과 남궁백은 서로 인사를 나눴다.

"초가보도 오셨소이까."

"작년 무림 대회 때 뵙고 또 뵙는군요, 지관 진인."

"너무 거칠게 가르치지 마시오. 요즘 뛰어난 인재들이 전부 초가보에서 나온다는 말이 있다던데. 기세가 하늘에 뻗어 있소."

"그래도 화산파만 하겠습니까."

초영숭과 지관은 그렇게 말을 나누었다.

"허, 두 분께서 너무 정담을 나누시는군요. 우리도 좀 관심을 가져주시오."

"아, 죄송합니다. 제가 정신이 없군요."

"허허허."

그들은 정자 앞에서 서로 화목하게 웃으며 얘기를 주고받았다.

팽가의 무인들도 훈련을 멈추고 계속 그 모습을 지켜보았다.

"일단 앉으십시오. 앉아서 얘기를 하십시다. 여봐라! 뭣 하느냐! 손님이 오셨으니 어서 주안상을 차리지 않고!"

팽인호가 모두를 정자 안쪽으로 밀어 넣으며 외쳤다.

정자 끝에 대기하고 있던 하인 몇 명이 부리나케 어디론가 뛰어갔다.

그렇게 다들 자리를 잡으며 웃음꽃을 피울 때였다.

"아, 이런."

팽가운이 무거운 발걸음으로 정자 밖으로 나갔다.

조금 전 선객(先客)들이 들어온 방향으로 또 다른 손님들이

오고 있었던 것이다.

*　　　*　　　*

장원태는 정자로 걸어가던 중 불안함을 느꼈다.

그 불안감은 정자에 다가갈수록 점점 커지고 있었다.

"청성파… 남궁세가파… 초가보에. 세상에, 화산파까지!"

장련이 숨을 들이마시며 작게 비명을 질렀다.

정자에 먼저 자리 잡은 선객들의 위명이라니.

강호의 문파를 소문으로만 들은 장련조차 다리가 덜덜 떨렸다.

"하북 제일가의 연회이지 않느냐. 이 정도는 예상을 했어야지."

장웅이 오라비답게 짐짓 태연한 신색으로 여동생을 다독였다. 하지만 그런 그의 턱 근육 역시, 긴장으로 꽉 다물려 있었다.

"오셨습니까. 여정이 무탈하신 듯하여 다행입니다."

마중 나온 팽가운이 포권을 하며 말을 했다.

장원태가 고개를 끄덕였다.

"살펴주신 덕분이지요. 한데, 저희 같은 말석이 이런 자리에 참여해도 되는지 모르겠소이다."

장원태는 좌중을 둘러보며 너스레를 떨었다.

정자 안에 모여 있는 사람들.

평소라면 길에서 만나는 것만으로도 자리를 비켜줘야 할 복장들이 그를 더욱 초조하게 만들었다.

"이쪽으로 오시지요. 자리가 마련되어 있습니다."

그는 우편에 비어 있는 곳을 가리키며 정자 안으로 들어섰다.

그때였다.

"대공자, 그분들은 누구시오?"

그들끼리 얘기를 나누던 그때, 앞쪽에 앉아 있는 남궁백이 말을 걸었다.

팽가운은 잠시 망설이다 이내 소개하기 시작했다.

"장씨세가에서 오신 분들입니다."

"장씨세가?"

"장씨?"

"그런 곳도 있었소?"

그 말에 사람들은 웅성이며 말했다.

도무지 모르겠다는 생경한 얼굴에 장련과 장웅이 오히려 당황했다.

"저희는 하북 이남의……."

"아하. 그 석가장과 함께 있는 세가?"

장웅이 말할 때 초영숭이 짝 하고 손뼉을 치며 알은체를 했다.

그러자 한쪽에서 동의하듯 말을 이었다.

"어허, 생각났군. 무가 흉내를 내는 석가장, 그리고 그 옆에서 아웅다웅 다투는 장사치 가문 아닌가."

"허허허."

"크흐흠."

좌중에 몇 번의 웃음이 터지고 교차했다.
몇몇은 눈을 흘기며 웃는 사람도 있었다.
아직 자리에 앉지 못한 장씨세가 사람들의 표정이 삽시간에 굳어졌다.
상대가 워낙 거물들이라 가볍게 보이리라는 생각은 들었지만 이렇게 노골적인 언사를 던져올 줄은 생각도 못한 것이다.
"이……!"
"몸가짐을 바로 하거라. 이곳은 팽가의 자리다."
장웅이 뭐라 얘기하려 한 발 나설 때 장원태는 그를 만류했다.
그는 연회가 있다는 말에 본 가만 초빙했을 거라 생각하지 않았다.
이미 이 정도 각오는 하고 이곳에 온 것이다.
'어찌 보면 저런 반응도 이해 못 할 것도 아니지만…….'
중원 전역에서 보자면 장씨세가는 알려지지 않은, 거론조차 되어 본 적이 없는 세가였다.
그에 반해 저들은 수백 년 전부터 이미 위명을 떨친 문파와 세가들이 아닌가.
"허, 이거. 참으로……."
팽가운은 난처한 표정이 되었다.
자신이 불러들인 손님이 모욕을 받고 있는데, 모욕을 가한 이들 역시 손님이다.
그것도 팽가보다 더 위맹이 자자한 손님들이다.
그가 이러지도 저러지도 못하고 있을 때 장씨세가 일행 중에서 누군가가 그들을 향해 일침을 가했다.

"소위 명문 정파라는 분들은 원래 이리 경솔하신 게요?"

그 목소리에 사람들의 웃음소리가 뚝 하고 끊겨 버렸다.

특히나 청성파 장로는 눈살을 찌푸리다 입을 열었다.

"귀하는 누구신데 그런 말씀을 하시는 게요?"

묵객은 노인을 노려보았다.

그러곤 눈앞의 사람들을 한번 둘러보곤 눈에 힘을 주며 말했다.

"워낙 거창하신 분들이라 소인의 유명하지 않은 이름을 아실지나 모르겠소. 이 무명소졸의 성은 박, 자는 승룡이라 하오. 풍운도귀란 별호로 불리고 있소."

"……."

"……."

잠시 주변에 정적이 일었다.

웃음을 띠던 노인들은 저마다 당황스러운 눈빛을 내비쳤고 서 있던 사내들은 눈을 부릅뜨며 묵객을 바라보았다.

몇몇은 눈가에 떨림이 일 정도였다.

미공자, 단월도, 인상착의.

풍문으로 들은 것과 너무나 흡사했다.

"풍운도귀라면… 묵객?"

그러고는 잠시 뒤 저마다 한두 마디씩 내뱉기 시작했다.

"설마……."

"칠객?"

드르륵.

그리고 누군가가 일어나자, 동시에 사람들이 모두 일어나기 시작했다.

그중에 가장 먼저 발걸음을 옮겨 온 이는 화산파 매화검수 지관 진인이었다.

"실례했소이다. 친한 이들끼리 모여 허물없이 떠든 소리이니 너무 괘념치 말아주셨으면 하오."

뒤이어 청운 도장이 고개를 숙였다.

"그러게 말이오. 괜히 흥에 겨워 떠들다 보니 묵객께서 있으신 줄 모르고 실례를 범했소."

"초가보도 사과하겠소."

"남궁세가의 체면이 말이 아니구려."

모두가 한마디씩 적극적인 사과의 인사를 건넸다.

장로가 고개를 숙이자 제자들도 묵객을 향해 고개를 숙였다.

묵객은 그런 자였다.

그들의 사과는 비단 묵객의 실력만을 인정하는 것이 아니다.

칠객은 구대문파나 오대세가와 달리 스스로 협행으로 이름을 쌓은 자.

존경의 의미 역시 품고 있었던 것이다.

강호의 명문 거파의 명숙들의 사과에 묵객 역시 소홀히 대하지 못하고 정중히 읍을 하며 답례했다.

"그간 우리가 너무 무심했었구나. 이리 위명이 대단한 분이셨는데……."

장웅이 흐뭇한 눈으로 묵객을 바라보며 말했다.

"그러게요. 저희가 얼마나 귀하신 분을 모신 건지 이제 알겠어요."

그 말에 그제야 장련도 미소를 지으며 고개를 끄덕였다.

칠객이란 이름.

강호에 수많은 명성을 떨친, 모두가 인정하는 백대고수.

평소에 너무 가볍게 행동해서 잊고 있었지만, 그는 강호의 명숙들이 먼저 인사를 건네올 정도로 대단한 자였던 것이다.

"현재나 과거나 칠객의 명성은 여전하군요. 오히려 더 대단해진 것 같습니다."

괜스레 다리를 툭툭 털던 명호가 광휘 옆으로 다가와 남들은 들리지 않게 속삭였다. 광휘가 말이 없자 그는 말을 흘렸다.

"이게 다 단장님 같은 윗전들이 이룩해 놓은 명성……."

"명호."

광휘가 그의 이름을 낮게 불렀다.

"큼."

명호는 기침을 하며 다른 곳으로 시선을 돌렸다.

그러던 그때 한 여인이 자신들 쪽으로 다가옴을 느꼈다.

팽월이란 여인이었다.

"어머나, 좌중에 계신 분들이 묵객만 보고 계시군요. 하지만 여기 무사도 대단하신 분입니다."

그녀의 말에 좌중의 시선이 그녀에게 쏠렸다.

하북 제일미 팽월이 대단하다고 소개하는 인물이 보통 사람은 아니리라는 기대감을 품었던 것이다.

팽월은 그런 사람들의 시선을 받으며 말했다.

"백대고수인 소위건을 죽이신 분이니까요."

第十三章 오호단문도

"소위건?"

"혈혼삼인 중 하나라는……?"

"그 흑도 고수를 처리했다고?"

좌중의 분위기가 심상치 않았다.

소위건이란 말에 저마다 한마디씩 내뱉을 만큼 다들 그의 존재를 알고 있는 듯했다.

"네, 맞아요. 이분께서 처리하셨어요. 그렇죠, 무사님?"

팽월은 광휘를 향해 방긋 웃어 보였다.

분명 아름다운 미소였지만 광휘는 전혀 그렇게 받아들이지 않았다.

광휘가 고개를 돌려 팽가운을 바라봤을 때 그의 시선 역시 광휘를 향하고 있었다.
"정말 그렇소? 당신이 그 혈혼삼인 중 한 명이라는 흑도를 죽인 것이오?"
광휘와 팽가운의 시선이 교차될 때쯤 화산파 지관 진인이 궁금증을 참지 못하고 가장 빨리 입을 열었다.
"대답을 해보시오."
"정말 소위건을 그대가 죽인 것이오?"
차례로 초가보 초영숭이 나섰고 남궁세가 남궁백이 뒤를 이었다.
광휘는 시선을 내리며 침묵했다.
그런 행동이 더욱 더 호기심을 자극했다.
"소위건 따위가 언제 백대고수가 되었단 말이오? 그가 사파 내에서 제법 명성을 떨치긴 하나 백대고수란 말은 가당치 않는 말이오."
질문이 계속 이어지던 때에 예상치 못한 곳에서 이를 부정하는 목소리가 들렸다.
눈이 매섭게 변한 청성파 청운 도장이 끼어든 것이다.
그는 백대고수란 말에 전혀 동의하지 않는 표정을 지으며 말을 이었다.
"애당초 혈혼삼인 중에 백대고수란 인물은 한 명도 없었소. 옆에 계신 지관 진인은 매화검수가 되고도 삼 년 이후에나 백대고수라 불렸다는 것을 상기하면 이해가 갈 것이오."
그의 말에 장로들은 잠시 머뭇하더니 이내 수긍하기 시작했다.

실상 틀린 말은 아니었다.

지관 진인은 매화검수의 칭호를 받고서도 백대고수란 말을 듣는 데까지 무려 삼 년이나 걸렸다.

이 년마다 열리는 무림지회(武林支會)에 두 번이나 참석한 후에야 그 능력을 인정했을 만큼 백대고수가 주는 의미가 결코 가볍지 않은 것이다.

“나 역시 청운 도장의 말에 동의하오. 소위건이 범상치 않은 실력자란 말은 오래전부터 들었지만 백대고수에 근접한다는 얘기는 최근에야 거론되었소. 그건 단지 실력이 아니라 악명과 더불어 공포심이 자극되었기 때문에 가능했던 것이오.”

조용히 듣던 남궁백이 청운 도장의 의견에 동참했다.

그러자 팽월은 눈을 흘기며 다시 웃어 보였다.

“죄송해요, 청운 도장님. 소녀가 그만 실수를…….”

“허허허. 괜찮소, 월 소저. 백대고수란 얘길 꺼낸 건 사파 놈들을 치켜세워 주기 위함보다 앞에 계신 분이 대단하다는 걸 말씀하기 위해서가 아니겠소.”

그는 팽월을 다독이며 자리에서 일어서서 광휘를 향해 말을 이었다.

“장씨세가엔 대단한 위인들이 많구려. 혹시 형장께서는 별호가 어떻게 되시오?”

광휘에게 시선이 다시금 집중되기 시작했다.

백대고수가 아니라 하더라도 악명 높은 흑도 고수다.

그를 처리했다는 얘기에 기대감을 다들 노골적으로 드러냈다.

광휘의 행색 또한 한몫했다.
전신을 덮을 만한 대도(大刀).
괴이하게 생긴 검 자루.
그 외에도 시선을 끌기에 충분한 차림새였다.
광휘는 그들의 시선을 담담히 받고는 고개를 저었다.
"쾌도난마(快刀亂麻)라 불리었지요."
그 순간 광휘의 고개가 옆으로 획 돌아갔다.
명호가 대신 답변을 한 것이다.
"쾌도난마?"
"쾌도?"
"그런 뜻을 별호로 쓰기도 하오?"
의문스러운 목소리가 곳곳에 들려왔다.
"허허허……."
"하하하하."
곧 사방에 웃음이 터졌다.
비유적으로 쓰일 법한 쾌도난마란 말이 매우 신선하게 다가왔던 것이다.
'쾌도난마라…….'
한편 광휘의 존재를 알고 있던 이 공자는 피식 웃었다.
쾌도난마.
짧게 말하면 해결사란 뜻이다.
복잡한 문제들을 멋지게 해결하는 곳에서 쓰이는 비유적인 말이다.

과묵한 말투.

조용한 언행과 냉철한 결단에서 전혀 느낄 수 없는 단어가 아니던가.

'하긴, 과거엔 지금과 전혀 다른 사람이었을지도 몰라…….'

이 공자는 이내 고개를 끄덕이며 시선을 거두었다.

듣기만 해도 섬뜩하게 여겨지는 살수 암살단이라는 부대.

분명 자신이 생각지도 못한 심경 변화를 수없이 겪었을 테니까.

잠시 침묵이 일자 팽인호가 웃으며 말했다.

"일단은 한쪽에 앉읍시다. 그래야 대화도 하지 않겠소, 쾌도 난마라는 분도."

"하하하."

"푸훗."

팽인호의 말에 다들 또다시 웃음이 터져 나왔다.

명호 역시 함께 웃기 시작했고 뒤에 있는 묵객도 동참했다.

벌겋게 달아오른 광휘는 그런 명호를 노려볼 뿐이었다.

곧 장씨세가 사람들은 배정된 자리로 걸어갔다.

*　　*　　*

"최선의 방법이었습니다."

여전히 가지 않고 명호를 노려보는 광휘를 향해 그가 말했다.

그럼에도 광휘가 시선을 돌리지 않자 재차 입을 열었다.

"월 소저는 시선이 이쪽으로 몰리게끔 하려는 의도였습니다.

이유는 모르겠지만 소위건을 통해 뭔가 포석을 두려 했던 것처럼 들리기도 했으니까요."

이미 소위건에 관한 얘기를 들었던 명호였다.

"뭐… 결과적으로 좋게 변했습니다. 쾌도난마란 말에, 쏟아졌던 관심이 사라지지 않았습니까."

광휘는 명호에게 향한 눈빛을 천천히 거두었다.

대충 그의 의도는 짐작하고 있었다.

소위건을 죽였다는 의미, 자신 역시도 께름칙하게 들었으니까.

단지 신경 쓰였던 것은.

"그리고……."

명호는 광휘를 향해 지그시 웃음을 보였다.

"별호도 사실이긴 하고요."

광휘의 눈썹이 약간 올라갔다.

잊고 있던 옛 감정이 조금씩 떠오른 것이다.

"쓸데없는 소리 하려거든 나가라."

"아닙니다. 후훗."

광휘는 한쪽으로 이동한 장씨세가 사람들 쪽으로 걸어갔다.

입가에 미소를 짓던 명호가 고개를 저으며 광휘를 뒤따라갔다.

"슬프지만 그립기도 하구나, 그때가……."

* * *

원탁 위에는 먹을거리가 풍성하게 놓였다.

저마다 웃음꽃을 피웠고 가끔씩 서로 자리를 바꾸며 통성명을 하곤 했다.

한편 그들과 조금 떨어진 장씨세가 주위는 한산했다.

특별히 대화를 나누려고 오는 사람도 없었으며 관심을 가지며 지켜보는 사람도 없었다.

팽가도 그들과 대화하느라 장씨세가를 신경 쓰지 않는 듯했다.

"너무 실망치 말거라. 중원의 시선엔 이게 본 가의 현 위치니까."

장원태는 의연한 자세를 유지했다.

애초에 기대가 크지 않았으니 실망도 크지 않았다.

하지만 그와 달리 장로들과 장웅, 장련은 굳은 표정을 숨기지 못했다.

그들의 화기애애한 웃음소리가 계속 귓가에 맴돌았다.

'어쩔 수 없는 일이지. 중원으로 보자면 장씨세가는 석가장보다 생경한 곳이니까.'

묵객은 안타까운 마음이었지만 이해가 가는 부분이 있었다.

상계로 치면 전국에서 알아주긴 하겠지만 무가인 그들의 눈에는 전혀 고려 대상이 아닐 것이다.

드문드문 시선을 돌리는 것도 장씨세가 사람을 보기 위함이 아닌, 자신을 향한 것이었다.

그 역시도 노골적인 응대에 난처한 입장이 되었다.

"괜찮아요."

장련은 그런 묵객의 마음을 읽었는지 배시시 웃어 보였다.

묵객은 더욱 마음이 착잡했다.

그러던 그때였다.

“오늘 이 자리에 와주신 강호 명숙들께 다시 한번 감사의 인사를 드립니다.”

팽인호가 앞으로 나서며 포권하자 이리저리 엇갈리던 시선이 그곳으로 쏠렸다.

“연회에 대한 기쁨을 나누는 것도 있지만 팽가의 무공을 통해 견식을 넓히고 싶어 하는 마음도 크실 줄 압니다. 해서 귀인분들께 본 가 최고의 무공 중 하나인 오호단문도를 보여 드리고자 합니다.”

“크흐음.”

“기대됩니다.”

오호단문도란 말에 다들 호기심 어린 눈빛으로 변했다.

연회를 위한 자리도 있지만 청성파같이 수백 리가 넘는 곳에서 발걸음을 한 것은 실상 그 무공을 보기 위함이 아니던가.

“본 가를 대표하는 후기지수들도 있지만 멀리서 오신 만큼 본 가 최고의 고수를 모셔보겠습니다. 나와주시겠습니까.”

팽인호는 사람들 너머에 있는 방향으로 손가락을 가리켰다.

그의 손을 따라 시선이 일제히 뒤로 쏠렸다.

그러자 언제 그곳에 있었는지, 정자 모퉁이에서 중년인이 천천히 걸어 나왔다.

“미력하나마 팽가를 대표하게 되어 영광으로 생각합니다.”

팽오운.

명실공히 백대고수로 거론되고 있고 그 실력을 인정받은 자였다.

"오호단문도라……."

명호가 그를 보며 읊조렸다.

왠지 그의 목소리엔 친숙한 느낌이 들어 있었다.

"그간 팽가의 도법에 얼마나 발전이 있었는지 지켜볼 만하겠군요. 그렇지 않습니까, 단장님?"

광휘는 그 말에 별다른 대답이 없었다.

하지만 명호는 알 수 있었다.

어느 때보다 집중하고 있는 광휘의 모습을.

"그럼 보여보겠습니다."

때마침 중년인은 모두에게 읍을 해 보이고는 뒤돌아서 중정으로 내려갔다.

팽오운이 중정으로 내려가는 사이 연무장에 있던 팽가의 사내들이 그에게로 몰려왔다.

이후, 간격을 맞추며 좌우로 도열하자 중정 안은 웅장한 분위기로 한껏 달아올랐다.

강건한 눈빛과 당찬 기세가 마치 팽가의 자존심을 거는 듯한 모습을 보여주고 있었다.

곧 정자에 있던 사람들은 그 모습을 의미심장하게 쳐다보았다.

뚜벅뚜벅. 척.

팽오운은 정자와 사십 보 정도 떨어지고 나서야 멈췄다.

그러고는 천천히 뒤돌아서며 외쳤다.

"십 보(十步)!"

"옙!"

거대한 함성과 함께 좌우 도열해 있는 사내들이 열 걸음 물러서며 삽시간에 거리를 벌렸다.

절도 있는 동작으로 재빠르게 자세를 취했다.

휘이이잉.

팽오운은 고개를 들었다.

양쪽에 도열해 있는 수십 명의 사내들을 아우르는 기백.

조금 전 터져 나온 목소리엔 그들 모두와도 견줄 만한 당당함이 있어 모두의 눈길을 사로잡았다.

"시작하겠습니다."

포권을 하는 그를 향해 시선이 더욱 집중되었다.

스캉.

시원하게 도를 뽑아내어 사선으로 들자 담대한 기백이 위엄으로 변했다.

그의 표정도 바뀌어 있었다.

정자 위를 노려보는 그의 눈빛은 먹이를 노리는 맹수의 눈빛처럼 사납게 변해 있었던 것이다.

하북팽가 최고의 도법에 걸맞은 기세를 드러내는 순간이었다.

휘리리릭.

그가 입고 있던 장포가 도와 함께 바람에 세차게 흔들렸다.

이이이잉—

그리고 정자 위에 있던 사람들의 귓가에 묘한 음률이 퍼지기 시작했다.

"서, 설마."

묵객이 눈을 부릅뜨며 팽오운을 직시했다.

들은 것이다.

그가 손에 쥔 도(刀)에서 퍼져 나온 비음(悲音)을.

'순전히 내력만으로 저런…….'

묵객은 당황하며 주위를 둘러보았다.

경직된 표정의 각 파와 세가의 장로들.

그들도 자신과 똑같은 감정을 느끼는 듯했다.

'엄청난 고수…….'

실로 막강한 내력 앞에 묵객의 표정이 굳어졌다.

휘이이잉.

그렇게 펄럭이던 장포가 천천히 가라앉을 때였다.

씨익.

고요하게 숨을 죽이던 그가 입꼬리를 올리며 읊조렸다.

"백호도간(白虎跳澗)."

타탓.

신형이 한 번의 도약을 했는데 거의 정자에 근접할 정도로 뛰었다.

그리고는 허공을 향해 두 번을 베더니 다시금 뒤로 도약했다.

슈슈슉!

처음 있던 자리로 돌아가던 그는 몸을 완전히 뒤집은 채로 바닥을 향해 도를 휘둘렀다.

엄청난 신위를 보였긴 하나 도약하는 거리에 비해 도법은 그다지 특별하지 않은 것 같단 생각이 모두의 머릿속을 스쳤다.

촤악. 촤라라락. 촤아악.

그때였다.

갑자기 바닥에 괴이한 표식이 나타나기 시작했다.

좌우 연무장을 만들기 위해 쌓은 백석(白石)이 단순한 휘두름으로 인해 갈라진 것이다.

놀랍게도 도기(刀氣)를 사용한 것이다.

'절정의 도기야. 무려 오 장까지 뻗어 나가는…….'

묵객은 점점 얼굴이 상기되었다.

도기는 간격을 맞추고 도열해 있는 팽가의 사람들 사이로까지 움직였다.

그중에는 직선 방향이 아닌 사선 방향도 있었다.

조금만 도기를 잘못 사용해도, 혹은 한 번의 실수로 목숨이 날아갈 수 있는 극한의 위험한 상황.

그런데도 그는 아무렇지 않게 도기를 뽑아내고 있었다.

팽가의 무인들 역시 굳은 믿음 때문인지 한 치의 움직임도 보이지 않았다.

패팽. 슈슈슉!

움직임은 현란했고 눈부셨다.

하나, 그의 몸 중심으로 고요함이 흘렀고 범접할 수 없는 힘이 보였다.

줄기처럼 바닥에 퍼지는 도기들.

상승 무학으로 인한 흔적들이 바닥을 가득 메웠다.

실로 좌중을 압도했다.

"뇌경쌍로(雷驚雙路)."

오호단문도의 최상승 초식 중 하나.

팽오운의 입에서 나직한 말이 새어 나오는 순간.

그가 도를 가슴으로 떨어뜨리며 앞으로 휘두르자 뭔가 어른거리며 좌우로 갈라졌다.

"저건."

"두 갈래!"

"허어!"

그가 초식을 펼치는 순간 또다시 감탄이 터져 나왔다.

다들 본 것이다.

바닥에 인(儿)자로 보이는 글자를.

그리고 동시에 한 가지 더 알았다.

지금 그는 바닥에 어떤 글자를 그리고 있다는 것을.

촤악. 촤악.

알 수 없는 초식명을 지르며 움직이는 어느 순간, 좌측으로 도를 휘두르며 괴성을 질렀다.

"왕자사도(王字四刀)!"

좌측으로 도를 세 번 움직이던 그는 공중으로 뛰어오르더니 도를 두 손으로 잡고 바닥을 내리찍었다.

구우우웅.

순간 연무장이 들썩이듯 강한 진동이 일어났고 주위는 광풍이 몰아치듯 흔들거렸다.

도열해 있던 팽가의 사내들의 몸이 흔들릴 정도였다.

"……!"

"저건!"

청성, 화산, 남궁, 초가 할 것 없이 장로 모두가 자리에서 일어났다.

광풍이 사라지고 난 뒤 무언가를 확인했기 때문이다.

바닥엔 도기들로 만들어놓은 글자가 쓰여 있었다.

호(虎).

지금껏 도기들로 그렸던 것은 바로 호랑이(虎) 글자를 나타내기 위함이었다.

그것은 모두의 표정을 경악하게 만들었다.

'실로 엄청난 기백이다!'

묵객도 다르지 않았다.

그는 상기된 얼굴로 바닥에 꽂힌 도를 바라보고 있었다.

장씨세가의 사람들은 말문이 막혀 뭐라 표현을 하지 못할 정도였다.

"놀랍군요."

명호도 운을 뗐다.

늘 자신감이 넘치던 그의 눈빛에도 이채가 서려 있었다.

도기를 두 방향으로 펼치는 실력자.

더욱 이채를 발할 수밖에 없었다.

그에 반해 광휘는 오직 침묵을 지킬 뿐이었다.
저벅저벅.
웅성거림이 잦아들 때쯤 팽오운은 정자 안으로 들어섰다.
모두들 딱딱한 표정으로 그를 바라보았다.
"여기까지입니다."
짝짝짝.
박수가 터져 나왔다.
자부심 드센 그들이지만 지금 무위를 보곤 감탄을 안 할 수 없었다.
"대단하오."
"정말 뛰어나오."
"과연 백대고수답소."
저마다 관심이 쏟아졌다.
하지만 그들 속에서 어색한 미소를 짓고 있는 자가 있었다.
팽가운이었다.
그는 이 상황을 겸연쩍어했다.
팽인호 장로의 의도가 뻔히 보였기 때문이다.
그사이 팽오운은 시선을 돌리며 장씨세가가 있는 곳으로 걸어갔다.
팽오운이 다가오자 묵객은 긴장했다.
조금 전 무위를 보자 긴장감이 든 것이다.
"묵객께서는 어떻게 보셨는지 여쭤봐도 되겠습니까?"
팽오운이 예의를 차려 부드럽게 물어오자 묵객은 잠시 어색한 미소를 지었다.

그러더니 이내 포권을 하며 고개를 끄덕였다.

"더없이 훌륭했소."

"감사하구려."

그는 이번엔 다른 곳으로 시선을 돌렸다.

말없이 침묵을 지키는 사내를 본 것이다.

"형장께선 어떻게 보셨소?"

자연스러웠다.

애초에 그에게 묻기 위해서가 아닌 우연히 그에게 질문을 던진 것처럼.

"……."

"내가 너무 기대했었나. 하긴 요란한 병기를 든 것부터 알아봤어야 했는데……."

빈정거리는 말투와 함께 팽오운이 뒤돌아섰다.

그 모습에 불쾌한 표정으로 변한 명호가 뭔가 말하려고 할 때였다.

하지만 광휘가 더 말이 빨랐다.

"꼭 듣고 싶소?"

"……."

멈칫.

팽오운의 걸음이 멈췄다.

그러곤 천천히 뒤돌아서며 의미심장한 표정으로 말했다.

"해보시오."

광휘는 그를 응시했다.
한참을 뚫어져라 바라보던 그는 이내 입을 열었다.
"그다지 감홍은 없었소."

第十四章
있어야 할 곳

광휘의 말은 지켜보던 사람들을 단번에 충격으로 빠뜨렸다.
그의 실체를 아는 장웅조차 당황할 정도였다.
당황하지 않는 사람이라고는 오직 한 명, 명호뿐.
명호는 짐짓 근엄하게 뒤돌아서며 입을 가렸다.
광휘의 대답이 묘하게 웃음보를 자극한 것이다.
"하하하. 형장, 방금 그 말씀은 좀 지나치셨소."
정적이 이는 가운데 묵객이 애써 웃으며 광휘를 급히 불렀다.
어떻게든 수습할 수 있는 분위기를 만들려는 것이다.
'워낙 종잡을 수 없는 놈인 줄은 알았지만…….'
묵객은 조심스레 입을 열었다.
"표현이 너무 수수하지 않소? 형장이 하려 했던 말은 원래……."

"형장께서는 감흥이 없을 정도로 내 무위가 형편없었다는 말인 게요?"

묵객이 어떻게든 수습해 보려고 하던 그때 팽오운이 그의 말을 빠르게 가로챘다.

'이거 야단났군.'

묵객이 인상을 찡그리며 광휘를 바라보았다.

예상대로 단단히 화가 난 모양이다.

강호의 내로라하는 명문 정파의 시선도 곱지 않은 것으로 보아 여러모로 광휘에게 불리하게 돌아가고 있었다.

대답 여하에 따라서는 한 사람의 책임이 아닐지도 몰랐다.

'대체 무슨 생각이지? 아무 생각 없이 내뱉는 녀석은 아닌 줄 알았는데.'

묵객은 시선을 내리며 침묵하는 광휘를 향해 속으로 되뇌었다.

그간 지켜봐 온 대로라면 광휘는 이런 곳에서 실언을 할 정도의 인물은 아니었다.

다만 이 상황, 누가 보더라도 수습이 불가한 상황에 팽오운이란 사내를 납득시킬 만한 얘기가 나올 것인가.

팽오운도 팽오운이지만 특히 뒤쪽, 불쾌하게 변한 팽가 무인들의 시선들이 더욱 걱정스러웠다.

"오호단문도는……."

광휘가 입을 연 순간, 묵객은 자신도 모르게 그의 말에 집중했다.

"팽가를 대표하는 무공 중 하나로 총육십사 초식으로 이루어진 무공이오. 본래는 오십구 초식이었으나 후대에 소실되었던 무공을 발견하면서부터 육십사 초식이 되었지."

"……!"

지켜보던 사람들이 숨을 죽였다.

어느새 중정 아래에 있는 팽가 무인들의 시선도 모두 광휘를 향해 있었다.

"문제는 그때부터였소. 오십구 초식으로 연마를 하던 무인들이 후대에 밝혀진 오 초식에 대해 그다지 관심을 두지 않았다는 것이오."

광휘는 느릿느릿, 기억을 더듬듯 말을 이었다.

"오호단문도는 다른 상승도법과 마찬가지로 초식을 이어나가며 실력을 쌓아 얻는 무공이오. 뒤로 갈수록 깨달음과 묘리(妙理)가 숨어 있다는 말이지. 내가 지금 왜 이런 얘기를 꺼냈는지 이해하시겠소?"

"자네의 말을 들어보니 내 초식에 뭔가 빠졌다는 것 같은데……."

광휘가 대답하지 않고 계속 응시하자 팽오운이 입을 열었다.

"뭐가 빠졌나?"

"정묘함."

"……!"

계속 침착함을 유지하던 팽오운의 눈이 커졌다.

그뿐만이 아니라 뒤에 있던 팽가운, 지켜보던 팽가의 무인들의 눈도 함께 커졌다.

광휘가 대화를 이어갔다.

"오호단문도란 무공은 겉으로 보기엔 패도적이고 파괴적이나 실은 힘보다 정묘함에 주안점을 두고 있소. 한데 형장께서는 오호단문도를 펼쳐 보인다 해놓고 오로지 강함만을 강조했소. 마지막에 펼친 왕자사도 초식도 그렇고. 그러니……."

광휘가 눈에 힘을 주었다.

"그다지 감흥이 없을 수밖에."

똑같은 발언.

하나, 다시 들어도 신경을 건들 수밖에 없는 말투.

정적이 일었다.

명문 문파와 명문 무가 사람들은 입을 닫았고 장씨세가 사람들도 영문을 몰랐기에 침묵했다.

팽가 사람들의 표정은 제각각이었다.

일그러지는 사람도 있었고 말의 의미를 되짚어보는 사람도 있었지만 적대적인 사람이 대부분이었다.

팽오운 역시 표정이 변했다.

화가 난 듯 보이기도 했고 아님 당황한 모습으로 보이는 듯도 했다.

육십사 초 중 자신이 펼친 건 고작 구 초.

그의 말대로 안에 오십팔 초와 육십사 초 사이의 초식은 단일 초밖에 없었다.

일부러 그런 것이 아니라 오호단문도의 가장 강한 무공이 삼십 초와 사십 초에 집중되어 있었기 때문에 주로 그 부분의 초식을 끌어다 썼다.

그 부분을 지적한 것이다.

하지만 무엇보다 충격을 받은 것은 사내가 언급한 팽가의 오호단문도 그 자체다.

팽가의 독문무공이었기에 강호의 명숙들도 알아보지 못하는 아니, 알아볼 수 없어야 하는 것을 전부 꿰뚫어보았다.

깨달음이나 묘리까지 들먹일 정도로 완벽하게.

"크하하! 하하하하!"

팽오운이 갑자기 광소를 터뜨리기 시작했다.

숨죽이며 지켜보는 자들의 시선도 더욱 강렬해졌다.

오호단문도에 대해 정확히 모르니 그의 반응이 좋은 건지 싫은 건지 알 수 없었던 것이다.

잠시 뒤 그는 뚝 하고 웃음을 그쳤다.

"이봐, 장씨세가 호위무사."

그러고는 광휘를 쳐다보았는데 정말로 알 수 없는 괴이한 표정을 지어 보였다.

"대체 넌 누구지?"

광휘는 태연한 표정으로 그를 노려보며 말했다.

"내가 누구든."

"……."

"네가 무슨 상관인가."

"……!"

일순간에 또다시 긴장감이 일었다.

근처에 있는 이 장로와 삼 장로가 앉던 의자를 뒤로 움직일 정도로 두 사내의 시선엔 불꽃이 튀었다.

긴장감이 일촉즉발로 변했다.

누가 검을 뽑아도 이상한 상황이 아닐 만큼 정자 안은 긴장감으로 가득 찼다.

"끌끌끌."

팽오운이 시선을 내렸다.

사람을 죽일 듯 강렬한 눈빛이었지만 그가 얼굴에 보이고 있는 것은 미소였다.

"하기야 자네가 누구든 무슨 상관인가. 맞네. 정확히 맞았네. 아직 실전되었던 오십구 초부터 육십사 초식에 대해선 제대로 익히지 못하고 있어. 비단 나뿐만이 아니지. 현 팽가 무인들의 공통된 숙제이기도 하니까."

"……."

"나의 모자람을 일깨워 줘서 고맙네. 장씨세가 애송이 무사."

그는 광휘를 향해 입꼬리를 올리다 뒤돌아섰다. 그러고는 본래 있던 자리로 천천히 걸어갔다.

"허어……."

이 공자는 철렁하는 가슴을 쓸어내렸다.

옆에 있는 장련도 마찬가지였다. 정말로 태풍이 와서 휩쓸고 가기라도 한 기분이었다.

장원태도, 일 장로도 애써 말하지 않았지만 자세가 흐트러진 것을 보아 똑같은 감정을 느낀 듯했다.

광휘 쪽을 지켜보던 사람들의 감정도 복잡해져 갔다.

젊은 청년들은 팽가 무학의 이해에 대한 놀라움에, 장로 몇몇은 광휘에 대한 호기심에, 몇몇은 뭔가 이해가 간다며 고개를 끄덕이고 있었다.

'정말 이 녀석의 정체는 뭐야?'

묵객 역시 어리둥절해하며 광휘를 쳐다보았다.

나름 강호의 식견을 쌓았다고 생각했지만 팽가의 오호단문도에 대해 이토록 상세하게 알고 있지는 않았다.

아니, 애초에 그는 실전된 초식에 대해서는 전혀 몰랐다.

그렇게 한껏 달아올랐던 무공 시연은 팽오운이 본래의 자리로 돌아가는 순간 끝이 났다.

*　　　*　　　*

"이 사내를 따라가면 됩니다."

"고생하셨습니다."

"따로 뵙겠습니다."

행사는 오후 늦게 끝이 났다.

원래 행사가 끝난 뒤 가주를 뵐 계획이었지만 병세가 악화됐다는 말에 내일로 미루기로 한 것이다.

곧 각 파나 세가의 사람들은 하인들의 안내에 따라 객방으로 이동했다.

장씨세가 사람들도 건장한 청년의 안내에 따라 중정을 떠났다.

모두 빠져나간 중정의 정자에는 팽가의 식구들만 앉아 있었다.

물론 애초에 참석하지 않은 식솔들은 여전히 보이지 않았다.

"한두 달 정도 드문드문 보이시더니 그간 제법 분주하셨겠습니다."

잠시 침묵이 이어지던 때에 팽가운이 미소와 함께 운을 뗐다.

그러자 옆에 앉아 있던 팽인호 역시 미소로 답했다.

"말씀을 못 드린 건 죄송합니다. 화산파와 청성에서 확신을 주지 않으니 말씀을 드리기가 곤란했습니다."

"일부러 그러시진 않으셨고요?"

날카로운 직설에 분위기가 삽시간에 싸늘해졌다.

"오라버니."

이상한 기류를 감지한 팽월이 조심스레 팽가운을 불렀다. 하지만 팽가운은 그에 대해 전혀 대꾸하지 않고 말을 이었다.

"결과가 이상하지 않습니까. 정녕 저를 위하신 거였다면, 화산과 청성이 도착하자마자 저를 찾도록 하셨어야 했습니다. 그런데 일 장로를 먼저 찾으시니 그런 생각이 들지 않겠습니까."

"그저 우연이지요."

"두 파에서 일 장로와 유독 친분이 두터운 장로들만 온 것도 우연입니까?"

"그거야 저와 면식이 있으니 그렇지 않겠습니까. 역시 우연입니다."

팽가운은 눈썹을 찡그렸다 펴기를 반복했다.

팽월이 그 모습을 봤는지 다시 한번 말을 붙였다.

"오라버니, 일 장로는 그런……."

“너도! 정말 이게 무슨 의미인지 몰라서 그러느냐!”
팽가운이 복받친 감정을 드러내며 소리를 질렀다.
그 바람에 싸늘해진 분위기는 더욱 냉랭하게 변해갔다.
또다시 침묵이 일었다.
잠시 뒤 팽가운은 자리에서 일어나며 말했다.
“대사형, 오늘 무위는 감명 깊게 보았습니다.”
이번엔 팽오운 쪽으로 고개를 돌렸다.
“실력이 출중하신 거야 익히 알고 있지만 그럴수록 자중을 좀 부탁드립니다. 본 가의 독문 무공이거늘, 아직 다듬어지지 않는 초식들도 있지 않았습니까. 팽가의 자부심이기도 한 대사형이 출신도 모르는 호위무사의 지적을 받아서야 되겠습니까.”
팽오운은 대답 없이 묵묵히 서 있었다.
그런 그를 팽가운이 한동안 노려보고는 휙 하니 뒤돌아섰다.
팽월이 재차 불렀지만 그는 뒤도 돌아보지 않고 그곳을 떠나 버렸다.
“흐음.”
장로 팽인호는 팽가운이 중정을 벗어날 때쯤 기침을 하며 팔짱을 꼈다.
팽월은 그런 팽인호와 팽오운을 번갈아 보다 말했다.
“장로님, 언젠가 오라버니도 우리 마음을 알게 될 거예요.”
“물론. 팽가를 이끌고 갈 분이시지 않느냐.”
팽인호의 말에 팽월은 미소를 보이고선 말했다.
“먼저 가볼게요.”

그 말을 남기고 팽월이 떠났다.

졸지에 정자 안엔 팽인호와 팽오운 둘이 남게 되었다.

"더는 파악이 힘들던가?"

팽인호가 식은 찻잔을 들어 올리며 말을 건넸다.

팽오운은 고개를 끄덕이는 것으로 답변을 대신했다.

"개방 출신이 확실하겠군. 그토록 꽁꽁 숨겨주는 것을 봐선 말이야."

"아닐 수도 있소."

"아니라면……?"

팽인호가 고개를 돌리자 그는 알 수 없는 미소를 띠었다.

쓰읍.

팽인호는 찻잔을 내려놓으며 말했다.

"어떤 인물이라도 상관없네. 자네가 처리할 수 없는 자가 이곳에 있을 리 없으니까."

"……."

"오늘 밤 석가장에 관련된 서류를 받으러 오게."

그는 자리에서 일어났다.

그러고는 후문 쪽으로 발걸음을 옮겼다.

팽오운은 여전히 정자 모퉁이 기둥에 비스듬히 서 있었다.

아직 생각할 것이 남았는지 아님 뭔가 개운치 않은지 자리를 떠나지 않았다.

미소를 짓고 있는 모습이, 웃는 것 같으면서도 어찌 보면 냉소를 머금는 듯 보였다.

"참 재밌는 자군."
그는 팽가운이 지적했던 한 사내를 떠올렸다.
"한번 떠보려고 펼쳐 보인 무공을 어떻게 전부 간파한 건지 모르겠지만……."
그는 그때 상황이 그려졌는지 입술을 씰룩거렸다.
"그래야지. 그래야 죽일 맛이 나지."
팽오운은 기둥에서 몸을 떼며 아래를 보았다.
아래에는 중년인과 청년이 자신을 바라보며 서 있었다.
호철과 호룡이었다.

* * *

"내가 왜 이 사람하고 같은 방을 써야 한다는 거요?"
묵객은 배정된 방을 보더니 이곳까지 안내한 팽가의 청년에게 따지듯 물었다.
"양해 부탁드립니다. 뜻하지 않게 많은 사람들이 오다 보니……."
"허, 그게 무슨 소리요. 내 오다 보니 화산파나 청성파 제자들에게는 각자 객방 하나씩 내주는 것을 이 두 눈으로 똑똑히 확인했소."
"그분들은… 워낙 멀리서 오신 분들인지라 일 장로께서 직접 방 배정을 하셨습니다."
"그거 재미있군. 그러니까 결국은 명문 대파나 거대 세가에는 각각 방을 배정해 놓고, 우리 쪽에 두 사람당 객방 하나를 쓰게 하는 건 양해해 달라?"

"오, 오늘만 좀 부탁드립니다. 아직 수리 중인 객방을 손보면 그땐 정말 좋은 방을 드릴 수 있을 겁니다."

묵객의 가시 돋친 말에 청년은 쩔쩔매며 고개만 조아렸다.

"난 싫소. 그리고 하필, 왜 이 사내와……."

"거 칠객의 하나라는 사람답지 않게 말이 참 많구먼."

명호는 묵객을 향해 한마디를 던지고는 대수롭지 않게 방 안으로 들어가 침상에 누웠다.

묵객은 눈에 쌍심지를 켜며 고개를 획 돌렸다.

'네놈 때문에 더 그렇단 말이다!'

하지만 그는 입 밖에 꺼내지 않았다.

왠지 그런 이유로 방을 거절했다간 자신의 꼴이 우스워질 것 같았기 때문이다.

묵객은 하인과 몇 마디 말을 나누고선 할 수 없다는 듯 방 안으로 들어왔다.

명호는 이미 침상에 벌러덩 누운 채로 다리를 쩍 벌리고 있었다.

묵객은 미간을 다시 한번 찡그리곤 반대쪽 침상으로 이동했다.

그때였다.

명호는 갑자기 어디가 간지러운지 바지춤 밑으로 손을 넣었다. 그러고는 입에 차마 담기 어려운 부분을 북북 긁어댔다.

슥슥슥.

'이런 더러운 놈……'

묵객의 얼굴을 찌푸릴 수 있는 한계까지 찌푸렸다.

예상은 하고 있었지만 그것보다 더 지저분한 놈이었다.

"요즘 애들은 잠자리가 있어도 감사하는 마음이 없어. 내가 그 쪽 나이 때는 침상에 잘 수만 있다면 감사했었는데 말이야……."

"허!"

묵객은 눈을 치켜떴다.

명호는 언제부터인가 자연스레 말을 놓더니 이제는 아예 핀잔까지 주고 있다.

그는 울분을 삭이며 침상을 점검했다.

다행히 침상이나 침요의 상태는 깨끗했다.

"거 조심하는 게 좋을 거요. 내 요즘 비장의 한 수를 준비하고 있소."

"피곤한 하루였구나."

"이, 이보시오."

나름 찔끔하도록 일침을 가한 것이었는데 아무렇지도 않아하는 그를 보자 다시 울화가 치밀었다.

당장 주먹부터 내밀고 싶은 마음이 한쪽에서 굴뚝같이 차올랐다.

'장씨세가에 도착하면 네놈은 실력으로 확실히 밟아주마.'

그는 돌아간 뒤 한 수 부탁할 핑계로 본때를 보여줄 생각을 하며 화를 꾹꾹 눌러 담았다.

그렇게 자리에 누우려던 묵객은 동작을 멈췄다.

그러고는 뭔가 생각이 떠올랐는지 침상에 반쯤 걸터앉더니 벌러덩 누워 있는 명호를 향해 말했다.

"형장, 한 가지 물어봐도 되오?"

"물론 되지. 은 한 냥만 내면."

"이런 사기꾼 같은……."

묵객은 말을 하려다 멈칫했다.

잠시 뒤 그는 이를 갈며 소매에서 은 한 냥을 꺼내 휙 아무렇게나 내던졌다.

턱.

그 순간 비호처럼 뛰어들어 은 한 냥을 낚아챈 명호가 자세를 잡았다.

"말해보게."

'이럴 때만 민첩하군.'

묵객은 목구멍까지 치밀어 오르는 말을 삼키고, 본래 궁금했던 질문을 던졌다.

"보아하니 광 호위와 친한 것 같아 물어보는 거요."

한 번 운을 떼더니 말을 이었다.

"광 호위는 팽가의 사내에게 왜 그렇게 과민 반응을 보인 게요?"

"아, 그거 말인가?"

명호는 별 어렵지 않게 대답했다.

"장씨세가에겐 팽가가 위험하기 때문이지."

"장씨세가에게? 무슨 말이오? 팽가가 위험하오?"

"은 한 냥."

"이런 망할……."

묵객은 자리에서 벌떡 일어나 두 눈에 쌍심지를 켰다.

하지만 명호는 냉철했다.

"안 하려면 그만두고."

풀썩!

그러곤 침상에 스며들듯 벌러덩 누워 버렸다.

묵객의 표정은 더욱 일그러졌다.

"제길……."

그는 품속에서 은 한 냥을 꺼내 이상한 곳으로 던졌다.

휙! 터억!

그랬더니 명호는 이번에도 비호처럼 몸을 일으켜 은 한 냥을 낚아챘다.

"오호, 그럼 대답하지. 왜 팽가가 위험한가 하면……."

"됐소. 그 질문을 나중에 다른 자에게 직접 듣기로 하고 다른 걸 물어보겠소."

묵객은 화제를 돌렸다.

마침 더 궁금한 것이 떠올랐기 때문이다.

"광 호위가 어떻게 팽가의 무공을 아는 게요?"

"그것이……."

명호는 입을 열려다 갑자기 텁 하고 다물었다.

그러다가 허 하고 너털웃음을 터뜨리며 고개를 내저었다.

"그건 안 되겠어. 최소 은 백 냥짜리 얘기라……."

휙!

묵객은 두말할 것 없이 품에서 돈을 내던졌다.

한데 이번에도 돈을 받아 든 명호의 얼굴은 살짝 굳어 있었다.

이번에 날아온 것은 은 한 냥이 아닌, 백 냥짜리 은원보 하나였기 때문이다.

"받았으니 말해보시오."

"허……."

명호는 난감해했다.

애초에 그가 백 냥 운운한 것은, 말해줄 수 없다는 우회적인 표현을 한 것이었다. 그런데 묵객은 마치 기다리기라도 했다는 듯 턱 하고 그에게 그 돈을 내던진 것이다.

"에잇. 뭐 어차피 지나간 일인데, 뭔 일이야 나겠어?"

명호는 곧 혼잣말로 투덜거리고는 묵객을 바라보았다.

"한때 그분의 밑에 있었던 자 중에 팽가 출신의 사내가 있었소."

"밑에 있던 자?"

묵객은 이해되지 않는지 고개를 갸웃거렸다.

그사이 명호는 계속 설명을 이어갔다.

"그렇소. 한때 밑에 있던 자였지."

"그자가 광 호위의 밑에 있던 것이 광 호위가 팽가의 무공을 아는 것과 무슨 관계가 있다는 거요?"

"관계가 있지."

명호는 눈에 이채를 띠며 말했다.

"그가 떠날 때 남기고 갔던 무공이 오호단문도였으니까."

*　　*　　*

"저 좀 보시겠소이까."

배정된 방 안으로 들어가는 장원태를 향해 팽인호가 다가와 말을 건넸다.

"자리를 따로 했으면 좋겠습니다."

주변을 둘러보는 장원태를 향해 그가 거듭 말했다.

장원태는 고개를 끄덕이며 조용히 그를 따라나섰다.

중정을 지나 대리석으로 된 교각을 넘어서니 웅장하게 지어진 건물이 보였다.

길목 사이에 있던 무사들이 예를 표했고 팽인호는 고개를 끄덕이며 인사를 받았다.

잠시 후, 방 안으로 들어서자 팽인호는 한쪽 의자로 자리를 안내했다.

"앉으시지요."

장원태는 그의 요청대로 의자에 앉았다.

치장이 되어 있지 않은 각진 의자.

의자뿐 아니라 벽에 놓인 수납장과 살림 도구들도 화려한 장씨세가와는 다른 멋스러움을 살려내고 있었다.

터억.

장원태가 자리에 앉자 팽인호는 한쪽으로 손짓을 했다.

"가지고 오너라."

미리 이곳에 대기해 있던 하인 한 명이 순식간에 차를 내왔다.

잠시 뒤 하인이 차를 가지고 나타났다.

"드시지요."

쓰읍.

음식을 거의 들지 않았던 장원태는 사양하지 않고 차를 마셨다.

그가 차를 내려놓자 팽인호가 입을 열었다.

"중정에서의 일부터 사과하겠습니다. 워낙 유명한 분들께 신경 쓰다 보니 장씨세가에는 소홀했던 것 같습니다."

"괘념치 마십시오. 자리가 자리이지 않소이까. 그리고 우리도 사과할 일이 있지 않소."

"아, 그 호위무사 말입니까? 신경 쓰지 마십시오. 오랜만에 들은 멋진 웅변이었습니다."

"그리 이해해 주신다면 감사하겠소."

웅변이란 말이 왠지 걸렸지만 장원태는 문제 삼지 않았다.

"내게 할 말이 있는 듯하오."

팽인호가 느릿하게 차를 마시고 내려놓자 장원태가 운을 뗐다.

그는 또렷이 기억하고 있었다.

친근하고 포근함 속에 있는 의중을 알 수 없는 시선들.

그는 만날 때마다 그럴 듯하면서도 그렇지 않은 말로 사람을 곤혹하게 만들지 않았는가.

장원태의 생각을 아는지 모르는지 팽인호가 입을 열었다.

"석가장과의 싸움을 훌륭하게 치러내셨다고 들었습니다. 축하드립니다."

"운이 좋았소."

"운도 실력입니다. 정말 축하드립니다."

거듭되는 칭찬의 말에 장원태는 미소로 답했다.

하지만 그는 거기서 그치질 않았다.

"항상 도움을 드리고 싶었습니다. 상황이 이렇게 돼서 하는 말이 아니라 정말 도와드리고 싶었습니다. 하나, 집안싸움은 불가침이라는 강호의 불문율이 있지 않겠습니까."

"팽가의 심정은 십분 이해가 되는 바요."

장원태는 한 번 더 예를 표했다.

"그나저나 묵객은 어떻게 포섭하셨습니까. 그렇게 대단한 분을 말이지요."

"그것도 운이 좋았소."

조금씩 피해가는 답변에 팽인호의 눈이 가늘어졌다 펴졌다.

하지만 너무나 자연스러워 쳐다보고 있어도 그의 감정을 읽어내기가 불가능했다.

"그래요. 그건 그렇다 치고 한 가지 여쭤보려 합니다. 다름이 아니라 이게 본 가의 손에 들어와서 말입니다."

팽인호가 품속에서 뭔가를 뒤집으며 내려놓았다.

장원태는 그가 내려놓은 종이를 집어 올렸다.

"이건……."

종이를 천천히 살피던 그의 얼굴은 점점 달아올랐다.

잠시 뒤 그는 상기된 얼굴로 팽인호를 바라보았다.

"예, 맞습니다. 석가장 땅의 증빙 서류들이지요."

"어떻게 이걸……."

"자세한 것은 모르겠습니다. 며칠 전에 석가장 주변을 순시하던 본 가의 무인들이 들고 온 것입니다."

장원태의 표정이 굳었다.

석가장의 영토는 이미 장씨세가가 독점적인 관리에 들어간 상태다.

상회며 그들이 관리하는 곳이며 모두 장씨세가 무사들이 점검하고 있었다.

한데 이것을 보니 일정 부분, 아니 핵심적인 구역과 큰 이익이 예상되는 태영상단을 내놓아야 했다.

이해관계에 따라선 사안이 심각해질 수도 있었던 것이다.

"우리는 전쟁을 해서 이긴 것이오. 그간 석가장의 그릇된 행동에 꾸준히 피해를 받았고, 그리하여 쌓은 명분으로 그들을 물리쳤소."

"알지요. 제가 왜 모르겠습니까."

"고맙소. 그럼……."

장원태는 서류를 들고 가기 위해 한데 모았다.

서류를 간추린 뒤 그렇게 집어 들 때였다.

탁.

그의 손을 팽인호가 막았다.

"잠시 생각해 보니 좀 의아한 점이 있어서 말입니다. 한 사내와 어떤 누군가가 예기치 않은 싸움을 벌였습니다. 만약 싸우는 와중에 돈을 주웠다면 그 돈은 누구의 돈입니까?"

"……."

"다르게 물어보겠습니다. 그 돈을 얻은 것은 정당치 못한 방법입니까?"

팽인호가 장원태를 보며 거듭 말을 이었다.

"서류는 거짓말을 하지 않지요. 영토 분쟁에 정당한 권한을 가지고 있습니다. 그건 아시고 계시지요?"

"일 장로……."

"허허."

잠시 침묵이 일었다.

장원태의 얼굴이 격동적으로 벌겋게 달아올랐다.

이건 분명 전쟁으로 힘들게 얻은 보상이다.

더구나 이번 싸움으로 황가장뿐만 아니라 구룡표국에도 큰 돈을 지불했다.

이런 와중에 석가장의 중요 영역을 빼앗기게 되면 장씨세가의 손실이 이익을 넘어서게 된다.

이것은 장원태에게 있어 단순히 손해의 문제만이 아니었다.

이번 전쟁에 죽은 사람들.

그들의 목숨에 대한 가치가 사라지는 것이다.

"하하하. 아, 오해 마십시오. 설마 제가 이걸 가지고 석가장 땅을 달라 하겠습니까?"

팽인호의 말에도 장원태의 표정은 여전히 상기되어 있었다.

안다.

뭔가 있다는 것을.

그것 때문에 이렇게 압박을 한 것이 아닌가.

아니나 다를까, 그는 드디어 본심을 드러내기 시작했다.

"그래도 사람인지라 내심 욕심은 납니다. 하지만 그렇다고 가주의 말씀대로 맹목적으로 요구할 수도 없는 일이지요. 해서……."

팽인호는 잠시 시선을 내렸다 올리며 말했다.

"장씨세가의 운수산, 그것을 저희에게 주는 것으로 하면 어떻겠습니까?"

* * *

스스슥 스스슥.

팽가의 북서쪽에 위치한 거죽헌(巨竹軒).

헌(軒)은 대개 독립된 별채를 가리키기도 하는데 이곳으로 오는 길가에 대나무가 많아 거죽헌이라 불렸다.

거죽헌의 방 안에 들어선 팽오운이 가장 먼저 한 일은 칼날을 관리하는 것이었다.

삼면에 모두 병기가 올라가 있었는데 한쪽은 도였고 다른 한쪽은 검, 마지막 한쪽은 창(槍)이었다.

그는 그것들을 마른 수건으로 열심히 닦아댔다.

한참을 닦아내고 각을 맞추기를 반복하던 그때,

문틈에서 여인의 목소리가 들려왔다.

"오라버니, 저예요."

"들어오거라."

문이 열리자 팽월은 자연스레 벽에 붙어 있는 의자에 앉았다.

그녀는 천장에 걸린 붉은 연등 때문인지 평소보다 더욱더 매혹적인 얼굴이었다.

그래서인지 팽오운은 그녀를 제대로 바라보지 않고 시선을 내렸다.

"아직 하실 말씀이 있으신가요?"

"그래."

팽월이 고개를 들었다.

"이 시각에 절 부른 걸 보면 그 호위무사에 관해서겠네요."

"아는구나."

팽오운은 고개를 끄덕이며 말을 이었다.

"월아, 네가 한번 그를 설득하는 것이 어떨까 한다."

"제가요?"

팽월은 팽오운을 빤히 바라봤다.

이미 그를 죽이기로 한 사안인데 무슨 의도에서 말한 것인지 살피기 위함이었다.

"의아해할 것 없다. 병법에서 제일의 덕목은 싸우지 않고 이기는 것이니까. 해서 우선 그것을 먼저 시도해 보려고 한다."

"음……."

팽월은 설득이란 말에 잠시 생각에 잠겼다.

장씨세가의 호위무사.

듣기로 맹 출신의 사내라는 것과 실력이 뛰어나다는 것. 그리고 장씨세가 황 노인의 은혜를 입어 그곳에 있다는 것.

그 외에는 아무런 정보도 없었다.

"만약 우리 쪽으로 끌어오면 꽤 좋은 아군이 될 테니. 그래요. 그 방법도 좋겠네요."

팽월은 이해가 간다는 투로 말했다.

"오라버니, 그럼 어떤 보물로 그 사내를……."

"보물로는 그의 마음을 사로잡을 수 없을 게다. 돈도 장씨세가가 우리보다 많으니 그것도 아닐 것이다."

"그럼……?"

"우리가 지향하는 꿈을 알려주면 되겠지."

"아!"

팽월은 눈을 크게 떴다.

그렇다.

모든 무인이 가장 갈망하는 것.

그것을 제시하면 될지도 몰랐다.

강한 무인이라면 대개 야망 또한 큰 법이고, 야망이 있는 사내라면 절대로 그것을 거절할 수 없다.

"오라버니가 왜 저를 불렀는지 이제 알겠군요."

팽월은 이해했다.

그를 처리하기로 약속한 시각이 얼마 남지 않은 상황에서 자신을 부른 이유를.

당시 중정의 정자에서 보인 그의 행동.

누가 보더라도 무공에 대한 갈망이 느껴졌다.

팽오운은 그것을 이용하자는 계획을 세운 것이다.

"더 하실 말씀 있으세요?"

"그게 다다."

"알겠어요."

그녀는 자리에서 일어나 곧장 밖으로 나갔다.

"흐음."

팽오운은 신음을 흘리며 시선을 바닥에 내렸다.

무언가 골몰하는 듯 눈을 반쯤 뜬 상태였다.

"과연 어떨까."

그는 고개를 들었다.

그러고는 팽월이 나간 문을 향해 입을 열었다.

"그 사내는 어떤 반응을 보일까."

* * *

장련은 제법 큰 객방을 배정받았다.

들어선 방 안은 잘 꾸며져 있었고 장신구나 화장대도 놓여 있었다.

아마도 이 객방은 여인들을 따로 맞이하기 위해 마련된 방인 듯 보였다.

"겨우 무사히 마쳤네요."

장련은 들어오자마자 한숨을 내쉬었다.

중정에서 있었던 일 때문인지, 표정 관리가 힘들었던 것인지 이제 속내를 보인 것이다.

"후우, 얼마나 조마조마하던지. 정말 힘들었어요."

장련이 숨을 몰아쉬며 광휘를 바라보았다.

괴로운 시간이었던지 그녀의 얼굴은 매우 달아올라 있었다.

광휘는 중정의 일을 상기하다 고개를 숙였다.

"미안하오. 괜히 나 때문에……."

"아뇨, 오히려 통쾌했는걸요."

광휘는 의아한 눈빛으로 장련을 바라봤다.

"자존심이 높다 못해 거만한 분들이잖아요. 저희가 이름 없는 세가라 그분들에게 무시도 당했었고요. 그래서 한 방 먹일 기회를 찾고 있었는데……."

"……."

"무사님이 해주셨잖아요."

그녀는 활짝 웃어 보였다.

정말 속내가 드러나는 밝은 웃음이었다.

"사실, 그런 의도는 없었소."

"어쨌든요."

장련은 광휘가 변명하려는 모습을 눈여겨보지 않았다.

"그리고 무사님."

장련이 한 발짝 접근했다.

그리고 말을 이으려고 할 때 자신을 빤히 바라보는 광휘를 보자 얼굴이 벌게졌다.

장련은 급히 고개를 돌렸다.
“아니에요.”
광휘는 고개를 갸웃거렸다.
그사이 장련이 뒤돌아서며 뭔가를 정리하는 것처럼 분주하게 움직였다.
하지만 정리할 것이 마땅치 않았는지 이내 물건들을 내려놓던 그녀는 광휘를 조심스레 바라보며 입을 열었다.
“같이…….”
“……?”
“바람 좀 쐴래요?”

* * *

팽가의 정원으로 가는 길은 생각보다 길었다.
팽가의 크기 자체가 큰 데다 언덕도 있고, 더구나 지형이 넓었기 때문이다.
“아, 정말 처음 만났을 때가 생각나네요.”
장련은 광휘를 바라보며 말을 이었다.
“술을 드시고 마차에 타셨죠?”
“…….”
“그때 묵객이란 제 말에 놀라지 않으셨죠.”
장련은 미소를 보이며 말을 이었다.
“지금 생각해 보면 이해가 돼요. 이렇게 대단한 분인 줄 알았더라면 술을 드셨더라도 얌전하게 갔을 텐데."

"……."

"과거에 위험한 일을 했을 테죠? 무슨 일을 했든 정말 대단한 일을 하셨을 것 같아요. 이렇게 강한 것을 보면, 그리고 침착하신 것을 보면요."

장련은 주위 경관 때문인지 아니면 뭔가 후련한 느낌이 들어서였는지 말이 많아졌다.

"기억나시나요? 무사님이 저에게 가르쳐 주신 거요."

장련이 정원 입구에서 걸음을 멈췄다.

"아무리 힘들어도 포기하지 말라는 것을요. 언젠가 좋은 날은 오니까, 그때를 위해 참고 견디는 것도 알려주셨어요."

광휘가 바라보자 그녀는 지그시 웃었다.

행복해 보였다.

적어도 광휘가 느끼기엔 그랬다.

그는 뭔가 말을 걸고 싶어 했다.

그렇게 망설이다 장련이 다시 걸을 때쯤 입을 열었다.

"소저가 내게 준 가르침이 더 크오."

"네?"

장련이 뒤돌아섰다.

"세상에 쓸모없는 것은 없다. 쓸모없다고 여기는 사람만 있을 뿐이다."

"기억하시네요."

"어찌 잊을 수 있겠소, 그때 그 일을."

"……."

장련은 광휘를 빤히 바라봤다.

광휘 역시 그녀의 시선을 피하지 않았다.

서로 눈빛을 한참 동안 교환했다.

"두 분은 여기서 뭐 하시나요?"

그때 한 여인이 불쑥 끼어들었다.

팽월이었다.

장련과 광휘가 대답하지 않고 그녀를 바라보았다.

"저도 이렇게 걷고 싶었는데, 같이 걸어도 괜찮을까요?"

*　*　*

팽월과 장련은 나란히 길을 걸었다.

그 때문에 광휘는 그녀들과 두세 걸음 뒤에 따로 떨어져 걷게 되었다.

"여기는 팽죽원(彭竹院)이에요. 정원의 대나무를 다듬어 이렇게 가로수 길을 만들었죠. 운치가 참 좋죠?"

밤의 약한 달빛 사이로 팽월은 활짝 웃어 보였다.

날씨도 그렇고 좋은 풍경이었다.

그것이 그녀의 흥취를 더욱 북돋아주었다.

"네. 주위 건물도 그렇고, 걷는 길도 그렇고. 뭔가 마음이 정돈되고 차분한 기분이 들어요."

장련은 몸을 움츠리며 말했다.

확실히 팽가의 날씨는 정말 추웠다.

옷이 더 두꺼운데도 몸을 움츠리고 있으니 말이다.

"그런데 저건 뭔가요?"

장련이 길 건너편에 우뚝 솟아 있는 것을 가리켰다.

한 남자가 남쪽 방향으로 도를 뻗고 있는 모습의 석상이었다.

"본 가의 어느 조사께서 팽가의 기상으로 삼으라 세우신 것이에요. 팽가는 중원 끝에 위치하지만 언젠가 중원으로 진출해야 한다며 저것을 만드셨죠."

"그렇군요."

"사실 그렇게 하려면 일단 무인 한 사람당 일당백 실력을 갖추는 게 우선이에요. 그다음 갖춰야 할 것은 고른 인재죠."

"네……."

알 수 없는 말에 장련은 무슨 대답을 할지 망설였다.

뭐랄까. 상대가 하는 말의 의중은 모르겠는데 왠지 나쁜 기분이 든 것이다.

"말이 나왔으니 말인데요."

팽월은 고개를 뒤로 돌렸다.

"호위무사님은 계속 장씨세가에 계실 건가요?"

시선이 뒤로 향하자 장련이 고개를 갸웃거리며 그녀를 바라봤다.

갑자기 왜 그런 질문을 하는지 의아했던 것이다.

"한곳에 정체되지 않고 나아가기 위해선 팽가엔 많은 사람들이 필요해요. 무사님이 원하시면 팽가는 언제든 자리를 드릴 수 있답니다."

노골적인 언사에 장련은 눈을 찌푸렸다.

무례한 행동이다.

향후 어떻게 되든 광휘는 지금 자신의, 장씨세가의 호위무사다.

하지만 그걸 마치 모르는 사람처럼 팽월은 계속 말을 이어나갔다.

"맹에 계셨다고 들었어요. 황주일이란 분께 은혜를 입어 머물게 되셨다는 것도요. 하나, 석가장을 처리하면서 은혜는 갚은 것이 아니었나요? 계속 장씨세가에 머물 것이 아니라면 팽가는 어떤가요?"

"이봐요."

"팽가는 하늘을 보고 있어요. 거대한 산도 보고 있고 드넓은 바다도 바라보죠. 오늘 중정에서 보셨듯이 모든 무인들의 실력도 뛰어나지요. 팽가는 지금 계신 곳보다 더 많은 것을 줄 수 있답니다."

"이봐요, 팽월 소저."

"멀리 볼수록 더 넓은 세상이 보여요. 그동안 보지 못했던 것도 볼 수 있고요. 대신 적으로부터 보호해 줄 편안한 안식처가 필요할 거예요. 그것이 우리 팽가라 생각해요."

광휘는 말을 하지 않았다.

그저 무뚝뚝한 표정으로 그녀를 바라보고 있었다.

그 순간 장련은 지지 않기 위해 끼어들었다.

"산도 좋고 들도 좋지만, 원래 사람이 편안히 쉴 곳은 집이에요. 칼과 창이 있는 곳이 아니라 사람이 있고 지친 몸을 달래는 그런 집요. 그것이 무사에겐 더없는 안식처라 생각해요."

"어머, 무인이면 응당 본인의 힘으로 강호를 주유하는 것이 마땅하지 않은가요? 명성을 날리고 협행을 쌓는 것이 대장부가 아닌가요?"

팽월이 가소롭다는 듯 웃으며 되받자 장련은 금세 시무룩해졌다.

문득 그럴지도 모른다는 생각이 들기 때문이었다.

장련은 몇 달 동안 광휘와 함께 있었지만 그가 무슨 생각을 가졌는지 아직도 잘 모른다.

그가 앞으로 무엇을 할지, 그가 추구하는 삶이 어떤 것인지 몰랐다.

혹여나 그녀가 말하는 것이 그가 추구하는 것이라면, 자신은 지금 그에게 짐을 얹어주고 있는 것과 다름없었다.

그렇기에 더는 어떠한 대답도 할 수가 없었다.

"어떤가요? 관심이 생겼나요?"

장련은 말없이 고개를 숙였다.

반면 팽월은 기회를 잡은 듯 계속 물어왔다.

상대가 꽤 관심을 보인 듯한 행동을 보여왔기 때문이다.

"전혀."

하나, 기대는 산산이 조각났다.

장련의 시선이 바닥으로 떨어질 때쯤, 침묵할 것 같던 광휘가 입을 열었기 때문이다.

"왜죠?"

"다 돌아보았기 때문이오."

"……?"

"산도, 들도, 바다도, 이미 다 돌아본 후 여기 있는 거요. 장 소저의 말처럼, 결국 사람이 살기 가장 좋은 곳은 집이더군."

광휘는 심유한 눈을 들어 팽월을 마주 보았다.

"내가 있을 곳은 장씨세가요."

第十五章 암습

“팽월이에요.”

“들어오거라.”

팽오운은 이전과 달리 자리에 앉아 그녀를 맞이했다.

팽월이 자리에 앉자 팽오운이 말했다.

“그래, 뭐라 하더냐?”

“거절당했어요.”

“음.”

팽오운의 눈빛이 가라앉았다.

중원 오대세가인 팽가의 식구가 되는 제안을 거절이라.

이유가 궁금했다.

“다 돌아봤다네요.”

"뭐?"

"천하를 다 돌아봤대요. 다 봤기에 이제는 쉬고 싶어 장씨세가로 온 거라 하더군요."

"재밌는 친구로군."

팽오운의 희미한 미소를 보였다.

"겁이 없는 거죠."

반면 팽월은 싸늘한 눈빛으로 자신의 감정을 여과 없이 드러냈다.

어처구니없는 말을 변명 삼아 꺼낸 그에게 단단히 화가 난 것이다.

"오라버니, 이렇게 된 것 애초에 계획대로 진행했으면 해요."

"……."

팽오운은 대답하지 않았다.

조금 더 신중해지려는지 입술을 굳게 다문 듯한 모습을 보였다.

그 모습을 보며 팽월이 말했다.

"언제까지 고민하실 건가요? 기회는 지금밖에 없어요."

"고민하는 게 아니다."

"그럼요?"

"명분이 부족한 게야."

팽월이 답답하다는 표정을 지으며 말했다.

"어차피 소위건이 죽은 사실은 장씨세가에서도 모르는 일이잖아요. 석가장 잔존 세력들도 남아 있고 그들의 습격을 받았다고 하면 아무런 문제가 없어요. 제 말이 틀렸나요?"

"맞는 말이다."

"그런데요?"

팽오운은 무슨 생각인지 시선을 내린 채 여전히 침묵을 지키고 있었다. 그러다 한참 만에 입을 열었다.

"먼저 소위건이 홀로 쳐들어와 장씨세가 호위무사만 죽였다는 것은 설득력이 없는 말이다. 비록 그가 잔악한 흑도의 인물이긴 하나 복수를 꿈꾸는 인물이 아니다. 석가장처럼 거래로 시작된 관계에선 더더욱 그렇지."

팽오운은 거듭 말을 이었다.

"거기다 지금 강호의 유명 인사들이 팽가에 와 있다. 그런 상황에 흑도의 인물이 팽가의 외성을 돌파하고 들어왔다 생각해 보거라. 팽가의 이름에 먹칠을 하는 것이다."

"그거야 적당한 말로 둘러댈 수 있는 문제잖아요."

"월아, 이 문제는 그렇게 가볍게……."

꾸욱.

"오라버니."

순간 팽오운의 눈이 격동한 것처럼 흔들렸다.

자신의 손을 팽월이 두 손으로 붙잡았던 것이다.

"이번 일이 얼마나 중요한지 아시잖아요. 이번 일만 잘 해결되면 중원 제일가도 꿈이 아니에요. 본 가엔 둘도 없는 기회라고요."

"……."

"더 이상 우리가 척박한 하북 한 귀퉁이의 세가로 평생 살아갈 수는 없잖아요. 세가를 위해 아니, 저를 위해서도 부탁드려요, 오라버니."

자신의 손을 잡은 그녀를 보며 팽오운의 눈빛은 계속 흔들렸다.

말로 표현할 수 없는 미묘한 감정.

그 느낌 때문인지 뭐라 쉽게 말을 내뱉지 못했다.

잠시 뒤 팽오운이 손을 밀어냈다.

그리고 팽월의 얼굴이 굳어질 무렵, 그가 입을 열었다.

"한 시진 뒤, 일을 시작하마."

"고마워요, 오라버니."

"참고로, 묵객은 반드시 묶어야 한다. 그가 나서면 일이 복잡해져."

"걱정 마세요. 설득을 못 시키더라도 그자는 제가 반드시 붙들고 있을게요."

"나가 있거라."

"네, 나오지 마세요."

드르르륵.

팽월이 밝은 얼굴로 자리에서 일어서 힘 있게 방문을 나섰다.

팽오운은 그런 그녀의 뒷모습, 살랑이는 옷자락까지 눈에 담았다.

애틋한 눈빛이었다.

하나, 그 순간은 극히 짧았고 방문이 닫힐 때 그는 탁자 밑으로 시선을 내렸다.

"천하를 다 돌아봤대요."

듣지 않았지만 왠지 들리는 듯하다.
그때처럼 당당히 천하를 거론하는 그의 목소리가.
"천하를?"
팽오운의 입꼬리가 올라갔다.
구파일방과 오대세가 중심에 우뚝 솟아 있는 곳.
바라보기만 해도 거대해, 감히 품을 생각조차 못 하는 그곳.
그곳을 돌아보았다는 말이다.
"실로 건방이 하늘을 찌르는 놈이구나!"
드르륵.
그는 자리에서 일어선 뒤 문 쪽으로 걸어가 방문을 세차게 열었다.
어느덧 희미한 웃음은 한눈에 들어올 정도로 싸늘히 식어 있었다.

* * *

"거절하더군요."
장로 팽인호는 찻잔을 한 모금 마시며 말했다.
맞은편에 앉은 팽오운은 그의 말을 담담히 듣고 있었다.

"가주 장원태는 성격이 곧은 자입니다. 적당한 타협안에는 응하는 듯 태도를 취하지만 경우가 아니라고 판단한 것에는 목숨을 걸 정도로 강한 성정을 보입니다."

"……."

"뭐, 그 성정이 그의 마지막 기회를 스스로 날려 버린 격이니까, 우리야 잘된 것 아니겠습니까."

그는 한쪽으로 꼬았던 다리를 폈다.

조용히 듣고 있던 팽오운이 그때쯤 눈을 맞추며 입을 열었다.

"석가장의 증빙 서류는 어떻게 했소?"

"주었습니다."

팽오운은 의구심 어린 시선으로 팽인호를 바라보았다.

계획에 없던 일이었다.

"예정대로라면 장씨세가 호위무사를 처리한 후, 그가 머무르는 객방에 놓아두어야 합니다. 하지만 여러모로 생각해 보니 그게 더 나을 거라 판단했습니다. 이참에 장씨세가를 압박할 수 있기도 하고요."

딸깍.

그는 찻잔을 내려놓으며 말을 이었다.

"제가 왜 방문객들에게 따로 객방을 배정했는지 아십니까?"

"수리가 안 된 방이 있다 하지 않았소."

"그렇기도 합니다만 사실 따로 객방을 배정할 만큼 부족한 정도는 아닙니다. 장 가주가 머무르는 쪽은 외문 가장 가까이 있습니다."

팽인호는 알 수 없는 말을 계속 해댔다.

"쉽게 말해, 누군가 침입했을 시 가장 쉽게 접근할 수 있는 위치지요."

"……."

"다른 객방은 장씨세가 사람들이 머무르는 곳과 떨어져 있어 소란이 일어도 알아채지 못할 겁니다. 적들이 침입해 들어와도 말이지요."

그는 가늘어지는 눈초리와 함께 말을 이었다.

"장 가주가 가져간 석가장 증빙 서류, 그것이 석가장 잔존 세력의 침입을 정당화시키는 이유가 될 것입니다."

"하나, 석가장이 쳐들어 왔다고 하더라도 본 가의 무인들이 장씨세가의 호위를 서고 있소. 그들은 어떻게 속일 것이오?"

"죽여야지요."

"일 장로."

팽오운이 미간을 찡그리며 그를 바라보았다. 하지만 팽인호의 표정은 흔들림 없이 굳건했다.

자신의 생각에 추호의 의심도 없는 그런 시선이었다.

"의심을 살 여지를 두어서는 안 됩니다. 장씨세가 사람들을 배분해 죽여야 하며, 적절한 숫자를 남겨 그들을 습격한 자들이 석가장 잔존 세력이란 걸 알 수 있게 해야 합니다. 거기서 우리 쪽의 피해를 두려워해선 안 됩니다."

"……."

"적어도 호위 대여섯쯤은 죽어야 말이 맞지요."

"꼭 이 방법밖에 없소?"

"예, 이 방법밖에 없습니다. 본 가를 위해서도, 공자님을 위해서도."

팽오운의 눈빛은 다시 의문으로 바뀌었다.

팽인호는 그런 그를 향해 부드럽게 말을 이었다.

"지금 장씨세가 호위를 서는 자는 우리 쪽이 아니라… 대공자 측 사람들이지요."

팽오운의 눈썹이 역팔자로 변했다.

예상치 못한 곳에 그의 포석이 깔려 있었던 것이다.

장씨세가 인물들을 죽이며 석가장의 존재를 알리는 것.

그들을 호위하는 팽가 몇몇 무인을 죽여 명분과 이해를 돕는다.

하지만 이번 계획에 있어 가장 께름칙한 것이 팽오운의 신경을 자극했다.

"본 가의 감시를 뚫고 왔다는 걸 장씨세가가 어떻게 믿겠소?"

"믿을 겁니다."

"어떻게 말이오."

"석가장엔 뛰어난 고수가 있지 않습니까. 이를 테면……."

"……."

"소위건이오."

순간 팽오운이 눈을 치켜떴다.

"그는 좋은 구실이 되어줄 겁니다. 소위건을 살려 보낸 건 장씨세가니 이렇게 하든 저렇게 하든, 우리가 명분으로 확보하기에 좋은 패입니다."

팽오운은 그제야 고개를 끄덕였다.

실로 완벽한 계획이라 할 수 있었다.

명분이면 명분, 실리면 실리, 내정이라면 내정이라 할 수 있는 것까지.

"좋소."

팽오운은 드디어 결정을 내렸다.

"잘 결정하셨습니다. 한데 그 전에, 묵객의 일은 어떻게 됐습니까?"

"팽월이 맡기로 했소."

"그렇군요."

팽인호는 천천히 고개를 끄덕이며 말을 이었다.

"차질 없이 진행하도록 하지요."

그 말과 함께 팽오운은 몸을 일으켰다.

예리한 날처럼 그의 동작에는 위엄이 느껴졌다.

그가 고개를 돌리며 방문을 나서자 거친 바람이 방 안으로 들어왔다가 사라졌다.

잠시 뒤.

두 손을 모아 무슨 생각을 하던 팽인호가 고개를 돌렸다.

"호고(虎告)."

"옙."

창가 벽 쪽 길게 내려온 천 사이로 한 사내가 나왔다.

방 안에 있으면서도 장막 뒤에 미동도 없이 서 있어 뭔가 신비한 느낌을 자아내는 사내였다.

"활영궁사(活影弓士)에게 팽오운을 도우라 이르라."

"예?"

호고는 눈을 껌뻑였다.

그리고 드는 의문은 곧장 질문으로 이어졌다.

"팽오운은 본 가를 대표하는 고수입니다. 그를 믿지 못하시는 겁니까?"

"확실히 해두려는 것이다."

"하나, 그가 가만있지 않을 겁니다. 무인으로서의 자존심이……."

"책임은 내가 지겠다."

팽인호는 목소리를 높이며 말했다.

"광휘라는 자, 개방 출신일 수도 있다. 오호단문도의 무공을 알아본 것을 보고 판단했지. 그런 녀석이니 뭔가 특별한 능력을 가지고 있을 가능성이 높다. 팽오운이, 장씨세가 호위무사에 대한 관심이 지나치게 높은 이때, 혹여 시간을 지체하다 명문 제자나 명가의 가솔들에게 들키기라도 하면 더 문제가 커질 것이다."

호고라 불리는 자는 쉽게 납득이 되지 않는 듯한 눈빛을 내보였다.

하지만 그의 고민은 길지 않았다.

"일러두겠습니다."

말이 끝나자마자 그는 활짝 열린 기다란 창문 쪽으로 몸을 날렸다.

그리고 삼 층인 이곳 건물의 지붕 위로 올라가서는 이내 어둠 속으로 사라졌다.

"크흠."

사내가 사라진 창가 쪽을 바라보던 팽인호가 읊조렸다.

뭔가 답답했다.

계획은 완벽한데 계속 뭔가 자신의 목을 죄는 느낌이 들었다.

"기분 탓이겠지."

아마도 같은 팽가의 피까지 흘리게 된다는 죄책감 때문이리라. 그는 그렇게 자신의 꺼림칙함을 규정하고 활짝 열린 창문을 닫았다.

*　　*　　*

"그르르릉."

"……."

"커어어엉."

"……."

"커어어어어엉!"

"이런 망할!"

묵객은 귀를 파고드는 굉음에 침상에서 일어나 투덜댔다.

도저히 잠을 청하려고 해도 청할 수가 없었던 것이다.

이내 그는 곧 고통을 주는 원흉을 찾아 고개를 옆으로 돌렸다.

"이봐, 형장! 잠 좀 잡시다. 잠 좀!"

"……."

"휴우……."

"커어어엉!"

"내 저놈을 당장!"

묵객의 얼굴은 일그러질 대로 일그러졌다.

자신의 말을 알아듣고 잠시 누그러졌다 생각했는데 전혀 그런 것처럼 보이지 않았다.

저런 고약한 잠버릇은 난생처음이었다.

"빌어먹을!"

그는 결국 잠을 청하지 못하고 침상에서 일어나 방문을 열었다.

휘이이잉.

밖은 쌀쌀했다. 하지만 그런 만큼 사람들이 다니지 않아 고즈넉했다.

"휴우."

묵객은 그제야 안도의 한숨을 내쉬며 방 쪽을 바라보았다.

착각인지 모르지만 문틈으로 여기까지 소리가 들리는 것 같았다.

"내 빨리 저놈을 요절을 내든가 해야지."

그는 혼잣말로 읊조리며 객방 주위를 벗어났다.

"어디 가십니까?"

경계를 구분한 목책 사이를 지났을 때 팽가의 사내가 다가와 물었다.

몇 명이 이곳 주위를 순시하는 듯 보였다.

"잠시 바람 좀 쐬러 가오."

"살펴 가십시오."

다른 객방을 둘러보려는 듯 그들은 인사를 하며 묵객을 지나쳐 갔다.

"저들도 참 고생이군."

왠지 기분이 좋아지는 묵객이었다.

팽가의 무인들은 대부분 남자답고 예의가 발랐기 때문이다.

"아, 계셨군요."

그때 어둠 속에서 앞으로 누군가 걸어왔다.

눈이 휘둥그레질 정도의 아름다운 미모에 묵객의 얼굴이 환하게 밝아졌다.

"팽 소저, 이 야밤에 무슨 일이오?"

"그게……. 긴히 할 말이 있어서요."

말을 하던 팽월이 달빛 아래에서 곱게 웃었다.

"긴히?"

그러자 팽월이 묵객에게 가까이 다가와 속삭였다.

"여기선 좀 그렇고… 따로 조용한 곳으로 옮기면 안 될까요?"

"조용한 곳이라면……."

묵객의 얼굴이 붉어졌다.

하지만 팽월은 그에게 생각할 시간을 주지 않았다.

"싫으신가요?"

"아, 아니오. 마침 불쾌한 놈 때문에 거슬렸는데……."

"불쾌한 놈요?"
"아, 그런 게 있소."
묵객은 손을 내저으며 말했다.
"그래, 갑시다. 따로 자리를 마련해서 긴히 나눌 이야기라… 중요한 것이겠지요?"
"네, 아주."
문득 팽월이 곱게 웃으며 눈을 가늘게 떴다.
"아주 중요한 이야기랍니다."

* * *

장원태가 배정받은 방 안은 다른 객방과 달리 넓고 고급스러웠다.
관청에서 받은 물품들로 보이는 것들이 한쪽에 진열되어 있었고, 다른 쪽은 고급스러운 도자기들로 가득 채워져 있었다.
그리고 방 가운데에는 고풍스러운 탁자와 의자가 보였다.
사락사락.
그는 방 안으로 들어온 뒤 의자에 앉아 한동안 움직이지 않았다.
팽인호와 만난 후 받아 온, 지금 책상 위에 펼쳐놓은 증빙 서류 때문이었다.

"운수산이라니요. 지금 그게 무슨 말입니까?"

"장씨세가에서도 부담이 없지 않습니까? 이것과 석가장의 영토를 넘겨받는 조건으로 말입니다."

"석가장은 우리가 스스로 가져온 것입니다. 그리고 운수산에 뭐가 있는지 일 장로도 알고 계시지 않습니까."

"……."

"정녕 이렇게 저를 난처하게……."

"진정하시지요, 장 가주. 실례했습니다. 이 사람이 일이 많다 보니 귀 가문의 사당까지는 미처 기억하지 못했습니다."

"일 장로……."

"가져가십시오. 저희 것이 아니니 당연히 드려야겠지요. 허, 이걸로 작은 이익이나마 당겨보려고 했건만… 이 사람이 실례한 것에 대한 사과의 의미로 그냥 드리겠습니다."

생각에 잠겼던 장원태의 시선이 탁자 위에 올려진 증빙 서류로 다시금 향했다.

준다고 받긴 했지만 확실히 껄끄럽다.

왠지 이것을 단순히 호의로 보기엔 더욱 그렇다.

"대체 무슨 생각인가."

장원태는 곰곰이 그의 행동을 되짚어보았다.

따로 자신을 불러 얘기한 것.

석가장의 증빙 서류를 주면서 운수산을 거론한 것.

그것이 실패하자 아무런 이유 없이 이것을 건넨 것.

아무런 뜻이 없을 수도 있겠지만, 문제는 팽인호란 자가 그런 인물이 아니라는 사실이다.

"그래, 역시 이건 받아선 안 되는 물건이야. 다시 돌려줘야겠다."

장원태는 결정했다.

받아도 지금 받아선 안 된다.

정식으로 모두가 보는 앞에서 이것을 받아야 한다.

그런 생각으로 자리에서 일어설 때였다.

"누구냐!"

밖에서 난 다급한 목소리가 문틈으로 들려왔다.

장원태의 눈이 커지며 문틈으로 향했다. 팽가 무사들이 이 주변을 호위하고 있었다.

그렇다면 소리도 필시 그들의 목소리일 터였다.

"컥!"

"컥!"

두 번의 단말마의 비명이 들린 뒤 주위가 조용해졌다.

정적.

그 정적은 장원태의 손이 파르르 떨릴 만큼 극한의 긴장감을 자아냈다.

잠시 뒤.

끼이이익.

문이 열리자 장원태는 사색이 된 표정으로 뒤쪽을 돌아봤다.

그곳에선 한 괴인이 그의 방으로 천천히 들어오고 있었다.

"그러게 제때 우리 걸 내놓지 그랬나."

말이 떨어지기가 무섭게 눈을 마주친 그의 표정을 보던 장원태의 자세가 굳었다.

결코 여기 있을 사람이 아닐, 있어서는 안 될 사람이 서 있었던 것이다.

"설마. 너, 너는!"

"오랜만이군. 잘 있었나?"

단구의 노인이 웃어 보였다.

그는 석가장의 장주 석대헌이었다.

『장씨세가 호위무사』 제2막 4권에서 계속…

外傳四
숨겨진 이야기
묵객편 一

"조사해… 보았느냐?"

터억.

맞은편에 청년이 앉자 탁자에 머리를 처박던 묵객이 급히 고개를 들었다.

음식을 입속에 넣고 채 씹지도 않은 채로 물어보는 모습이 뭔가 다급한 일이 있는 모양이었다.

"예. 총 세 곳으로 좁혀졌습니다."

"세, 세 곳이냐?"

묵객이 뜯고 있던 오리 다리를 놓고 눈을 부릅떴다.

이제 그의 얼굴빛은 생사 대적을 만난 듯 엄숙하고 진지하게 바뀌어 있었다.

"빨리 말해보거라."

"옙."

스르륵.

맞은 편, 담명은 들고 온 긴 황지를 펼치며 말했다.

"황가댁(黃家宅) 황아윤 소저와 금가댁(金家宅) 금연지, 그리고 정윤사댁(鄭淪家宅) 정해림."

"어느 쪽이 제일……."

묵객은 침음하며 또박또박 물었다.

"예쁘다더냐?"

"세간에 알려진 바에 의하면 황아윤 소저의 미모가 그중 제일간다 합니다. 하지만 금 소저 역시 만만치 않은 것이, 외모보다 교태가 참으로 사람을 녹여준다 하더군요."

"해림 처자는?"

"외면으로 봤을 때는 다른 여인에 비해 조금 부족할 수 있습니다. 하지만 다른 여인들이 갖지 못한 장점이 하나 있습니다."

"장점? 그게 뭔데?"

"성격이 시원하다는 것입니다. 다시 말해……."

묵객의 의문에 담명이 씨익 웃으며 말했다.

"사부님께서 원하시는 '아름다운 이별'을 하실 수 있다는 말입니다."

"오호!"

탁.

묵객이 무릎을 치며 고개를 끄덕였다.

아름다운 이별.

이 얼마나 역설적이고 정렬적인 말이던가.

아무리 미모가 뛰어나고 마음이 뛰어나도, 마지막에 여인네가 구질구질하게 매달려 버리면, 기껏 잘 꾸민 아름다운 관계가 불편한 이별로 변해 버린다.

자신 같은 풍류 공자에게 이는 치명적인 단점이었다.

“어디로 가시겠습니까?”

“으음… 정말 쉽지 않은 질문이구나.”

묵객은 턱을 괴며 신음을 흘렸다.

나름의 장점을 가진 여인들.

어느 한 명이라도 놓치기 힘든 유혹임이 분명했다.

묵객은 잠시 수심에 잠긴 후, 나직이 말을 이었다.

“각 여인마다 뚜렷한 매력이 있으니 내가 어찌 함부로 그것을 판단할 수 있겠느냐. 일단은 차분히 밥 좀 먹으면서 생각하자꾸나. 이 일은 백년대계를 바라보고 행동해야 함이 아니더냐.”

“…예.”

능청스러운 묵객의 말에 담명은 속으로 혀를 찼지만 명색이 사부이기에 못 이기는 척 그의 의견에 따랐다.

여인 문제 앞에서는 우유부단해지는 그의 성격을 얼마나 많이 보아왔던가.

“사부.”

쩝쩝쩝!

묵객이 음식을 먹다가 고개를 슬쩍 들었다.

"응?"
"그럼 조사하라는 걸 해 왔으니 제 무공은 언제쯤……."
"어허. 지금은 식사 중이지 않느냐."
묵객이 에둘러 말하자 담명은 곧장 시무룩해졌다.
허울 좋은 묵객의 백년대계보다 그에겐 무공 수련이 더욱 중요한 상황이었다.
터억.
잠시 뒤 묵객은 자리에서 일어섰다.
여전히 얼굴이 붉어진 담명은 한참을 투덜거리다 뒤늦게 그를 따라 밖으로 나갔다.
웅성웅성.
저잣거리는 한산했다.
길목마다 도박꾼과 상인들의 말소리가 행인의 시선을 붙잡고 있었다.
담명은 묵객 옆에 슬쩍 붙고는 입을 열었다.
"사부, 너무합니다. 말씀하신 걸 조사해 알아 온다면 분명 무공을 가르쳐 준다고 하지 않았습니까?"
"내가 언제?"
"예?"
묵객은 너스레를 떨었다.
"가르쳐 주는 것을 생각해 보겠다고 했지 가르쳐 준다고는 하지 않았느냐."
"그거야……."

"그리고!"

묵객은 인상을 쓰며 말했다.

"사부라고 부르지 말라고 하지 않았더냐."

저벅저벅.

뒤따라가던 담명은 초조해지기 시작했다.

그를 따라나선 것도 벌써 보름이 넘었는데도 뭐 하나 제대로 배운 게 없지 않은가.

"그럼 쓸 만한 초식 몇 개라도 우선……."

뭔가 말을 하려던 묵객이 입가에 검지를 가져다 댔다.

그리고 곧장 옆에 있는 사내들에게로 고개를 돌렸는데 담명의 시선도 덩달아 그곳으로 돌아갔다.

"허어. 요즘 뜨거운 사건이라면 그 사건을 빼놓을 수 없지."

행상을 하는 사람인지 탁자 밑에 봇짐을 내려두고 대화를 나누는 세 사내.

그들은 뭔가 심각한 어조로 얘기를 주고받고 있었다.

"장씨세가라고 들어본 적 있나? 상계 쪽 집안인데 석가장과 일전을 치르는 중이라 하더군."

유일하게 갓을 쓴 사내의 말에 흰머리가 희끗한 사내가 고개를 끄덕였다.

"나도 들었네. 암암리에 친족들이 죽어나갔다지?"

그는 혀를 차며 다시 말을 이었다.

"참으로 딱하구먼. 어찌 된 게 어느 문파도 도움을 주는 곳이 없으니, 이러다 전부 몰살되는 것 아닌가 싶어."

묵객은 더는 걷지 않고 그들을 바라본 채 우두커니 서 있었다.

조금 전과 달리 표정은 매우 굳어 있었다.

"장씨세가라……."

담명이 사람들의 하는 얘기에 대충 짐작하고는 묵객에게 다가가 말했다.

"웬만하면 모른 척하는 게 좋지 않겠습니까?"

"……."

"사부님은 이곳에 오신 지 얼마 안 돼서 잘 모르시겠지만 석가장은 이 근방에서 꽤나 알아주는 문파입니다. 거기다 소문이 흉흉한 걸 보니 상당히 위험을 감수해야 할 겁니다."

"그렇겠지?"

"예."

"가자꾸나."

묵객은 다시 걸었다.

그렇게 몇 걸음 걷다가 다시 걸음을 멈췄다.

"담명아."

묵객은 담명을 향해 온화한 표정으로 물었다.

"생각해 보니 장씨세가에도 어여쁜 여인이 있다고 들었는데 맞느냐?"

"아……."

담명은 고개를 끄덕였다.

"예. 장련 소저라고 아는 사람은 아는 아름답다고 알려진 여인입니다."

"그래, 장련 소저."

묵객은 고개를 끄덕이며 말했다.

"아무래도 가만히 있을 수 없겠다. 어여쁜 여인이 위기에 처했으니 어찌 장부로서 그냥 넘어갈 수 있겠느냐. 한 팔 거들어야 함이 당연하거늘."

'또 저 병이 도지셨어…….'

항상 남의 집안 대소사에 참관하는 병.

특히나 집안에 어여쁜 여인이 있다고만 하면 어디든 달려가는 습관.

아름다운 이별은 그곳에서 태어난다는 어처구니없는 논리를 펴는 일 아닌가.

하지만…….

"사부… 정말 장씨세가를 도우실 생각입니까? 왠지 그쪽 일은 그냥 넘기시는 것이."

"시끄럽다!"

묵객은 눈을 부라리며 말을 이었다.

"너는 이 주변에서 석가장과 장씨세가의 상황이 어떤지 조사한 뒤 내게 알려다오. 그리고 그 김에 차우객잔 주변에서 묵객이 머물고 있다는 걸 적당히 소문으로 흘려내거라."

"예? 그렇게 소문을 냈다가 석가장이 먼저 듣게 되면?"

"그거야 뭐, 장씨세가의 운이지."

묵객의 어조는 부드러웠지만 동시에 냉정하기도 했다.

장씨세가는 석가장에 비해 열세에 처해 있다. 그러면서도 석가장보다 정보 수집을 게을리한다면, 거기엔 도울 가치도, 가망도 없다.

만약 장씨세가가 석가장보다 소문을 먼저 접하고, 먼저 자신에게 접촉해 온다면 그때는 도와줄 수도 있다. 그러니 이는 그들에 대한 시험 또한 될 터였다.

"기회만 주는 것이다, 기회만. 밥상을 차려줄 수는 있지만 떠먹여 주기까지 하랴? 차우객잔 주변이야 워낙 유명한 홍등가이니 알아서 찾아오겠지."

"…알겠습니다."

담명은 급히 고개를 끄덕였다. 하지만 시무룩한 표정은 숨길 수 없었다.

아무리 칠객의 하나라 한들, 명문 모용세가의 자제인 자신에게 이런 시답지 않은 심부름만 벌써 몇 개월째인지!

"걱정 마라. 내 이번 일만 잘되면, 천하를 주름잡을 수 있는 무공을 가르쳐 주마."

"아!"

그런데 거기서 담명의 표정에 화색이 돌았다.

드디어 사부로 모실 수 있는 기회가 생긴 것이다.

"아, 알겠습니다. 그럼 이것은 버리는 것이……."

"이놈!"

담명이 들고 있던 두루마리를 묵객이 빠르게 낚아챘다.

그러고는 고이 접어 품속에 넣었다.

"세상이 얼마나 흉흉한 곳인데 이런 걸 바닥에 버리려고 하느냐. 신상 정보가 적혀 있는데!"

"……."

"큼큼."

묵객이 딴 곳을 바라보자 담명의 미간에 주름이 생겼다.

그 모습을 보았는지 묵객이 고개를 홱 돌리며 말했다.

"안 가고 뭐 해?"

"아, 옙. 갑니다."

묵객이 다시 한번 말하자 담명은 고개를 숙였다.

뭔가 찜찜한 기분을 느끼며.

* * *

묵객은 차우객잔 건물 뒤, 호수가 보이는 한쪽 나무에 기대어 있었다.

그의 표정은 이전보다 매우 심각하게 변해 있었는데 바로 오늘 아침 담명이 건넨 첩지 때문이었다.

석가장이 불러들인 이류와 일류 사이의 무사들은 삽십여 명으로 추정됩니다. 그중 몇 명은 일류라고 알려졌습니다. 장씨세가에는 일류 무인들도 손에 꼽을 만큼 적습니다. 상황을 보건대, 장씨세가가 절대적으로 열세입니다.

"흐으음."

묵객의 표정은 심각하게 어두워져 가고 있었다.

이 정도 고수들을 데리고 온다는 것은 단순한 무력시위가 아님을 뜻했다.

'정말 전쟁이라도 벌일 생각인가.'

상계의 집안과 무인들이 즐비한 무가.

비교 자체가 성립되지 않는 건 당연했다.

'역시 못 본 체할 수는 없는……'

묵객이 굳은 얼굴로 첩지를 접고는 고개를 돌릴 때였다.

간드러지는 목소리가 그의 귀를 자극했다.

"유(劉) 대협, 장씨세가로 가신다고요?"

여덟 개의 정자.

그중 앞쪽에서는 술판이 한창이었다.

두 쌍의 남녀가 앉아 있었고 술판의 분위기는 매우 무르익어 보였다.

"우리 대호문(大虎門)을 맞이하기 위해 석가장에서 무려 오백 리가 넘는 곳까지 찾아왔소. 그러니 의리를 지키기 위해서라도 가보는 게 도리가 아니겠소."

유 대협이 불리는, 콧수염이 멋들어지게 올라가고 멀끔하게 차려입은 자가 웃으며 말했다.

그의 옆에 찰싹 달라붙은 여인이 방긋 웃으며 말했다.

"과연 유 대협이에요."

"흠흠."

"한데 요즘 듣기로 석가장이 오히려 장씨세가를 겁박한다는 소문이 돌던데……"

"그건 그대가 모르고 하는 소리요."
여인을 부둥켜안은 맞은편의 사내가 목소리를 높였다.
풍채가 있는 체구에다 두건을 쓰고 있는 사내였는데 보기만 해도 기상이 제법 느껴지는 자였다.
"오히려 그런 소문을 일으켜 석가장을 겁박한다는 얘기가 있소. 뿐만 아니라 앞으로는 나약한 척하며 뒤로는 고수들을 모은다고 하오."
"어머, 영악한 자들이군요."
옆에서 아리따운 여인이 그의 말에 맞장구쳤다.
그러고는 술병을 들고는 말했다.
"염(廉) 대협도 한잔하세요."
쪼르르륵.
벌컥.
사내가 한 잔 마시자 여인이 야시시한 자태를 보이며 말했다.
"다행이에요. 석가장의 일이 아니었다면 이런 멋진 대협을 언제 보겠어요."
아리따운 여인의 모습에 염 대협이라 불리는 자는 얼굴이 붉어지며 나직이 읊조렸다.
"일이 끝나면 또 볼 수 있는 거지."
"정말이죠? 아이 좋아라."
"잠시, 실례하겠소이다."
그때 그들 쪽으로 누군가 걸어왔다.
멀끔한 차림새에 상당한 미남의 사내였다.

"누구시오?"
"어머."
"어."
낯선 사내의 얼굴을 확인한 그때부터 여인들의 눈이 삽시간에 밝아졌다.
너무나 멋지게 생긴 사내였기 때문이다.
"하하하. 다름이 아니라 석가장에서 왔습니다. 두 분께 따로 말씀드릴 것이 있어서 말이지요."
"석가장?"
"왜 굳이 여기에?"
유씨와 염씨는 휘둥그레진 눈으로 묵객을 바라봤다.
그를 향해 묵객은 너스레를 떨며 손을 내저었다.
"딴게 아니고 긴히 말씀드릴 게 있어서 왔습니다. 한데……."
묵객은 두 여인을 흘깃 바라보다 조심스럽게 말했다.
"사업적인 얘기라 여기서 하긴 좀 그런데……."
그 말의 의미를 눈치챈 유씨와 염씨는 서로를 바라보고는 씨익 하고 웃어 보였다.
사내의 행동에 여러모로 깊은 의미가 있다는 것을 깨달은 것이다.

* * *

정자와 조금 떨어진 곳에 두 사내가 발가벗은 채 앉아 있었다.

퉁퉁 부운 얼굴로 누군가를 향해 두 손을 열심히 비비고 있었는데 그들의 행동은 그 어느 때보다 절심함이 물씬 풍겨 나오고 있었다.

"고인을 몰라뵈었습니다. 목숨만은 온전하게 해주십쇼!"

"잘하겠습니다. 잘 보고 잘 생각하겠습니다. 그러니 한 번만……."

묵객은 팔짱을 낀 채 그들을 내려다보고 있었다.

몇 번 후려치고 밟아줬더니 그대로 기가 죽어 꼬리를 내리고 있었다.

스윽.

묵객이 발을 슬쩍 들어 올리자 두 사내는 머리를 처박고 괴성을 질러댔다.

"이힉! 살려주십쇼!"

"더는 때리지 말아주십쇼!"

조금 전 갑자기 날아온 주먹과 발길질에 얻어터진 기억이 아직까지 생생했다.

"죽고 싶지 않으면 고향으로 돌아가라."

"예?"

묵객의 말에 둘은 동시에 의문을 표했다.

"안 되겠군."

이에 묵객이 다시 발을 올리자 그들은 그길로 이유도 묻지 않고 옷가지를 들고 줄행랑쳤다.

'대호문(大虎門)이라.'

묵객은 시야에서 사라지는 사내들을 보며 생각에 잠겼다.
저들의 검술도 검술이지만 그보다 더 신경을 거슬리게 한 건 그들이 펼친 검법이었다.
대호문은 하남에서 제법 알아주는 검파 중 한 곳.
구대문파에는 비견될 수 없지만 그렇다고 중소문파에 분류될 정도로 명성이 없는 곳은 아니었다.
그런 곳에서 고수들을 초빙한다.
이는 고수들을 최대한 끌어모으려는 석가장의 술책이 분명했다.
"정말로 전쟁을 하려는 것인가? 석가장… 참으로 영악한 놈들이구나."
묵객은 천천히 원래 있던 곳으로 돌아왔다.
어느새 호수가 보이는 정자에 사람들은 보이지 않았다.
적막한 분위기와 바람에 유등이 흔들거리고 있었다.
"그런데 이놈이 제대로 전달을 하고 있는 건지 벌써 일주일째 장씨세가 사람들은 코빼기도 보이지 않으니."
묵객은 담명을 생각하다 발길을 돌렸다.
할 수 없이 오늘도 차우객잔에서 묵을 수밖에 없었다.
"혹시……."
객잔으로 들어설 때였다.
갑자기 점소이 중 한 명이 묵객을 향해 놀란 눈빛을 보였다.
"무슨 일인가?"
점소이는 묵객을 위아래로 훑더니 조심히 말했다.

"손님 중 어떤 사람을 찾고 있어서 돌아다니고 있는 와중입니다만, 마침 대협께서 인상착의가 비슷해서."

"아!"

묵객의 머릿속에 순간 뭔가가 떠올랐다.

"실례가 안 된다면 잠시 여기 계시겠습니까?"

"아니다."

묵객이 손을 내저으며 점소이를 향해 미소로 화답했다.

"내가 직접 가겠다."

이 층에 올라서자 난간에 붙어 있는 탁자에 시선이 쏠렸다.

여인이 한 명 앉아 있었고 이름 모를 사내도 앉아 있었다.

'특이하군. 저건 뭐지?'

곧장 다가가려던 묵객의 고개가 갸웃거려졌다.

너무나 거대한 도신에 자신도 모르게 멈칫거리게 된 것이다.

'그럼 가볼까.'

묵객은 천천히 걸어갔다.

그리고 그들 앞에 가까이 갔을 때 전혀 뜻밖의 얘기를 들을 수 있었다.

"그건 그가 구해낸 것이 아니오."

"네? 아니에요. 그들이 대살성을……."

"천중단의 대살성 척결은 일개 임무였소. 그 외에 숨겨지고 가려진 임무들이 훨씬 많았소. 또한, 그 임무 속에는 우리가 알지 못하는 수많은 목숨이 있었소. 협(俠)이라는 허무맹랑한 오물을 뒤집어쓰고 전국 각지에서 몰려든 사내들 말이오."

묵객은 그들 곁에 멈추려다 스쳐 가는 사람처럼 몇 발짝 더 걸었다.

이어질 사내의 말이 너무 궁금했기 때문이다.

"그들은 소리 없이 죽어갔소. 그저 스스로 고통을 감내하고 인내했소. 정의라는 이름 앞에 시커멓게 타들어가는 자신들의 가슴도 모르고 말이오. 단리형이 한 것이라곤 단지… 마지막까지 살아남았다는 것. 그것 하나뿐이오."

"거 듣던 중 재미있는 얘기구려."

결국 묵객의 발걸음이 여인 앞으로 향했다.

그리고 밝은 얼굴로 그들을 향해 웃어 보였다.

外傳 完.

장씨세가 호위무사 도움말

검의 명칭에 대해
—검파: 칼의 손잡이.
—검신: 칼의 날.
—검올: 칼을 받치는 테두리.
—검반: 칼의 손잡이 가장 윗부분, 테두리.

폭탄 용어 설명
—도화선: 폭약이 터지도록 불을 붙이는 심지
—심약: 폭약이 터지도록 불을 댕기는 심지의 불씨로 쓰는 화약. 이것을 물로 적셔 나무로 만든 통 속에서 회전, 진동을 주어 사용.

—심지: 삼실·무명실·방수지 등으로 싼 다음, 겉에 칠을 하여 긴 줄 모양으로 만든다.

—뇌관: 화약류를 기폭시킬 목적으로 사용되는 것으로서, 알루미늄 또는 구리로 만든 관체(管體), 기폭제, 첨장약(添裝藥)으로 구성되는 혼성 뇌관 사용.

대장간 용어와 설명

—대장간: 풀무를 차려놓고 쇠를 달구어 여러 가지 연장을 만드는 곳(철, 구리, 주석 등).

—풀무: 쇠를 달구거나, 쇳물을 녹여 땜질 등을 하는 데, 부엌의 불을 지피는 데 이용되는 기구(바람이 슉슉 나옴).

—모루: 공작 재료를 얹어놓고, 망치로 두드려 가공하는 물건을 올려놓는 대(臺).

—노(爐): 철을 녹이는 쇳노. 도가니.

기타 상식

Q. 전통적인 대장장이가 호미 하나를 만드는 데 걸리는 시간은?

A. 한 시간 정도.

Q. 대장간 망치 무게는?

A. 네 근의 무게.